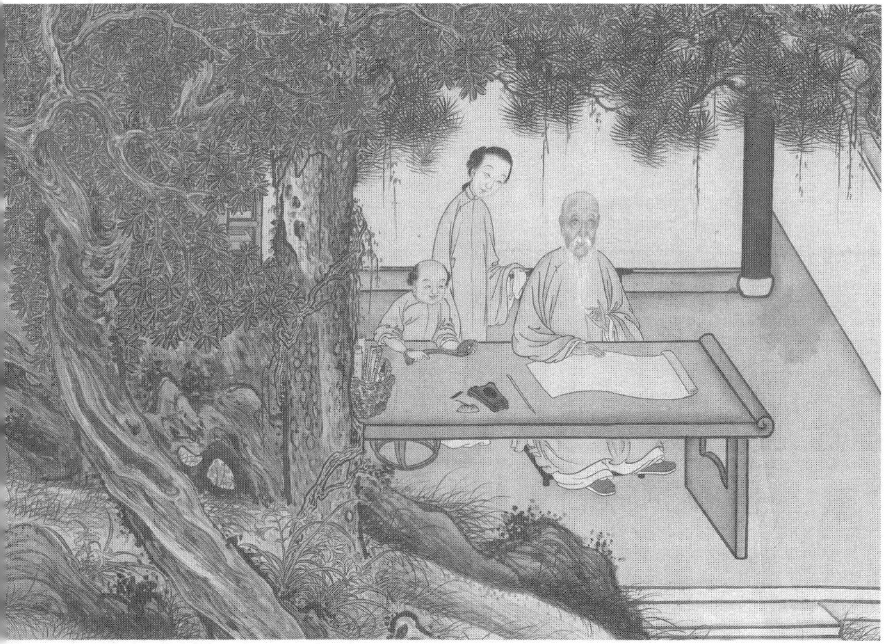

袁枚散文选

〔清〕袁枚 著　李梦生 选注

商务印书馆
The Commercial Press

商务印书馆（上海）有限公司 出品
The Commercial Press (Shanghai) Co.Ltd

# 袁枚和他的散文（代序）

## 一

清代乾隆盛世时，在南京的小仓山下有一座风景秀丽的园林，名叫随园。这随园原名隋园，相传就是曹雪芹《红楼梦》中所写的大观园。不过，它在乾隆年间之所以闻名天下却与《红楼梦》无关，而在于它的主人——高踞诗坛文埠达数十年之久的袁枚。

袁枚（1716—1797），字子才，号简斋，一号存斋，晚年又自号仓山居士、随园老人等，浙江钱塘（今杭州市）人。他生在一个诗礼之家，父袁滨、叔袁鸿均以游幕为生。幼有异禀，在祖母及孀居的姑母启迪教诲下，博览群书，声誉鹊起。十二岁中秀才，后又于敷文书院，受业于名师杨绳武，发愤为文。乾隆元年（1736），袁枚二十一岁，南赴广西探望在广西巡抚金鉷幕下供职的叔父，以《铜鼓赋》受知于金鉷。正值朝廷诏举博学鸿词，金鉷遂以袁枚荐考。当时应征的博学硕儒二百多人，皆海内俊彦耆宿，以袁枚最为年轻。袁枚虽然考试落选，但从此名闻天下，奠定了他日后在文学界的声誉与地位。

在京时，袁枚与一些著名文人相互唱和切磋，学问日进，同时为功名计，潜心制艺，于乾隆三年（1738）考中举人，连榜成进士，改翰林院庶吉士，开始了仕宦生涯。但是好景不长，三年散馆，由于满文考试最下等，未能继续留在翰林院，外任江南知县。翰林院素称清贵之地，由此而循进，很快就能跻身卿贰。袁枚本以文章入翰林，忽被摈外，心中十分黯然，这直接撼动了他对仕宦的信心。袁枚在江南历任溧水、江浦、沭阳知县，最后迁江宁知县。在任上，他严于律己，体察民情，敏而能断，是公认的清官。当时的两江总督尹继善对他很赏识，曾荐举他为高邮知州，部议未准。地方官做久了，擢迁无望，官场的腐败与永无止境的应酬更使袁枚迷惘与痛苦，不能做名宦退而做循吏的愿望也化作镜花水月。于是他急流勇退，买下了荒芜的小仓山下的隋园，加以修葺整治，改名随园，徜徉其中，埋头撰述，与诗友应酬，过起了寓公的生活。这一年，他才三十三岁。

袁枚辞官后，除乾隆十七年（1752）曾出山去陕西做官不到一年外，在随园差不多住了半个世纪。在此期间，他或往返于江浙，或出游名山，但主要精力是在随园送往迎来、结交权贵，与文人诗酒赓和、风雅迭倡。一方面，他广交诗人墨客，奖掖后进，热衷于声色口味之奉，过着优越舒适的生活；另一方面，由于尹继善等人的嘘扬，他高踞江南诗坛，执牛耳多年，倡导自己的诗歌创作理论，编《随园诗话》以吸引同调，被推为"当代龙门"（《小仓山房诗集》卷三十五《答和希斋大司空》附和希斋诗）。乾隆中后期著名诗人黄仲则《呈袁简斋太史》诗云："一代才豪仰大贤，天公位置却天然。文章草草皆千古，仕宦匆匆只十年。"又《岁暮怀人》云："兴来辞赋谐兼则，老去风情宦即家。"可以说是袁枚一生的写照。

袁枚既享高寿，又勤著述，所作极富，有《小仓山房诗集》三十九卷、《文集》三十五卷、《外集》八卷，《随园诗话》十六卷、《补遗》十卷，《小仓山房尺牍》十卷，另有文言小说《子不语》（一名《新齐谐》）及杂著《随园随笔》《随园食单》等。姚鼐《袁随园墓志铭》云："君古文、四六体，皆能自发其思，通乎古法；于为诗，尤纵才力所至，世人心所欲出不能达者，悉为达之，士多效其体。故《随园诗文集》，上自朝廷公卿，下至市井负贩，皆知贵重之，海外琉球有来求其书者。"由于他广收门人，又创"性灵说"诗歌理论，与当时诗界奉行的"神韵""格调"说分疆鼎立，所以以诗名最盛，与蒋士铨、赵翼合称为"乾隆三大家"。三家之中，公推袁枚诗名为第一；而同时又以文名驰誉天下、自树一帜的，只有袁枚。

## 二

清代自康熙至乾隆，海内承平，文风炽盛。由于文字狱等影响，又由于颜、黄实学的提倡，文人转而偏攻经学，通儒硕士，接踵而起，文学与义理、考证之学从此便不能结合得很完美。在学术上，学者又分为宋学派与汉学派。汉学派文人被饾饤烦琐的考据折磨了性灵，能文者很少，仅黄宗羲、戴震等人聊以点缀。宋学派能文的比较多，善于以实学驾驭文章的，如汪中、张惠言等，亦自成家；但大抵不重技巧章法，辞达而已，或偏重骈俪文。清以八股取士，文人多广涉书史，但往往博而不精，转以小品为工，讲究雅洁，著名作家如朱彝尊、王士祯、杭世骏等，莫不如此。有自己系统的文学理论、与经学家并峙相对而蔚成大国的是桐城派。

桐城派肇于方苞。方苞虽然亦尚宋学，但又提倡古文辞，明于呼应顿挫之法，讲究"义法"，力主叙事简便。同里刘大櫆继之，强调神气、音节交相为用。至第三代姚鼐，则进一步主张文章要义理、辞章、考据三者并重。姚鼐特选《古文辞类纂》，宣扬桐城派学说，奠定桐城选学，在《序目》中提出了"神、理、气、味、格、律、声、色"八条准则，使桐城派文艺理论更臻完善严密。姚鼐的理论得到了当时文学界广泛的承认，学古文者群起宗之，奉为领袖，桐城弟子遍布天下，流风余韵，延续不替，直到清末，文人作文尚多恪守桐城家法。

在桐城派指麾天下时，能不随风气所移、卓然自成一家的，首推袁枚。

袁枚以排奡自矜，直抒胸臆，虽承明末公安余绪，但进行了自己的再理解与改造，使得文章在表现手法上丰富多彩，更为淳真地抒发感情，不像桐城派拘泥义法，往往流于空言。袁枚的散文理论散见于他的文章中，不如他的诗歌理论那么系统完整。但诗与散文本来只是形式的不同，是一种思想的两种表现手法，正像姚鼐所说，"诗之与文，固是一理"，不过是"取径则不同"而已（《惜抱轩文后集》卷三《与王铁夫书》）。因此，在探索袁枚散文成就与散文理论时，也就不妨引用他的诗歌理论以相互发明。

袁枚是清中叶思想最为解放的文学家之一。他在《所好轩记》中宣称："袁子好味，好色，好葺屋，好游，好友，好花竹泉石，好珪璋彝尊、名人字画，又好书。"在《秋夜杂诗》中，他也说自己"解好长卿色，亦营陶朱财"。可见，他热爱生活，追求生活中的个人享受。反映到文学上，他便认为作品要表现个性，男女之情是人之大欲，理所当然地可以在文学作品中表达出来。因此，对沈德潜《明诗别裁集》不选王次回的宫体诗，袁枚大为不满，在《再与沈大宗伯书》中诘难道："艳诗宫体，自是诗家一格。孔子不删郑、卫之诗，而先生独删次回之诗，不已过乎？"这些思想，自然与当时社会上所奉行的程朱理学水火不容。同时，袁枚又鉴于经学家以考据为古文，把文学表现的范畴大为压缩，又不讲究文章的艺术，使得文章枯涩无味，于是他对经学家的攻击就不仅仅从思想上，也扩展到文学创作理论上。这种现象，是文学上绝无仅有的。

袁枚在《与程蕺园书》中认为，古文的式微实肇于三误："一误于南宋之理学，再误于前明之时文，再误于本朝之考据。"因此，他不遗余力地对此三者进行批判。

首先，袁枚的行事与理学家所宣扬的伦理道德观格格不入，所以他对经学家们释经表示不满，并由此进一步对六经抱怀疑态度。他在《遣兴》诗中就说自己"郑孔门前不掉头，程朱席上懒勾留"。在《答程蕺园论诗书》中云：

仆平生见解，有不同于流俗者。圣人若在，仆身虽贱，必求登其门；圣人已往，仆鬼虽馁，不愿厕其庙。

可见，他承认孔子、孟子等圣人的思想精髓，但绝不愿意一成不变、不加鉴别地盲目信从，所以他对宋儒释经提出一系列质难。在《与程蕺园书》中，袁枚公然说"宋儒非天也"，是可以怀疑并立异的。他指出宋儒多有伪性情，如吕希哲习静，其仆夫溺死不知；张魏公自言有心学，符离之战，杀人三十万，而夜卧甚酣：这都是大背孔子、周公之教的。在《读胡忠简公传》里，袁枚把朱熹与胡铨比较，认为朱熹空谈性命，无补于国家。袁枚对宋儒的指摘，最集中表现在《子不语》续集卷五《麒麟喊冤》篇中。故事在批驳了郑玄、孔颖达等汉学大儒学说中的不合理成分后，对宋儒进行了毫不留情的攻击，并描绘了这么一个场景："苍圣带领宋儒上殿，有褒衣博冠、手执太极圈者，有闭目指心、自称常惺惺者，有拈花弄月、自号活泼泼地者。"通过这幅群丑图，对宋儒进行了刻薄的嘲讽和挖苦。袁枚还指出，宋学代传，至明颁行《四书大全》,"通行天下,捆缚聪明才智之人,一遵其说,不读他书。杨升庵有言,虫有应声者,今之儒生,皆宋儒之应声虫也"。

袁枚认为理学窒人欲,也限制了文学作品的自由发挥,因此,他对恪守宋儒思想的学者提倡文学主要为伦理教化服务的观点大不以为然,转而强调文学的美感功能。如沈德潜选诗提倡诗的表现手法应该立足于温柔敦厚,他十分不满,在《答沈大宗伯论诗书》中,特地标举诗的"兴""观""群""怨",即直截地表达人的各种感情的功用与之抗衡。

经学家步趋宋儒已是可笑,对他们及桐城派古文家以考据为文,充斥义理,使辞章的功用退到不重要的地位,袁枚就更不能容忍了。袁枚认为,古文家似水,考据家似火;古文是作,考据是述,两者不能混为一谈。他又认为,"著作之文形而上,考据之学形而下,各有资性,两者断不能兼"(《随园随笔序》)。在《与程蕺园书》中,袁枚也这样说道:

> 古文之道形而上,纯以神行,虽多读书,不得妄有撼拾,韩、柳所言功苦,尽之矣。考据之学形而下,专引载籍,非博不详,非杂不备,辞达而已,无所为文,更无所为古也。

针对时弊,袁枚特地标举古文,文集中所收汰弃绮语、骈体、考据之文，把骈文另编为《外集》。他对古文的范围这样确定："一切绮语、骈语、理学语、二氏语，尺牍、词、赋语，注疏、考据语，俱不可以相侵"，强调古文是"古人立言之谓也。能字字立于纸上，则古矣"（《与孙俌之秀才书》）。由此可见，除了骈文在文体上与散文有区别不能算古文外，凡作散文，必须"立于纸上"，即能抒发自己的真情实感。此外，袁枚还认为，八股文更不能滥列古文内，"古文者，自言其言；时文者，学人之言而为言"（《胡勿厓时文序》），二者有本质的区别。八股文不过是宋儒的代言机器，"自时文兴，制科立，《大全》颁，遵之者贵，悖之者贱，然后束缚天下之耳目聪明，使如僧诵经、伶度曲而后止"（《答尹似村书》）。所以，八股文只能作为博取科第的敲门砖，一旦门敲开了，功名成就，便应完全摒绝。

袁枚论诗与论文虽不完全一致，但大致相通。他论诗提倡"性灵说"，这虽承继明末公安派文学观而来，又与清初王士祯的"神韵说"有相同之处；但虽同样出自性灵，袁枚却反对"神韵说"的朦胧，在抒发性灵的同时也刻意修辞，即注重艺术技巧。他又强调学殖识见对文章的作用，讥诮公安派的空泛圆熟。这种文学观，在论文上也是如此。袁枚在《钱玙沙先生诗序》中提出"千古文章，传真不传伪""传巧不传拙"，把修辞与性情统一作为文章的标准。批评文章家沉溺于考证，"作为文章，非序事噂沓，即用笔平衍，于剪裁、提挈、烹炼、顿挫诸法，大都懵然"（《与程蕺园书》）。因此，袁枚虽然反复强调自己的散文是"古文"，是绍述汉魏,尤其是与韩愈、柳宗元的古文一脉相承,但在表现手法上,又以为文学只有工与拙的区别,没有古与今的区别。具体地说,是形式可以习古,内容却要更新,必须切合自己的现实情况,不能生搬硬套。在《答沈大宗伯论诗书》中,袁枚指出:"性情遭际,人人有我在焉,不可貌古人而袭之,畏古人而拘之也。""天籁一日不断,则人籁一日不绝。"因而他提倡文章要真,把自己的真情实感直接反映出来;提倡个性,反对模拟,要自由地表现自己,要有我,"不学古人,法无一可;竟似古人,何处著我?"(《续诗品》)

表现真我,即抒发性灵。真实的性情寓于生活,需要人们自己去深入体会,认真发掘。袁枚有一首《遣兴》诗可以说很形象地概括了他的写作方法。诗云:

但肯寻诗便有诗,灵犀一点是吾师。
夕阳芳草寻常物,解用都为绝妙词。

诗不仅强调了艺术的源泉是生活,也指出重现生活要有艺术的灵感,"有所余于诗之外,故能有所立于诗之中"(《蒋心余藏园诗序》)。

袁枚的诗文都以才情见长,这就完全以实际行动抵制了考据派以学问为文章主体的观点。不过,袁枚也不是否定学问,他读书之广、论学之精,从他的文章及《随园随笔》中均可见端倪。关键是,袁枚讲究学问是为了提高识见,学问为我用而不是我为学问用。在具体"用"上,又依文体的不同而不同。袁枚对散文与骈文都有很高的造诣,但他注意到"散行可蹈空",易于落入空言窊陋;"骈文必征典"(《胡稚威骈体文序》),易于变成堆砌典章的刻板文字。所以他的散文以才情为矢的,长于布局气势,喜用素描;骈文则才情与学问相结合,辞藻绮丽,用典切实。正由于袁枚善于相题视体,所以他能在各种文学体裁中都有自己独特的风格与辉煌的成就。

## 三

袁枚的思想及文艺理论,在他的各类散文中都得到了不同程度的体现,因此他的散文作品充满了超越时代局限的活力,不名一格而自成一格,不拘一体而自成一体。这在当时经学家占统治地位的思想界中,在桐城派占领袖地位的散文界中,不啻投下了一块巨石,虽然力量与气势有限,但掀起的震荡与波澜一时还是十分可观的。

袁枚的散文,从数量上来说,以写人物的碑铭传记占压倒性多数。袁枚由翰林出身,喜以史笔自任,所作传记,出入《史记》《汉书》,最为人所推重,上自王公大臣,下至细民节烈,都以得随园文为荣。《小仓山房文集》共计收文章五百三十多篇,其中碑传、墓志铭、行状、书事一类传记文就有一百五十多篇,内写九卿、督抚以上的多达五十多篇。

　　传记类文章，有一定不变的章法，关键是作者的灵活运用，但必须做到能概括死者的一生功绩，扬善避恶。袁枚的传记文，善于选材，如所写的人生平事迹十分丰富，他便能选出其中最有代表性的事件；如所写者没有什么建树，他也能凿空而论，机杼旁运。袁枚还能紧紧把握住死者的身份，进行恰如其分的描述，褒奖而不流于空洞、涉于阿谀。在文笔上，也能做到因人而异，因事而异。如所写为达官贵人，即庄重严谨，如《经筵讲官兵部尚书彭公神道碑》《礼部尚书太子太傅杨公神道碑》等，莫不叙事简洁，句斟字酌，井井有条。而一些野老名士，如《江宁两校官传》《范西屏墓志铭》等，则饱蕴潇洒闲逸之趣，重点刻画人物性格形象，发掘其高尚的思想品德。

　　感情丰富是袁枚记传文取得成功的一大关键，这点尤其突出表现在本应写得严肃端谨的神道碑、墓志铭及行状之中。如《文华殿大学士尹文端公神道碑》，碑主是他的恩师，因此在文中不时把自己的感情穿插进去，表达深厚的崇敬与感激，使文章自始至终沉浸着怅惘与伤感。又如《先妣章太孺人行状》，写的是自己的母亲，更是把母亲的慈爱与自己孺慕哀伤之情表现得淋漓尽致。

　　在书事、小传等文中，袁枚采取的手法与墓志铭、神道碑有所不同，往往只抓住一两件事发挥，突出人物的思想，塑造人物典型性格，文笔生动有致。如《厨者王小余传》，写王小余烹调一段云：

> 其倚灶时，雀立不转目釜中，瞠也呼，张喻之，寂如无闻。睨火者曰猛，则炀者如赤日；曰撤，则传薪者以递减；曰且燋蕴，则置之如弃；曰羹定，则侍者急以器受。

数语写出王小余烹调时全神贯注、指挥果断的生动场面，把他的技艺的高超直接表露出来。又如《书潘荆山》一文，极写其临危不乱，其中写运筹一段云：

> 事闻……满公不知所为，登荆山床为诀，哭声乌乌。荆山披衣起，笑曰："公止哭，贼即平矣。台湾贼皆乌合，何能为？第兵机贵速，须尽此夜了之。"公曰："如何？"曰："公持印，荆山持笔，两侍儿供纸墨，群奴张灯听遣，足矣。"如其言，书一牒下中军曰："发两标兵各千，五鼓集辕，旌旗、器械、战船缺者斩。"一牒下司、道曰："运粮若干，集厦门听取，误者军法从事。"一牒下府、县曰："明早部院出兵，送者斩。各吏民安堵毋动。"荆山每书牒，笔飒飒如风雨。毕一纸，请公加印，印毕即发。未三鼓而部署定。荆山复解衣卧，哈台大鼾。

文章把潘荆山的勇敢果断、足智多谋、大度安闲的品质通过几百字集中表现了出来，如挟风雨而下，震撼人心。

其次，袁枚的书事、小传与墓志铭、神道碑在取材的侧重面上又不同。袁枚的传记文虽步武《史记》《汉书》，但他注意到《史记》因虚构的地方太多而常遭人非议，所以取材很谨慎。如是墓志铭、神道碑及一些准备供国史采择的传文，多记政治、吏治等建树，堂正煌然；而小传、书事或记逸事的文章，就收入了许多带有传奇色彩的事件。这些文章把记人与记事融合在一起，注意场景的烘托，善于在情节的跌宕上下功夫，往往一波三折、委婉纡曲。如著名的《书鲁亮侪》一文，抓住鲁亮侪去中牟摘印的事，绘影绘声，写出他的忠肝义胆、豪逸不群，并以田文镜的刚愎威严、众官员的畏葸阿谀作衬托，使主要人物更为高大完美，明显取径于《史记》的《刺客列传》《项羽本纪》。

袁枚的传记同时又直接规模韩愈、柳宗元的古文，紧扣人物的特点，虽常为事实所牵束，但能随事实而变格局，或略叙，或细写，或逆或顺，或旁衬，或特写，都能悉心筹划，营度得当。尤其引人注目的是，文章常常以一定的篇幅记人记事，然后通过人物的言语、自己的感慨，再度完成对人物的塑造，寄托自己的思想。如《厨者王小余传》，用大量篇幅写他的烹调理论及处世为人，把他的世界观与技艺提高到"有可治民者焉，有可治文者焉"的高度来认识，加深了文章的思想性。写人写事时言语不多，但生动活泼，使人如临其境；说理时精辟练达，容易使人产生共鸣。这些，都与柳宗元的《种树郭橐驼传》《梓人传》等文章异曲同工。袁枚还常常有意识地模仿韩、柳，如《石大夫传》就是学韩愈《毛颖传》的典型例子。

袁枚的祭文、悼词通常把人物的生平贯穿其中，因此也可以看作是传记文的一种。他的哀悼文写得情真意切，出自肺腑。如著名的《祭妹文》，虽以琐碎细事连缀而成，但娓娓道来，自然感人，皆似血泪凝成，后人以为可以与韩愈《祭十二郎文》、欧阳修《泷冈阡表》鼎足而三。

袁枚提倡文章抒发性灵，即表达内心的感受，是思想情感的自然流露，因此他的游记一类文章，最能体现他的文学观。

袁枚自称"好游"（《所好轩记》），他年轻时就喜欢游学，辞官后，每年要从南京返杭州一次。六十七岁时，遍游浙江天台、雁荡等名山，次年又游白岳、黄山。六十九岁时，南游江西庐山及广东、广西、湖南。七十一岁时游武夷山。直到七十七岁，还重游天台等地。名山大川的秀丽奇异使他深深地陶醉，写下了不少优美迷人的游记。

袁枚的游记给人最初的印象是不拘一格，无迹可寻，不像徐霞客等著名的游记作者的作品，几乎都是游览日记，依次将所见所闻摄入游记，犹如山志水经。袁枚是想到什么便写什么，随心所欲，甚至于有意打破传统写法的藩篱。如《游黄龙山记》，具体描摹山的只不过是二十来个字，却巧设譬喻，以幼年熔锡所成的形象及对山的起因的探索，反衬山的诡异奇骇，使文章由"山记"变成"山说"。他的游记不是单纯写山水，让读者置身其中，体验感受到山水的秀美或雄壮，而且在山水的描绘中，让你同时深深地品味到山水以外的乐趣。

具体来说，袁枚的游记有以下三个特点：

一是能抓住所游山水园林的与众不同处做重点介绍。用笔喜用白描，写明秀之处，运以丰腴妍丽之笔；绘幽壑深山，则运以奥邃清峻之笔。如《浙西三瀑布记》写浙江三个著名的瀑布，因三个瀑布各有特色，袁枚在用笔时便各不相同，毫无重复，或用衬托，或用素描，或写清秀，或摹峻峭，恰又把三处瀑布回环关联，恰到好处地写了三个瀑布迷人之处，使文章的章法与文采得到有机的组合、完美的体现。其中雁荡山的大龙湫瀑布，文中这样描写：

> 未到三里外，一匹练从天下，恰无声响。及前谛视，则二十丈以上是瀑，二十丈以下非瀑也，尽化为烟，为雾，为轻绡，为玉尘，为珠屑，为琉璃丝，为杨白花。既坠矣，又似上升；既疏矣，又似密织。风来摇之，飘散无着；日光照之，五色映丽。

以极其形象的比喻，精工细镂地雕凿出了一幅立体的雁荡瀑布图，且绝对移不到别的瀑布上去。

其二，袁枚的游记善于发掘游趣，能即景议论，使情与景相融合。如游武夷山，袁枚便从乘船上生发，说可"惟意所适"不用跋涉,"而奇景尽获,洵游山者之最也"。游峡江寺观瀑,便重点写亭,"可坐可卧,可箕踞,可偃仰,可放笔研,可瀹茗置饮,以人之逸,待水之劳"。这样,即使是平淡无奇的风景,或耳闻已详的名胜,由于文章视角的不同,也就产生了新的趣味。同时,文中不时加入一些议论,以使文章自然产生顿挫,不同于一些流水账式的文章,使人乏味。如《游黄山记》写在始信峰顶一段云:

余立其巅,垂趾二分在外。僧惧,挽之。余笑谓:"坠亦无妨。"问:"何也?"曰:"溪无底,则人坠当亦无底,飘飘然知泊何所?纵有底,亦须许久方到,尽可须臾求活。惜未挈长绳缒精铁量之,果若干尺耳。"

一段小小调侃,使前历述山景之文做一停顿,读了令人轻松愉快,文章也就显得轻灵起来。

其三,袁枚的游记能由景观而至人生,牵发对生活、对自然的深沉的感受和思索。袁枚好揭示生活中的哲理,他的游记常常充满理趣。如《游武夷山记》,文章即以溪水的曲折、山崖的峭拔,引申谈自己在文学创作中的感受,进而倾述对人生的体会。这样把主观的东西借助客观之景来呈现在人们面前,加深了文章的底蕴。

袁谷芳在《小仓山房文集》后序中称道袁枚的文章说:

盖尝论文章之道有三：曰理学之文，曰经济之文，曰辞章之文。所谓理学者，非皮傅儒先，空谈性命，亦非缀缉训故注疏之琐琐者相考证已也。其所谓经济，又不得以浮诞无实、坐而言不克起而行者当之。至于辞章，则亦必有物有序，而夸富丽、矜淹博者不与焉。予观古今以来，其有兼三者而一之之人乎？无有也。乃今读先生之集，而知其为信能兼之者矣。

　　袁谷芳在这段话中对袁枚的散文推崇备至，他所说的三种文章，实际上覆盖了袁枚文章中很大一部分，即直接表现政治、文学观念的书信、序跋、说辩一类文章。袁枚针对当时经学家及桐城派以考据混同古文的弊端，很讲究文章的布局间架与呼应映带，这点在这一部分文章中表现得最为突出。

　　袁枚是尺牍大家，著有《小仓山房尺牍》行世，被奉为典范。《尺牍》所收多讲究辞藻之作，多为骈文或骈散相杂的文章，常常是漫不经心而清新可喜，尤多精致小品。收入文集的书信，则大多数有关世道人用，阐发人生观与文学观，行文恪守古文法，也就是袁枚自己所说的"无尺牍气"的尺牍。如《答陶观察问乞病书》，写对官场黑暗的厌恶不满，诉说自己归隐的原因，表达自己决心以文章报效国家的坚定信念。而一些与人商榷的书信，往往八方出击，献疑送难，有不战而屈人之兵的气势。

　　袁枚的序跋以擅长相题立论、即事发挥而为人所折服。在文章中,不仅仅谈所序所跋的书与其作者,并能把自己的观点结合进去,又把自己与作者密切联系起来谈。这样,袁枚在阐述自己的文艺理论时便显得自然淳真,对作者的褒扬也就带上了浓郁的感情色彩,容易为别人所接受。同时,袁枚还常在"文如其人"上做文章,深钩广稽,翻过一层,使一篇文章具有序跋与赠言两重功能。如《蒋心余藏园诗序》,以"奇才"一词扣住蒋士铨的诗风,复以"诗奇"进一步论蒋士铨生平遭际与品质之奇,从论入手,纵横开阖,处处把自己周旋于文中,显得自然诚挚。

袁枚性诙谐,善翻新出奇,所以洪亮吉《北江诗话》称之为"通天神狐",他的说辩一类议论文所呈现的正是他性格的必然反映。袁枚对自己的议论文很自负,在《答程鱼门书》中曾说道:"仆诗兼众体,而下笔标新,似可代雄。文章幼饶奇气,喜于论议,金石序事,徽徽可诵。古人吾不知,视本朝三家,非但不愧之而已。"确实,袁枚的议论文气势充沛,说理缜密。如《后出师表辨》,不惟从诸葛亮的生平行事来论定《后出师表》是伪作,还通过前后表的对比、后表的破绽、天下形势等作为有力证据,考定它的不可信处。立论新奇也是袁枚议论文成功的主要原因。袁枚自己也说过:"鄙意以为,尚论者,必发千古不可不发之难,而后可以自存其说。"(《答戴敬咸孝廉书》)他提出的问题往往发聋振聩,闻所未闻。如论秦桧之主和是自己要当皇帝;崔寔《政论》是教皇帝杀人;魏征历事四主,不是贤臣,不得谥贞;皆匪夷所思,常人所想不到。

综上所述，袁枚的各类文章都有他独到的建树，而最大的特点是直抒胸臆，突出个人的情趣，文笔丰富多变，正如杭世骏《小仓山房文集》序所云："记叙用敛笔，论辩用纵笔，叙事或敛或纵，相题为之，而大致超超空行，总不落一凡字。"真实的情感与高超的艺术技巧，使袁枚的文章达到了乾嘉时代文坛中的最高水平，今天读来，仍充满了无可比拟的艺术魅力。

## 四

袁枚对自己文章的评价不亚于对诗，在《送嵇拙修》诗中，他自称说："我自挂冠来，著述穷晨昏。于诗兼唐宋，于文极汉秦。"惠龄《寄祝随园先生八十寿》诗也并称他的诗文："诗名压倒九州人，文阵横扫千军强。"胥绳武还写过这么一首诗标榜袁枚：

> 不为韩柳不欧苏，真气行间辟万夫。
> 所说尽如人意有，此才岂但近时无！
> 扫除理障言皆物，游戏文心唾亦珠。
> 喜是名山藏未得，传抄今已遍寰区。

袁枚见了后，一点也不觉得这是恭维话，还把诗录入了《随园诗话补遗》卷六。

但是要与桐城派的森严壁垒对阵，袁枚这支孤军在实力上显然无法与之匹敌。所以当时乃至后世，人们真正奖挹推崇的主要是袁枚在诗歌上的造诣。舒位《乾嘉诗坛点将录》把袁枚列为"及时雨"宋江，奉之为诗坛领袖。袁门男女弟子中，著名的如张问陶、舒位、王昙等，都是向袁枚学诗的。张问陶《船山诗草》原名《推袁集》，也是意在表示对袁枚的诗拳拳服膺。相对比下来，他的散文就受到很大程度的冷落了。清中叶以后，文坛已是桐城派的一统天下，自然很少有人对袁枚的文章置喙。由于桐城派严格区分骈散，袁枚的骈体文与尺牍倒为人所津津乐道，甚至有人进行笺注，称之为"鲸铿春丽，怪怪奇奇，真天地间别是一种文字，近世果无能颉颃者"（石韫玉《袁文合笺》序）。又由于袁枚年轻时以时文名震海内，人们多模仿以博科名，称赞他的时文的也比称赞他古文的多。无怪乎袁谷芳在《小仓山房文集》后序中感慨地说：

先生正以诗、古文词树坛坫江南，欲收致四方俊士，与之共商《史》《汉》文章之正统。而外间科举之说盛行，徒知有先生之时文而已，不知有古文也；其或借先生为声援者，亦徒知有先生之诗而已，不知有古文也。

这对袁枚来说，实在是件可悲的事。肯定袁枚的骈文、尺牍甚至时文，而忽略他的古文（即时文、韵文外的散文），这种舍本求末的不正常现象，正是清中后期文风的体现。好在随着研究的深入，时代的变迁，这一状况已有了明显的改观。

## 五

本书选录袁枚所作散文五十余篇，大致分成五类，除"尺牍"类中《答鱼门》《答杨笠湖》《与蒋苕生书》选自《小仓山房尺牍》外，均录自《小仓山房集》。本书虽名为"散文选"，考虑到袁枚又以骈文名家，所作文句优美，对仗工整，韵律整饬，情韵皆长，读之令人齿颊生香，故本书亦选录一二，以见鼎之一脔。

袁枚的文学作品，除《小仓山房集》等外，负有盛名的还有《子不语》。《子不语》是袁枚治文史之余所作，后改名《新齐谐》，一向被推为继《聊斋志异》后最有成就的志怪小说之一。作品在语言、构思谋篇上，无意雕饰润色，力主简略，隽永自然，同样体现了袁枚散文的特色。鲁迅《中国小说史略》云："其文屏去雕饰，反近自然，然过于率意，亦多芜秽，自题'戏编'，得其实矣。"褒贬并举，洵为的论。本书从《随园三十种》本选录十余则，以作附录。如此，袁枚文章的精华，可谓尽萃于此了。

为方便读者理解，特对选文做了简注，并系以"题解"。题解以诠释文意、解析作者的匠心为主。朱熹与人论笺释文章，谓不可自作文字，"自作文字，则观者贪看文字，并正文之意而忘之"（陆世仪《思辨录辑要》引），本书的题解，即以此为准的。

李梦生

2021年10月改定于芦墟

| 目 录 |

袁枚和他的散文（代序） / 001

一 **游记** / 001

戊子中秋记游 / 003

浙西三瀑布记 / 006

游仙都峰记 / 010

游黄龙山记 / 014

游黄山记 / 018

游庐山黄崖遇雨记 / 024

游丹霞记 / 027

峡江寺飞泉亭记 / 031

游桂林诸山记 / 035

游武夷山记 / 040

二 **序论** / 045

汪朴庐圣湖诗序 / 047

童二树诗序 / 049

蒋心余藏园诗序　/ 054

何南园诗序　/ 060

俭戒　/ 063

黄生借书说　/ 066

张良有儒者气象论　/ 069

书留侯传后　/ 073

## 三　书函　/ 077

答陶观察问乞病书　/ 079

再答陶观察书　/ 086

答鱼门　/ 091

再与沈大宗伯书　/ 098

答某山人书　/ 105

与程蕺园书　/ 111

答彭尺木进士书　/ 115

与蒋苕生书　/ 120

答杨笠湖　/ 128

## 四　传记（附哀悼）　/ 139

厨者王小余传　/ 141

范西屏墓志铭　/ 148

太子太师礼部尚书沈文悫公神道碑　/ 151

江宁两校官传　/ 158

于清端公传 / 163

先妣章太孺人行状 / 171

九江府同知汪君传 / 178

经筵讲官兵部尚书彭公神道碑 / 185

三贤合传 / 195

香山同知彭君小传 / 200

韩甥哀词 / 205

祭妹文 / 209

**五　杂记** / 217

书鲁亮侪 / 219

书潘荆山 / 226

李敏达公逸事 / 231

稗事 / 236

书马僧 / 239

书汪龆庵 / 246

书张郎湖臬使逸事 / 249

随园记 / 264

所好轩记 / 268

篁村题壁记 / 271

散书记 / 276

重到沭阳图记 / 279

**附录　子不语**　/ 285

　　蔡书生　/ 287

　　鬼畏人拼命　/ 289

　　鬼有三技过此鬼道乃穷　/ 291

　　怪弄爆竹自焚　/ 294

　　怪风　/ 297

　　官癖　/ 299

　　鬼借官衔嫁女　/ 301

　　关神下乩　/ 303

　　鬼宝塔　/ 305

　　大力河　/ 307

　　狐道学　/ 309

　　沙弥思老虎　/ 312

　　铁公鸡　/ 314

　　枯骨自赞　/ 316

# 一 游记

十里崎岖半里平，
一峰才送一峰迎。

《山行杂咏》

## 戊子①中秋记游

佳节也，胜境也，四方之名流也，三者合，非偶然也。以不偶然之事而偶然得之，乐也。乐过而虑其忘，则必假文字以存之，古之人皆然。

乾隆戊子中秋，姑苏唐眉岑②挈其儿主随园，数烹饪之能，于烝甗首也尤。且曰："兹物难独嗷，就办治，顾安得客？"余曰："姑置具③，客来当有不速者。"已而，泾邑翟进士云九④至。亡何，真州尤贡父⑤至。又顷之，南郊陈古渔⑥至，日犹未昳⑦。眉岑曰："予四人皆他乡，未揽金陵胜，盍小游乎？"三人者喜，纳屦⑧起，趋趋以数⑨，而不知眉岑之欲饥客以柔其口也。

从园南穿篱出，至小龙窝⑩，双峰夹长溪，桃麻铺芬。一渔者来，道客登大仓山。见西南角烂银垄涌，曰："此江也。"江中帆樯如月中桂影，不可辨。沿山而东，至虾蟆石，高壤穿然，金陵全局下浮，曰谢公墩也。余久居金陵，屡见人指墩处，皆不若兹之旷且周。窃念墩不过土一抔⑪耳，能使公有遗世想，必此是耶；就使非是，而公九原有灵，亦必不舍此而之他也。从蛾眉岭登永庆寺亭，则日已落，苍烟四生，望随园楼台，如障轻容纱，参错掩映，又如取镜照影，自喜其美。方知不从其外观之，竟不知居其中者之若何乐也。

还园，月大明，羹定酒良，鼋首如泥，客皆甘而不能绝于口以醉。席间各分八题，以记属予。嘻，余过来五十三中秋矣。幼时不能记，长大后无可记，今以一鼋首故，得与群贤披烟云，辨古迹，遂历历然若真可记者。然则人生百年，无岁不逢节，无境不逢人，而其间可记者几何也？余又以是执笔而悲也。

## 【注释】

① 戊子：乾隆三十三年（1768）。是年，袁枚五十三岁。

② 唐眉岑：生平不详，苏州人。

③ 置具：备办好菜肴。具，酒肴与食器。

④ 翟进士云九：翟大程，字云九，安徽泾县人。乾隆二十五年（1760）进士。

⑤ 尤贡父：尤荫，号贡父，江苏仪征人。诗人，著有《出塞吟》《黄山吟》等。

⑥ 陈古渔：陈毅，字直方，号古渔，江宁（今江苏南京）人。曾入卢雅雨等人幕。著有《诗概》《所知集》等。

⑦ 昳（dié）：太阳偏西。

⑧ 屦（jù）：古时用麻、葛等制成的鞋。纳屦，即穿鞋。

⑨ 趋趋（cù）以数：《礼记·祭义》："其行也，趋趋以数。"注："趋读如促，数之言速也。"

⑩ 小龙窝：与下大仓山、虾蟆石、谢公墩均为小仓山附近名胜。谢公墩，以东晋谢安曾住此而得名。

⑪ 一抔：一捧，形容小。

## 【题解】

　　王元启《惺斋论文》云："画家论画树之法，枝枝节节须带曲势，不须下一直笔。作文亦尔，须逐处曲折生波，及有姿致，若依本直说，有何情趣？"袁枚本文即在曲折处谋篇。文题是"记游"，却不以游入手，先写烝猪首，再写不速之客至，方牵率写游。写游又以紧紧擒住一"望"字，言"西南角烂银垒涌，曰：'此江也'"一段，洵为神来之笔，寥寥数言，将登高俯看所见，描绘形象入画。

　　与袁枚其他游记一样，文章善于移情入景，穿插心理感受。如写登永庆寺见日落时望自己居处数句，与苏轼"不识庐山真面目，只缘身在此山中"一样富有哲理。

## 浙西三瀑布记

甚矣，造物之才也！同一自高而下之水，而浙西三瀑三异，卒无复笔。

壬寅岁，余游天台①石梁，四面崒者②屃屭③，重者甗隒④，皆环梁遮迤⑤。梁长二丈，宽三尺许，若鳌脊跨山腰，其下嵌空。水来自华顶⑥，平叠四层，至此会合，如万马结队，穿梁狂奔。凡水被石挠必怒，怒必叫号，以崩落千尺之势，为群磓砢⑦所挡拟⑧，自然拗怒⑨郁勃⑩，喧声雷震，人相对不闻言语。余坐石梁，恍若身骑瀑布上。走山脚仰观，则飞沫溅顶，目光炫乱，坐立俱不能牢，疑此身将与水俱去矣。瀑上寺曰上方广，下寺曰下方广。以爱瀑故，遂两宿焉。

后十日，至雁宕⑪之大龙湫。未到三里外，一匹练从天下，恰无声响。及前谛视，则二十丈以上是瀑，二十丈以下非瀑也，尽化为烟，为雾，为轻绡，为玉尘，为珠屑，为琉璃丝，为杨白花⑫。既坠矣，又似上升；既疏矣，又似密织。风来摇之，飘散无着；日光照之，五色映丽。或远立而濡其首，或逼视而衣无沾。其故由于落处太高，崖腹中洼，绝无凭藉，不得不随风作幻；又少所抵触，不能助威扬声，较石梁绝不相似。大抵石梁武，龙湫文；石梁喧，龙湫静；石梁急，龙湫缓；石梁冲荡无前,龙湫如往而复;此其所以异也。初观石梁时,以为瀑状不过尔尔,龙湫可以不到。及至此,而后知耳目所未及者,不可以臆测也。

后半月,过青田⑬之石门洞⑭,疑造物虽巧,不能再作狡狯⑮矣。乃其瀑在石洞中,如巨蚌张口,可吞数百人。受瀑处池宽亩余,深百丈,疑蛟龙欲起,激荡之声,如考⑯钟鼓于瓮内。此又石梁、龙湫所无也。

昔人有言曰:"读《易》者如无《诗》,读《诗》者如无《书》,读《诗》《易》《书》者如无《礼记》《春秋》。"余观于浙西之三瀑也信。

## 【注释】

①天台:天台山,在今浙江天台北,为仙霞岭的东支。山多奇峰怪松,尤以石梁瀑布驰名。

②崒(zú)者:高而挺拔者。

③屋巍(zuī wéi):山峰高峻。崒者屋巍,语出《尔雅·释山》。

④甗崟(yǎn yǎn):甗为瓦器,上大下小;崟为山崖。甗崟指山崖上大下小如甗。重者甗崟,语出《尔雅·释山》。

⑤遮迣(zhì):四周遮拦。

⑥华顶:天台山峰名。

⑦磥砢(lěi luǒ):石众多而乱。

⑧ 挡挊(bì)：阻挡推击。

⑨ 拗(niù)怒：抑制愤怒。班固《两都赋》："蹂躏其十二三，乃拗怒而少息。"

⑩ 郁勃：盛貌。

⑪ 雁宕：雁荡山。有南、北雁荡。此指北雁荡，在今浙江乐清东。山多怪峰异石，有龙湫瀑布，悬岩数百仞，为东南奇胜。

⑫ 杨白花：杨花，花色白如絮。

⑬ 青田：今浙江青田。

⑭ 石门洞：在青田西石门山。山两峰壁立如门，故名。洞幽深绵邈，中飞瀑喷泻。上有轩辕丘。道家以为第三十洞天。

⑮ 狡狯：诡变，开玩笑。《世说新语·文学》："袁彦伯作《名士传》成，见谢公。公笑曰：'我尝与诸人道江北事，特作狡狯耳。'"这里意为别出机杼，另翻新样。

⑯ 考：撞击。

# 【题解】

文作于乾隆四十七年壬寅（1782），记载了浙江三处著名的瀑布景观。

袁枚提倡文章简捷而有文采，这篇游记很能体现他的创作观。文章对三处瀑布的描写手法绝不类同：写天台瀑布，以石梁衬托它的奇兀湍激；写雁荡瀑布，用一连串形象的比喻与白描，突出它的纤徐飘荡；写青田瀑布，以地理环境的描写，陈述它的激荡音响。三段各自切合三处瀑布的特点,设语不多,无一复笔,同时又将三处瀑布关带比较,使人如临其境,移神骇心。

写水难,写瀑布更难。因为水尚可因地势的萦回纡曲而起变化;而瀑布则均自上而降,唯有大小高低的不同。只有把握住各瀑布的不同点,才能把各瀑布的妙处形象地写出来。袁枚在一篇文章中写三大瀑布而各得其精髓,非笔力扛鼎、胸罗锦绣者不能办到。

记天台、雁荡瀑布,在袁枚前有不少脍炙人口的名篇。著名的如元李孝光《大龙湫记》,分写雨后瀑布之冲激震荡及大旱时瀑布如苍烟郁勃;袁枚此文则专注于未泻入潭以前,均极具描绘之能事。袁枚此游尚作有《观大龙湫作歌》诗,所谓"五丈以上尚是水,十丈以下全为烟","分明合并忽迸散,业已坠下还迁延"云云,可与本篇合并参看。

## 游仙都峰记

或告余曰:"子从雁宕①归,则永嘉②之仙岩③、缙云之仙都峰,均可游焉。"余谨识之。误记仙岩为归途之便,舟行十里,方询土人。曰:"南北殊路矣。"心为缺然④。及至缙云,以仙都谋之邑宰⑤,有难色,以溪涨辞。余遂绝意于游。

行三十里,止黄碧塘。日已昳,望前村瓦屋鳞列,从隶曰:"此虞氏园也,盍往小憩?"如其言,园主迎入茗饮,未暇深语,仍还旅店。将弛衣眠,闻门外人声嘈嘈,则虞氏昆季,曰:"别后见名纸,先生即袁太史乎?"曰:"然。"乃手烛上下照,喑⑥且骇曰:"我辈幼读先生文,以为国初人,年当百数十岁。今神采若斯,是古人复生矣。愿须臾留,明日陪游仙都。"余未及答,而少者卷帐,长者捧席,家僮肩行李,已至其家,折塈张饮⑦。

次日,厨具馔,里具车,导入响岩。石洞隆然,叩之应声。有小赤壁,有鼎湖,草树卉歙⑧,高不可上。仙榜岩雉堞⑨横排,可书数百姓名。旸谷为溪水所啮,非梯莫登,仅遥瞩,于大方石上有宋嘉定⑩磨崖⑪,及王十朋⑫诗,约略可识。未一日,而仙都之游毕,仍宿虞氏家。

嘻!是游也,非虞氏主之,则仙都不可游;非从隶有请,则不诣虞氏;非日尚晏温⑬,或有雨,则从隶虽请亦不往;非具生纸⑭以名通，则虞氏亦不知我为何人。我之当游仙都，仙都之当为我游，天也，非人也。然仙岩咫尺可游，而于意外失之；仙都心已决舍，万不能游，而于意外得之。一游也，无大关系，而世事之舛午⑮如是，其它何可类推哉！亟记之，以志遭逢之奇，以表虞氏好贤之德。主人名沅，字启蜀，为唐永兴公⑯之后人。

# 【注释】

① 雁宕：参见《浙西三瀑布记》篇注⑪。

② 永嘉：古郡名，即今温州地区。

③ 仙岩：在瑞安北，以瀑布、深潭出名。仙岩在温州南，袁枚返程往北走，故下文有"南北殊途"的话。

④ 缺然：不足。

⑤ 邑宰：知县。

⑥ 嗟（jiè）：感叹。

⑦ 折墅张饮：打断休息，备酒宴款待。

⑧ 卉歙：《汉书》司马相如《上林赋》"浏莅卉歙"，王先谦补注云："犹呼吸也。"此当指草木茂盛。

⑨ 雉堞：城墙。此指仙榜岩如城墙般展开。

⑩ 嘉定：宋宁宗年号（1208—1224）。

⑪ 磨崖：在山崖石壁上所刻的文字。

⑫ 王十朋：字龟龄，乐清人。宋绍兴二十七年（1157）状元，官至龙图阁学士。著有《梅溪集》。

⑬ 晏温：天气晴朗暖和。

⑭ 生纸：质地粗糙的纸。

⑮ 舛午：相违背、抵触。

⑯ 永兴公：唐代著名书法家虞世南，余姚人，封永兴公，卒谥文懿。

## 【题解】

仙都峰，在浙江省缙云县。地处括苍山北麓、好溪中段，山水逸秀，云雾缭绕，为著名风景区，有鼎湖峰、倪翁洞、芙蓉峡等名胜。乾隆四十七年（1782）春，袁枚南游天台、雁荡等名胜，回程时游缙云仙都峰，作了这篇记文。

文章以悬念展开：有意游仙岩，仙岩没游成；专程访仙都，被县令泼了冷水，于是游兴索然，快快而归。没想到忽然遇上个不相识的人，柳暗花明，又游了山，又交了忘年友。于是袁枚对仙都景色并没有如一般游记依游程逐步展开，仅用了百把字对景物略作点评，结以"未一日，而仙都之游毕"。究其原因，袁枚此游之乐不在"山水之间"，而在于因游而感叹人生"遭逢之奇"，文章从游记变成了一篇抒情的散文。袁枚的文章就是如此出人意表。

袁枚成名很早，年轻时所作八股文又被人当作范文刻发，所以很多人都把他与康熙间硕儒看作同辈，这篇记文中的虞沅就是如此。一位老人，遇到这样带有喜剧色彩的误会，心中自然高兴；与之对比，山水的乐趣退后了，文章便浸透在感叹人生遭遇不可预测的喜悦中。袁枚同时还作有《赠缙云虞启蜀秀才四首》诗，记这段雪泥鸿爪，在序中也详细叙述了邂逅虞沅的经过。诗第三首说："闻名当作古人讹，道我年将百岁过。自笑阳休虽健在，相逢却也鬓霜多。"可与本文所写同参。

又，于此前，袁枚在游雁荡时亦有类似的遭遇，《小仓山房诗集》卷二十八有诗记事，题为"宿虹桥倪姓家，其西席张孝廉请见，色甚倨，见余意不属，乃夸其先人元彪公最知名，曾与袁子才、商宝意两先生交好。余问：君曾见袁某乎？曰：袁在，年将大耋，安可见耶？余告以某在斯，乃愕然下拜"。这位张孝廉与虞启蜀比，无趣得多了。

## 游黄龙山记

壬寅四月，余游天台、雁宕毕，游处州①之黄龙山。山皆磥磥②大圆石，坻伏郁堙③，各相跆藉④，类东鲁峄山⑤，与台、宕绝异。

人疑造物矜奇乃尔，予晓之曰：此岂造物者之有意为哉？使有意为之，必不能成如是形；就成如是形，亦不能有此奇变。惟其气化⑥推迁⑦，偶然而生，适然而成，正恐造物者有意不为之而反有所不能。何也？余幼时嬉戏，好置水盂，熔锡投之，沸然有声。俄而立者、蹲者、卧者，叠为架倚者，巨而宏者，碎且杂者，欹侧而斜椭者，若相斗又相悦者，盖无弗备焉。其状则为狮为象，为龙为马，为鸡虫杂物，为华岳⑧、嵩⑨、岱⑩诸名胜，亦无不备焉。是岂余之有意为哉？其倾之于水也，余之所知也；其成如是形也，非余之所知也。问之锡，锡不知；问之水，水亦不知。山之道，何独不然？

当玄黄⑪未判⑫时，元气茫茫，山水土沙熔为一片，石如柔乳，羼⑬和其间。一旦天浮地沉，沙飞水归，风从而荡揉之，星横于天，石横于地，诡状殊形，或开辟⑭即露，或俟后人搜爬始露。历年愈久，蕴畜愈厚，山形愈奇。今人见山顶有舡，有匣，有屋，有朽楂⑮，此岂真有人焉飞上置之哉！所以然者，职此之由⑯。惜人形体小，年寿促，后天地生，先天地亡，不能坐而待之、瞭然视之耳，然其理不过如是。

或曰：是山说也，非山记也，于黄龙何与？曰：举一隅可知三隅⑰，并可知千百万隅。余因游黄龙而憬然有悟，故揭所见以书之；且游台、宕俱有诗⑱，游黄龙无诗，记之，所以代游黄龙之诗也。

## 【注释】

① 处州：府名，治所在今浙江丽水。

② 碌碌：石多貌。宋玉《高唐赋》："砾碌碌而相摩兮。"

③ 坻伏郁堙：语出《左传·昭公二十九年》："官宿其业，其物乃至，若泯弃之，物乃坻伏，郁湮不育。"坻伏，潜伏。坻，止；伏，匿。郁堙，同"郁湮"，滞塞。

④ 跆（tái）藉：践踏。《汉书·天文志》："因以张楚并兴，兵相跆藉，秦遂以亡。"

⑤ 峄山：邹山，在今山东邹城市东南。秦始皇曾登山刻石记功，山多奇形怪石。

⑥ 气化：古指阴阳之气的变化。

⑦ 推迁：变易更换。

⑧ 华岳：华山，在今陕西华阴，古称西岳。

⑨ 嵩：嵩山，在今河南登封，古称中岳。

⑩ 岱：泰山，在今山东泰安，古称东岳。

⑪ 玄黄：天地。《易·坤》："夫玄黄者，天地之杂也，天玄而地黄。"

⑫ 判：分。

⑬ 羼（chán）：羊杂处在一起。引申为掺杂。

⑭ 开辟：开天辟地。指天地之初开。

⑮ 椟：小棺。

⑯ 职此之由：主要原因在此。刘知几《史通·叙事》："史之烦芜，职由于此。"

⑰ 举一隅可知三隅：语本《论语·述而》："举一隅不以三隅反，则不复也。"言物有四隅，举其一不知其三，则不必再教导。后因以举一知三、举一反三指连类相推。

⑱ 游台、宕俱有诗：这年袁枚游天台，有《入天台路上杂诗》《登华顶作歌》《到石梁观瀑布》等诗。游雁荡，有《过四十九盘岭栽到雁山》《观大龙湫作歌》《风洞》等诗近二十首。

## 【题解】

文章作于乾隆四十七年壬寅（1782），时袁枚游于浙江。文章标题为游记，实际上写山的风光只不过二十来个字，正如他自己设问所云，是"山说"，而非"山记"。全文不写登山即目，不写山之形态，只写游山时产生的联想；然而通过文中对熔锡事所做的大段具体形象的描写及对山的成因的探索，人们对黄龙山的诡异多姿也就留下了难以磨灭的印象。金圣叹评点小说、戏曲，常用"不写之写"四字概括游离于正文之外的烘托写法，袁枚这篇文章正是采用了这种"不写之写"的写法。

兴之所至，纵笔直书，是袁枚文章的特色。一切藩篱成规，在袁枚看来都是不足道的。"游记"可以写成"山说"，其他体裁也可以互相更易。正是这种直抒性灵的写法，使读惯了模拟刻板文章的人觉得别有新趣。

自来游记大致有二体，一如柳宗元之模山状水，一如欧阳修之凭今吊古，袁枚可谓另辟蹊径。但这种不受羁靮的写法，也常遭人非议，顾云《盋山谈艺录》评判云："袁简斋颇丛世诟病，要为豪杰之文，其意欲独树一帜，故才气横厉，时轶绳墨之外，所谓有甲车四千乘，虽以无道行之，必可畏也。"

## 游 黄 山 记

癸卯四月二日，余游白岳[①]毕，遂浴黄山之汤泉[②]。泉甘且冽，在悬崖之下。夕宿慈光寺[③]。

次早，僧告曰："从此山径仄险，虽兜笼[④]不能容。公步行良苦，幸有土人惯负客者，号海马，可用也。"引五六壮佼者来，俱手数丈布。余自笑羸老，乃复作襁褓儿耶？初犹自强，至惫甚，乃缚跨其背。于是且步且负各半。行至云巢[⑤]，路绝矣，蹑木梯而上，万峰刺天，慈光寺已落釜底。是夕至文殊院[⑥]宿焉。

天雨寒甚，端午犹披重裘拥火。云走入夺舍，顷刻混沌[⑦]，两人坐，辨声而已。散后，步至立雪台，有古松根生于东，身仆于西，头向于南，穿入石中，裂出石外。石似活，似中空，故能伏匿其中，而与之相化。又似畏天，不敢上长，大十围，高无二尺也。他松类是者多，不可胜记。晚，云气更清，诸峰如儿孙俯伏。黄山有前、后海[⑧]之名，左右视，两海并见。

次日，从台左折而下，过百步云梯[⑨]，路又绝矣。忽见一石如大鳌鱼[⑩]，张其口。不得已走入鱼口中，穿腹出背，别是一天。登丹台[⑪]，上光明顶[⑫]，与莲花[⑬]、天都[⑭]二峰为三鼎足，高相峙。天风撼人，不可立。幸松针铺地二尺厚，甚软，可坐。晚至狮林寺[⑮]宿矣。

趁日未落，登始信峰⑯。峰有三，远望两峰夹峙，逼视之，尚有一峰隐身落后。峰高且险，下临无底之溪，余立其巅，垂趾二分在外。僧惧，挽之。余笑谓："坠亦无妨。"问："何也？"曰："溪无底，则人坠当亦无底，飘飘然知泊何所？纵有底，亦须许久方到，尽可须臾求活。惜未挈长绳缒精铁量之，果若干尺耳。"僧大笑。

次日，登大小清凉台⑰。台下峰如笔，如矢，如笋，如竹林，如刀戟，如船上桅，又如天帝戏将武库兵仗布散地上。食顷，有白练绕树。僧喜告曰："此云铺海也。"初濛濛然，镕银散绵，良久浑成一片。青山群露角尖，类大盘凝脂中有笋脯矗现状。俄而离散，则万峰簇簇，仍还原形。余坐松顶，苦日炙，忽有片云起为荫遮，方知云有高下，迥非一族。

薄暮，往西海门观落日，草高于人，路又绝矣。唤数十夫芟夷⑱之而后行。东峰屏列，西峰插地怒起，中间鹘突⑲数十峰，类天台琼台。红日将坠，一峰以首承之，似吞似捧。余不能冠，被风掀落；不能袜，被水沃透；不敢杖，动陷软沙；不敢仰，虑石崩压。左顾右睨，前探后瞩，恨不能化千亿身，逐峰皆到。当海马负时，捷若猱猿，冲突急走，千万山亦学人奔，状如潮涌。俯视深阬怪峰，在脚底相待，倘一失足，不堪置想。然事已至此，惴栗⑳无益，若禁缓之，自觉无勇。不得已，托孤寄命㉑，凭渠所往，觉此身便已羽化。《淮南子》有胆为云㉒之说，信然。

初九日，从天柱峰后转下，过白沙矼㉓，至云谷㉔，家人以肩舆相迎。计步行五十余里，入山凡七日。

## 【注释】

① 白岳：山名，在安徽休宁。位于黄山之南。奇峰四起，绝壁回环，险峻而清奇。乾隆帝誉为"天下无双胜景，江南第一名山"。

② 汤泉：温泉，在山下。泉水清润纯净，无硫磺气。

③ 慈光寺：在朱砂峰下，一名朱砂庵。明万历年间僧普门改建，称法海禅院，寻敕封护国慈光寺。

④ 兜笼：供游客乘坐、由人抬着上山的竹制器具，类似小山轿。

⑤ 云巢：在文殊院下，为前海一石洞。

⑥ 文殊院：寺名，在玉屏峰前。明普门和尚至此，云在代州时梦见文殊坐石情景，与此境合，遂构文殊院。遗址今为玉屏楼。

⑦ 混沌：天地未开辟以前的元气状态。此指笼罩在云雾之中。

⑧ 前、后海：黄山多云海，因称南为前海，北为后海，中为天海，加上东、西海为五海。

⑨ 百步云梯：莲花峰下小道，最险处约百步，下临绝壑。

⑩ 大鳌鱼：指鳌鱼背，在鳌鱼峰前。酷似鳌鱼，张口向海螺石。

⑪ 丹台：炼丹台，在炼丹峰前，宽广可容万人。传为浮丘公为黄帝炼丹处。台上有炼丹灶，台下有炼丹源。

⑫ 光明顶：黄山主峰之一。状如覆钵，无所依傍，山顶平坦。

⑬ 莲花峰：黄山最高峰。山形如初绽莲花，绝顶方圆丈余，名石船。

⑭ 天都峰：黄山主峰之一。峰顶平如掌，有石洞，古人尊之为天帝神都，故名。

⑮ 狮林寺：狮子林，明建，在狮子峰下。

⑯ 始信峰：在黄山东部，峰凸起在绝壑上。峰上有接引崖，崖壁有裂隙，搭桥渡之。下有古松，名扰龙松。

⑰ 清凉台：在狮子峰下，为观日出、铺海之地。

⑱ 芟（shān）夷：割除。

⑲ 鹘（hú）突：模糊不清。

⑳ 惴（zhuì）慄：恐惧。

㉑ 托孤寄命：以后代及生命相托。语出《论语·泰伯》："可以托六尺之孤，可以寄百里之命。"这里比喻把一切都交托给背他的人，听之任之。

㉒ 胆为云：语出《淮南子·精神训》："故胆为云。"注云："胆，金也。金石，云之所出，故为云。"

㉓ 白沙矼（gāng）：在后山皮篷与云谷寺之间，沙色纯白，与四周山色迥异，故名。

㉔云谷：寺名，在香炉峰下。寺周有灵锡泉、江丽田弹琴处等胜迹。

## 【题解】

文作于乾隆四十八年癸卯（1783）。

黄山又名黟山，有三十六峰、二十四溪、十二洞、八岩，徐霞客有"五岳归来不看山，黄山归来不看岳"之誉。黄山奇景在明清两代文人笔下熟闻习见。袁枚这篇游记采取了传统的写法，依游历先后逐一展开，而着重写三天所见。在下笔时，紧紧扣住黄山最引人入胜的景物：怪松、云海、奇峰，做细微具体的描写，充分调动人的视觉、听觉、感觉，全方位地进行渲染，使人读后充满新鲜感，不觉得与前人所记重复。

善于写游山时的感受是本文的又一大特色。文章在写景物时不时插入对景物的评判，如写黄山高险，下临无底深溪，以"人坠当亦无底，飘飘然知泊何所？纵有底，亦须许久方到，尽可须臾求活"一段宽释，增加了游趣，也更显得山高溪深。写被海马背负，"捷若猱猿，冲突急走，千万山亦学人奔，状如潮涌。俯视深阮怪峰，在脚底相待"，摹景绘情，妙笔生花，将速度与危险均形容到极致。文章多寡短长、抑扬高下，本无一定的规律，但必须有引人入胜之处。本文无论是字句、音节、神气都达到了道人所难道的高度。

袁枚游黄山写了几十首诗，如《坐光明顶上老僧送茶至》云：

"风吹帽落带绕颈,履踏苍苔湿至胫……众岭森罗脚底来,凭我恣餐如列鼎。"又如《宿狮子林晨起登清凉台看云铺海》云:"一匹布将大地裹,千条练许山灵分。"又如《到西海门看落日,山中藏山颇似天台琼台》云:"娲皇炼石石无用,秦王驱山山太重。一齐放向西海门,棱棱万古犹飞动。"莫不笔酣墨舞,极尽铺张之能事,读之耸人心目。同样写黄山,文素净简洁,纯用比喻、白描;诗奇诡激荡,夸张突兀。袁枚诗与文风格之多样,于此可以概见。

## 游庐山①黄崖遇雨记

甲辰②春，将游庐山。星子③令丁君告余曰："庐山之胜，黄崖为最。"余乃先观瀑于开先寺，毕，即往黄崖。

崖仄而高，筱舆④升，奇峰重累⑤如旗鼓戈甲从天上掷下，势将压己，不敢仰视；贪其奇，不肯不仰视。屏气登颠⑥，有舍利台，正对香炉峰。又见瀑布，如良友再逢，百见不厌也。旋下行，至三峡桥。两山夹溪，水从东来，巨石阻之，小石尼⑦之，怒号喷薄。桥下有宋祥符⑧年碣，谛视良久，至栖贤寺宿焉。

次日闻雷，已而晴，乃往五老峰。路渐陡，行五里许，回望彭蠡湖⑨，帆竿排立，己所坐舟，隐隐可见。正徘徊间，大雨暴至，云气坌涌，人对面不相识。舆夫认云作地，踏空欲堕者屡矣。引路里保，避雨远窜，大声呼，杳无应者。天渐昏黑，雨愈猛，不审今夜投宿何所。舆夫触石而颠，余亦仆，幸无所伤。行李愈沾湿愈重，担夫呼詈⑩，家僮互相怨尤，有泣者。余素豪，至是不能无悸。踯躅良久，犹临绝壑。忽树外远远持火者来，如陷黑海见神灯，急前奔赴，则万松庵老僧曳杖迎，喏曰："相待已久，惜公等误行十余里矣。"烧薪燎衣⑪，见屋上插柳，方知是日清明也。

次日雪，冰条封山，触履作碎玉声。望五老峰不得上，转身东下，行十余里，见三大峰壁立溪上，其下水潺潺然。余下车投以石，久之寂然，想深极，故尽数十刻尚未至底耶？旁积石础碎瓦砾无万数，疑即古大林寺之旧基。舆夫曰："不然，此石门涧耳。"余笑谓霞裳⑫曰："考据之学，不可与舆夫争长，姑存其说何害！"乃至天池，观铁瓦，就黄龙寺宿焉。僧告余曰："从万松庵到此，已陡下二千丈矣。"问遇雨最险处何名，曰犁头尖也。

余五年游山皆乐，惟此行也苦，特志之。

【注释】

① 庐山：在今江西九江南。山有开先寺、三峡桥、栖贤寺、五老峰诸胜。

② 甲辰：乾隆四十九年（1784）。

③ 星子：今江西星子县。庐山在星子县北。

④ 箯（biān）舆：竹制的山轿。

⑤ 重累：重叠。

⑥ 颠：同"巅"，山顶。

⑦ 尼：阻挡。

⑧ 祥符：宋真宗大中祥符年的简称，凡九年（1008—1016）。

⑨ 彭蠡湖：鄱阳湖，在江西省北部。庐山离鄱阳湖西岸不远。

⑩ 呼謈（pó）：大声呼痛。这里是指他们叫苦。

⑪ 烧薪燎衣：用柴升火，烘烤衣服。

⑫霞裳：姓刘，袁枚的学生。

# 【题解】

乾隆四十九年（1784）春，袁枚游庐山，由南麓上山，历游黄崖附近的开先寺、三峡桥、栖贤寺等名胜。这篇文章，便记游览经过。

文章虽然记的是游览的全过程，但依游程重点写了登黄崖及遇雨两个片段。登黄崖，重点写山"仄而高"。如形容山的陡峭，群山罗立，说自己上山时仿佛觉得旗鼓戈甲从天上掷下来，既形象地描摹了山峰的各种形态，又准确地表达了仰面上登时的心理感觉。写遇雨的一段尤扣人心弦。忽晴忽雨，晴则观远处纤毫毕见，雨则漆黑一团，正是庐山气候多变的特征。作者以如椽巨笔，不但写出大雨中的遭遇，且忙中有闲，在写了舆夫多次遭险、自己也摔倒、走投无路后，还不忘点缀担夫、家僮，一笔不漏。

游山应是一种乐趣，袁枚在这里却着意写了苦。悬崖峭壁，难以攀登，为一苦；雨中难行，频临不测，为一苦。但作者娓娓记来，把极不堪之境缕分细述，我们仍能从中品味出他的趣来。

## 游丹霞<sup>①</sup>记

甲辰<sup>②</sup>春暮,余至东粤<sup>③</sup>,闻仁化有丹霞之胜,遂泊五马峰<sup>④</sup>下,别买小舟,沿江往探。山皆突起平地,有横皴,无直理,一层至千万层,箍围不断。疑岭南近海多螺蚌,故峰形亦作螺纹耶?尤奇者,左窗相见,别矣,右窗又来;前舱相见,别矣,后舱又来。山追客耶,客恋山耶?舛午<sup>⑤</sup>惝恍<sup>⑥</sup>,不可思议。

行一日夜,至丹霞。但见绝壁无蹊径,惟山胁裂一缝如斜锯开。人侧身入,良久得路。攀铁索升,别一天地。借松根作坡级,天然高下,绝不滑履;无级处则凿崖石而为之,细数得三百级。到阑天门最隘,仅容一客,上横铁板为启闭,一夫持矛,鸟飞不上。山上殿宇甚固甚宏阔,凿崖作沟,引水僧厨,甚巧。有僧塔在悬崖下,崖张高幂吞覆之<sup>⑦</sup>。其前群岭环拱,如万国侯伯执玉帛来朝<sup>⑧</sup>,间有豪牛丑犀<sup>⑨</sup>,犁靬<sup>⑩</sup>幻人,鸱张<sup>⑪</sup>蛮舞者。

余宿静观楼。山千仞衔窗而立,压人魂魄,梦亦觉重。山腹陷进数丈,珠泉滴空,枕席间琮琤<sup>⑫</sup>不断。池多文鱼<sup>⑬</sup>泳游。余置笔砚坐片时,不知有世,不知有家,亦不知此是何所。

次日,循原路下,如理旧书,愈觉味得。立高处望自家来踪,从江口至此,蛇蟠蚓屈,纵横无穷,约百里而遥。倘用郑康成<sup>⑭</sup>虚空鸟道<sup>⑮</sup>之说,拉直线行,则五马峰至丹霞,片刻可到。

始知造物者故意顿挫作态，文章非曲不为功也。第俯视太陡，不能无悸，乃坐石磴而移足焉。

僧问："丹霞较罗浮⑯何如？"余曰：罗浮散漫，得一佳处不偿劳，丹霞以遒警⑰胜矣。又问："无古碑何也？"曰：雁宕开自南宋，故无唐人题名；黄山开自前明，故无宋人题名；丹霞为国初所开，故并明碑无有。大抵禹迹⑱至今四千余年，名山大川，尚有屯蒙⑲未辟者，如黄河之源，元始探得，此其证也。然即此以观，山尚如此，愈知圣人经义更无津涯⑳。若因前贤偶施疏解，而遽欲矜矜然㉑阑禁㉒后人，不许再参一说者，陋矣妄矣，殆不然矣。

## 【注释】

① 丹霞：丹霞山，在广东仁化。

② 甲辰：参见《游庐山黄崖遇雨记》篇注②。

③ 东粤：广东。

④ 五马峰：在今广东省韶关市。

⑤ 舛午：参见《游仙都峰记》篇注⑮。

⑥ 惝恍：模糊不清。这里是无法弄清楚的意思。

⑦ "崖张"句：谓山崖突出，像张开高高的帷幕覆盖遮蔽了僧塔。

⑧ "如万国"句：《左传·哀公七年》："禹合诸侯于涂山，执玉帛者万国。"玉帛，圭璋与束帛，古代会盟、朝聘等皆用之。

⑨ 豪牛丑犀：形容山岭奇形怪状。

⑩ 犂靬（jiān）：古代国家名。《汉书·西域传》载，大宛等国献大鸟卵及犂靬国表演幻术的人。这里形容山形千变万化。

⑪ 鹘张：像鹘鸟般张开双翼。鹘，鹰的一种。

⑫ 琮琤：玉石碰击声。此形容声音清脆悦耳。

⑬ 文鱼：一种有斑纹的鱼。又，鲤鱼、金鱼均又称文鱼。

⑭ 郑康成：汉郑玄，字康成，高密人。著名经学家，遍注五经。

⑮ 虚空鸟道：空间直线距离。

⑯ 罗浮：山名，在广东博罗县境内东江之滨，相传罗山自古有之，浮山由海浮来，与罗山并体，故名。山有朱明、桃源等十八洞天，白水漓、水帘洞等九百多处飞瀑幽泉。

⑰ 遒警：此指紧凑。

⑱ 禹迹：大禹治水时，曾遍行九州，因称禹所到处为禹迹。此句意为自大禹遍行天下以来已有四千余年。

⑲ 屯蒙：《易》二卦名，都是晦暗蒙昧之意。这里指尚处于原始未开发阶段。

⑳ 津涯：水的边岸。此指尽头，边际。

㉑ 矜矜然：自负。

㉒ 阐禁：阻隔、限止。

## 【题解】

乾隆四十九年（1784）暮春，袁枚到广东去看望任肇庆知府的弟弟袁树,专程去游览了仁化的丹霞山,写了这篇游记。

　　文章是记游丹霞山,但不直接入题,先写去丹霞水路所见。舟在群山中行,山皆突起,有横皴,无直理,一层至千万层,箍围不断,已是一奇;"左窗相见,别矣,右窗又来;前舱相见,别矣,后舱又来",山水环绕,移步换景,令人应接不暇,又是一奇。如此,未写丹霞,已使人对丹霞之美,无限神往。而正式写丹霞山时,使用细笔,渐渐写入,先通过正面描述,又通过梦"亦觉重"加以深化,最后又津津有味地写从原路下山时的心情,眼、耳及思想多方面的反射与全方位介绍的凑合,使丹霞山给人留下了难忘的印象。

　　袁枚的文章喜欢以议论作结,这篇文章末尾由游山的心得推广到读书上,指出名山大川被发现有早有晚,埋没的一定很多;知识无穷尽,未被探索理解的也很多,因此不能局限于前人之见,为其所囿,要勇于开拓。这点,在今天仍然很有意义。由此,我们想到,任何事物在不同情况下,对不同的人都有不同的启迪作用;就游览山水来说,就应该像袁枚一样,善于品味大自然的启示,从游中发现理与趣。

　　全文辨析理奥,极尽精微,足征大家气象。袁枚同时还作有《到韶州换小舟游丹霞至锦石岩》古风三首,以白描手法,描山摹水,抒发感受,与本文相同,可以互参。

## 峡江寺飞泉亭记①

余年来观瀑屡矣,至峡江寺而意难决舍②,则飞泉一亭为之也。

凡人之情,其目悦,其体不适,势不能久留。天台之瀑,离寺百步,雁宕瀑旁无寺。他若匡庐③,若罗浮④,若青田之石门,瀑未尝不奇,而游者皆暴日中,踞危崖,不得从容以观,如倾盖交⑤,虽欢易别。

惟粤东峡山,高不过里许,而磴级纡曲,古松张覆,骄阳不炙。过石桥,有三奇树鼎足立,忽至半空,凝结为一。凡树皆根合而枝分,此独根分而枝合,奇已。登山大半,飞瀑雷震,从空而下。瀑旁有室,即飞泉亭也。纵横丈余,八窗明净,闭窗瀑闻,开窗瀑至。人可坐可卧,可箕踞⑥,可偃仰,可放笔研,可瀹茗⑦置饮,以人之逸,待水之劳,取九天银河⑧,置几席间作玩。当时建此亭者,其仙乎!

僧澄波善弈,余命霞裳与之对枰。于是水声、棋声、松声、鸟声,参错并奏。顷之又有曳杖声从云中来者,则老僧怀远抱诗集尺许⑨来索余序。于是吟咏之声又复大作。天籁人籁⑩,合同而化。不图观瀑之娱,一至于斯,亭之功大矣!

坐久,日落,不得已下山,宿带玉堂。正对南山,云树蓊郁⑪,中隔长江,风帆往来,妙无一人肯泊岸来此寺者。僧告余曰:"峡江寺俗名飞来寺。"余笑曰:"寺何能飞?惟他日余之魂梦或飞来耳!"僧曰:"无征不信⑫。公爱之,何不记之!"余曰:"诺。"已遂述数行,一以自存,一以与僧。

## 【注释】

①峡江寺:在广东清远县城北中宿峡后峡山上,建于南朝梁武帝时,初名正德寺。又传轩辕黄帝二庶子太禺与仲阳化为神人,将安徽舒城上元延祚寺在一个风雨之夜飞携此处,故又名飞来寺。寺后有飞泉亭。亭临水崖,疏槛面江,众木蓊郁,游人稀少。

②决舍:丢开,离别。

③匡庐:庐山,又名匡山,在今江西省九江市南。山多巉岩峭壁、飞泉怪树。著名的瀑布有开先寺瀑等。

④罗浮:参见《游丹霞记》篇注⑯。

⑤倾盖交:盖指车盖。谓路上碰到、停车共语,车盖接近。常指初交相得,一见如故。邹阳《狱中上书》:"谚曰:有白头如新,倾盖如故。"

⑥箕踞:两腿伸直岔开,形如簸箕。古人正规场合盘腿而坐,箕踞是很随便的姿势。

⑦瀹(yuè)茗:烹茶。

⑧九天银河:指瀑布。语本李白《观庐山瀑布水》:"飞流直

下三千尺，疑是银河落九天。"

⑨ 尺许：指诗集的厚度。

⑩ 天籁人籁：天籁指自然界的音响；人籁本为古代竹制乐器，后泛指人所发出的声音。语出《庄子·齐物论》："女闻人籁而未闻地籁，女闻地籁而未闻天籁夫。"

⑪ 蓊（wěng）郁：草木茂盛貌。

⑫ 无征不信：语出《礼记·中庸》："无征不信，不信，民弗从。"征，同"证"，证明。

## 【题解】

文章作于乾隆四十九年（1784），时袁枚往广东肇庆探望弟弟袁树，途经峡江寺。

游记最忌平均用笔，拉杂而书，犹如流水账、日程表。好的游记善于发掘景色独特之处，从主观上去认识与适应客观世界，使读者相会于心。峡山飞泉，正如袁枚文中所说，没有什么奇特，难与天台、雁荡瀑布比肩。但袁枚通过自己的感受，从"游趣"出发，挖掘平淡中的奇异，舍瀑布而记亭，逐一展示亭的好处：先写亭能遮阴，得从容观瀑；接写亭的环境，以景物衬托亭的幽雅；再写亭子本身，"闭窗瀑闻，开窗瀑至"，可自由自在地在亭内休憩赏玩，从而又引出在亭内下棋、吟诗之悠闲容与。

全文有叙有议，有写景，有记事，有抒情，各项交织成一体，通灵活透，散而不乱，完美地把风景的秀丽与游人的心理结合消融在一起。宣扬了以逸待劳，以旁观的态度欣赏风云变幻，而又愿把自己与天地同化的思想，有丰富的哲理。

末句"惟他日余之魂梦或飞来耳"一语，既由地名生发成趣，又遥应篇首"意难决舍"，使文章有余不尽之意。

## 游桂林诸山记

　　凡山离城辄远，惟桂林诸山离城独近。余寓太守署中，晡食①后即于于②焉而游。先登独秀峰③，历三百六级诣其巅，一城烟火如绘。北下至风洞④，望七星岩⑤，如七穹龟⑥团伏地上。

　　次日过普陀，到栖霞寺⑦。山万仞壁立，旁有洞，道人秉火导入。初尚明，已而沉黑窅渺⑧。以石为天，以沙为地，以深壑为池，以悬崖为幔，以石脚插地为柱，以横石牵挂为栋梁。未入时，土人先以八十余色目列单见示，如狮、驼、龙、象、鱼网、僧磬之属，虽附会亦颇有因。至东方亮，则洞尽可出矣。计行二里余，俾昼作夜，倘持火者不继，或堵洞口，如三良殉穆公⑨之葬，永陷坎窨⑩中，非再开辟不见白日。吁，其危哉！所云亮处者，望东首正白。开门趋往扪之，竟是绝壁。方知日光从西罅穿入，反映壁上作亮，非门也。世有自谓明于理、行乎义，而终身面墙者，率类是矣。

　　次日往南薰亭⑪。堤柳阴翳，山淡远萦绕，改险为平，别为一格。

　　又次日游木龙洞⑫。洞甚狭，无火不能入。垂石乳如莲房半烂，又似郁肉漏脯⑬，离离可摘。疑人有心腹肾肠，山亦如之。再至刘仙岩⑭，登阁望斗鸡山⑮，两翅展奋，但欠啼耳。腰有洞，空透如一轮明月。

　　大抵桂林之山，多穴，多窍，多耸拔，多剑穿虫啮。前无来龙，后无去踪，突然而起，戛然而止，西南无朋，东北丧偶，较他处山尤奇。余从东粤来，过阳朔[16]，所见山业已应接不暇，单者，复者，丰者，杀者，揖让者，角斗者，绵延者，斩绝[17]者，虽奇鸧[18]九首、獾疏[19]一角，不足喻其多且怪也。得毋西粤所产人物，亦皆孤峭自喜，独成一家者乎？

　　记丙辰[20]余在金中丞[21]署中，偶一出游，其时年少，不省山水之乐。今隔五十年而重来，一丘一壑，动生感慨，矧诸山之可喜可愕哉？虑其忘，故咏以诗[22]；虑未详，故又足以记。

## 【注释】

　　① 晡食：晚餐。

　　② 于于：行动悠然自得的样子。

　　③ 独秀峰：一名紫金山，在桂林王城内。孤峰耸立，四壁如削。

　　④ 风洞：风洞山，一名叠彩山，在市区偏北。山上有风洞岩。山层横断如叠彩缎。

　　⑤ 七星岩：在市东普陀山西侧，因七峰列如北斗而名。山有溶洞，一名栖霞、碧虚，深邃雄伟，自隋唐起便为游览胜地。

　　⑥ 穹龟：隆背的乌龟。

　　⑦ 栖霞寺：在七星岩上。

⑧窅(yǎo)渺：深远广袤。

⑨穆公：秦穆公，名任好，在位三十八年，任用百里奚等贤臣，称霸西戎。死时以子车氏的三个儿子奄息、仲行、鍼虎为殉。三人均为当时著名贤士，故秦人作《黄鸟》诗哀之，称之为"三良"。

⑩窞(dàn)：深坑。

⑪南薰亭：在市北虞山山半，宋张栻建。

⑫木龙洞：在市南。洞北悬崖旧有古木一株，倒挂石上，蜿蜒如龙，故名。

⑬郁肉漏脯：不新鲜或腐败的肉。

⑭刘仙岩：在南溪山白龙洞南，相传宋人刘景居此，后仙去。

⑮斗鸡山：以山形如斗鸡，故名。即穿山，在市东。山半有穴，南北横贯，如月轮挂空，故又名日月岩。

⑯阳朔：县名，今广西阳朔。以风景秀丽闻名，有"甲桂林"之称。

⑰斩绝：陡峭壁立，犹如被刀斩过一样。

⑱奇鸧：鸧鸪，传说中的怪鸟，一名鬼车，有九个头。郭璞《江赋》："若乃龙鲤一角，奇鸧九头。"

⑲貛疏：䑏疏。据《山海经》，其状如马，一角有错，能御火。

⑳丙辰：乾隆元年（1736）。

㉑金中丞：金鉷。中丞，明清巡抚例兼副都御史，相当于汉御史中丞，故称巡抚为中丞。金鉷，字震方，一字德山，山东登州人。历官太原知府，广西布政使、巡抚。乾隆元年（1736），袁枚去桂林探望充金鉷幕僚的叔父，金鉷十分赏识他，荐举他应博学鸿词考试。

㉒咏以诗：袁枚在桂林作有《十月八日同陆君景文、汪婿履青及府署中诸君子游栖霞七星洞，方知五十年前夏日阻水，游未尽其奇，诗未殚其妙，补作一章》《独秀峰》《南薰亭》等诗，见《小仓山房诗集》卷三十。

## 【题解】

这篇游记作于乾隆四十九年（1784）十月。

桂林山水素有"甲天下"之称，异峰罗列，诡异多姿，山多溶洞，绚彩绮丽。本文抓住桂林山水特点，以写栖霞山洞为主，附带叙述其他景点，随手刻绘，下语不多而得山水之神髓。文后又以阳朔山水之奇与桂林山水比较，使之相得易彰。"大抵桂林之山，多穴，多窍，多耸拔，多剑穿虫啮。前无来龙，后无去踪，突然而起，戛然而止，西南无朋，东北丧偶"一段总结，如铸鼎象物，老吏断案，确为桂林奇山之写照，移不到别处去。此外，文章又在比喻素描中间杂以议论，使景色栩栩如生而又充满理趣。

游记类文章，如没有议论及游者的感受穿插其中，便容易显得呆滞。袁枚提倡性灵，表现在文章中，就是能把自己的感受深深地锲入自然，使人充分体验到自然的美。《文心雕龙·物色》云："诗人感物，连类不穷。流连万象之际，沉吟视听之区。写气图貌，既随物以宛转；属采附声，亦与心而徘徊。"意思是说诗人沉溺在自然之中，就不单纯停留在对自然的描摹，而是把心灵与自然交融。袁枚写山水的一些文章正达到了这一境界。

## 游武夷山记

　　凡人陆行则劳，水行则逸。然游山者，往往多陆而少水。惟武夷两山夹溪，一小舟横曳而上，溪河湍激，助作声响。客或坐或卧，或偃仰，惟意所适，而奇景尽获，洵游山者之最也。

　　余宿武夷宫①，下曼亭峰②，登舟，语引路者曰："此山有九曲③名，倘过一曲，汝必告。"于是一曲而至玉女峰④，三峰比肩，罨如⑤也。二曲而至铁城嶂⑥，长屏遮迤，翰音⑦难登。三曲而至虹桥岩⑧，穴中庋柱栱百千，横斜参差，不腐朽亦不倾落。四、五曲而至文公书院⑨。六曲而至晒布崖⑩，崖状斩绝，如用倚天剑截石为城，壁立戌削⑪，势逸不可止。窃笑人逞势，天必夭阏之，惟山则纵其横行直刺，凌逼莽苍⑫，而天不怒，何耶？七曲而至天游⑬，山愈高，径愈仄，竹树愈密。一楼凭空起，众山在下，如张周官《王会图》⑭，八荒⑮蹲伏；又如禹铸九鼎⑯，罔象⑰、夔魖⑱、轩豁⑲呈形。是夕月大明，三更风起，万怪腾踔，如欲上楼。揭炼师⑳能诗，与谈，烛跋㉑，旋即就眠。一夜魂营营㉒然，犹与烟云往来。次早至小桃源㉓、伏虎岩㉔，是武夷之八曲也。闻九曲无甚奇胜，遂即自崖而返㉕。

　　嘻！余学古文者也，以文论山：武夷无直笔，故曲；无平笔，故峭；无复笔，故新；无散笔，故道紧㉖。不必引灵仙荒渺之事。为山称说，而即其超隽之概，自在两戒㉗外别竖一帜。余自念老且衰，势不能他有所往，得到此山，请叹观止㉘。而目论㉙者犹道余康强，劝作崆峒㉚、峨眉㉛想。则不知王公贵人，不过累拳石，浚盈亩池，尚不得朝夕玩游；而余以一匹夫，发种种㉜矣，游遍东南山川，尚何不足于怀哉？援笔记之，自幸其游，亦以自止其游也。

# 【注释】

① 武夷宫：冲祐万年宫，在大王峰南麓。始建于唐天宝年间，名天宝殿。后改会仙观，清名冲祐万年宫。

② 曼亭峰：幔亭峰，一名铁佛嶂。其形如幄，顶平旷。相传有神人降此峰，自称武夷君，设宴请众乡人。

③ 九曲：武夷溪水曲折，中有九个较大的弯道，故称九曲。三十六峰即在九曲之内，自宋以来有"溪曲三三水，山环六六峰"之语。

④ 玉女峰：山形孤峙独秀，如美女伫立，故名。周围有妆镜台、浴香潭等景。与兜鍪峰并立于二曲之溪南。

⑤ 睾（gāo）如：通"皋"，高的样子。

⑥ 铁城障：亦名挂榜岩。山石黝润，深苍如铁，壁立如板，故名。

⑦ 翰音：《礼记·曲礼下》："凡祭宗庙之礼……羊曰柔毛，鸡曰翰音。"也指飞向高空的声音，《易·中孚》有"翰音登于天"

之句。此处或可释为飞禽难越,或可指因山如屏障,高飞的声音也超越不过。

⑧虹桥岩:在三曲,山悬崖有洞,洞中架有桥板,历千年而不朽。

⑨文公书院:初名隐屏精舍、武夷精舍,在五曲,为宋朱熹讲学处。宋末扩建为紫阳书院,有仁智堂、隐求室、晚对亭等,今多圮废。

⑩晒布崖:在六曲。崖上平坦,如剑削然,垂直竖立。

⑪戌削:陡峻。

⑫莽苍:指天空。

⑬天游:天游峰,在仙掌岩边。以其高耸入云,人行其上如游天上,故名。峰顶有一览亭。又有天游观、胡麻洞、妙高台等胜,称武夷第一胜地。

⑭周官《王会图》:周公以王城建成,大会诸侯,创朝仪贡礼,史官因作《王会篇》以纪之,见《逸周书》。后人绘诸侯百官朝拜盛况为《王会图》。

⑮八荒:八方蛮荒之地。

⑯禹铸九鼎:传禹收九州之金,铸九鼎以象百物。《左传·宣公三年》:"昔夏之方有德也,远方图物,贡金九牧,铸鼎象物,百物而为之备。"

⑰罔象:传说中的水怪。

⑱夔魈(kuí xiāo):传说中山林中的精怪。

⑲ 轩豁：形象鲜明。

⑳ 揭炼师：姓揭的道士。炼师是对道士的尊称。

㉑ 烛跋：蜡烛点完燃尽。

㉒ 营营：往来盘旋貌。

㉓ 小桃源：在三仰峰下。宋天圣年间，石崖坍叠，相倚成门，过石门则有田园庐舍，类陶渊明笔下的桃花源，故名。

㉔ 伏虎岩：在八曲，状如罗汉伏虎。

㉕ 自崖而返：语出《庄子·山木》："君其涉于江而浮于海，望之而不见其崖，愈往而不知其所穷，送君者皆自崖而反。"后常用作送别之词。这里借用字面意思，意为到此而回头。

㉖ 道紧：结构紧凑，语言精练。

㉗ 两戒：《新唐书·天文志》："一行以为天下山河之象，存乎两戒。"两戒，南戒相当于四川、陕南、河南、湖北、湖南、江西、福建一带，北戒相当于青海、陕北、山西、河北、辽宁一带。在两戒外，指与天下名山气势不同。

㉘ 观止：言所见臻于完美，无以复加。这里有到此为止，不再游别处之意。

㉙ 目论：从表面上揣度。

㉚ 崆峒：在甘肃平凉西，为西北名山。

㉛ 峨眉：在四川峨眉西南，山势雄伟，多石龛洞穴，有云海佛光之胜景。

㉜ 种种：头发短少的样子。喻年老。

## 【题解】

游记作于乾隆五十一年（1786）。

武夷山在福建省崇安县西南，以溪泉山林闻名天下。十里之中、九曲之内，丹山绿水，诡异奇瑰，有大王峰、幔亭峰、天游峰等名胜。南朝顾野王记山云："千岩竞秀，万壑争流，美哉河山，真人世之希觏。"对武夷九曲，前人记之已多，后人再记，很容易重复；但游武夷又必记九曲，这使游记措笔增加了难度。袁枚这篇游记采取了虚实结合的写法。先以数语从山的形势与游者的乐趣上概括武夷的迷人之处，然后对九曲一一点染，以溪水的曲折、山的峭拔为中心，于每曲都以数言以尽之，达到了为文"复而不复"的要求，进而以自己在文学创作中的感受来论山的奇特，畅言人生哲理。既把景色呈现在读者面前，又激起人们深层次的思考。

刘熙载《艺概·文概》说："叙事有寓理，有寓情，有寓识；无寓，则如偶人矣。"本文即做到了有寓理、有寓情、有寓识三者。

# 二 序论

不相菲薄不相师，
公道持论我最知。

《仿元遗山论诗》

## 汪朴庐圣湖诗序

圣湖①淳淳然横于杭之城西,而春而秋,而昏而朝,丈夫女子,儦儦俟俟②,咸嬉游焉,踯躅焉,群以为美,而卒不能言其所以美也。朴庐先生为诗若干,凡嘉卉杂树,荒祠古亭,靡不以五字③韵之。而又自赵宋以来,一典实,一故事,必缕述焉。凡圣湖之所有者,诗靡不有也。即圣湖之业已无者,诗则未尝无也。今而后,圣湖之美,先生言之矣,且尽之矣。

惟是先生与枚同傍圣湖而生,同别圣湖而仕。当先生在家时,未始有诗,而今始追而为之,则又未尝不叹人情之近则易忽,而远则相思也。今年先生七十有六,枚亦四十有五,园田宅舍,同具白门。想重到儿时钓弋处,相携而迭谣④,知复何日!苍苍在鬓,烟波在天,三复斯篇,如荡舟湖中,水色犹明纸上。然则先生之索序于余也,盖亦越吟⑤而使越人听之之意也。

【注释】

① 圣湖:明圣湖,杭州西湖之别称。

② 儦(biāo)儦俟俟:奔走跑动的样子。《诗·小雅·吉日》:"瞻彼中原,其祁孔有。儦儦俟俟,或群或友。"

③ 五字:指五言诗。

④迭谣：轮流歌唱。《列子·汤问》："其俗好声，相携而迭谣，终日不辍音。"

⑤越吟：《史记·张仪列传》载，越人庄舄仕楚，爵至执珪，不忘故国，病中吟歌仍作越声。此指江朴庐诗为思故乡杭州而作，袁枚亦杭州人，故下有"越人听"语。

## 【题解】

乾隆时，桐城派古文盛行，讲究义理章法，为人作序，必先从作者入题，接着铺陈作品之风格特色，最终归结到自己与作者的关系。袁枚的散文往往背其道而行之，以偏锋取胜，以意驱文，文随意走，灵动不羁。

这篇序文，即不从诗集出语，而以诗集名"圣湖"立论，写西湖之美，从而赞作者诗之全备，抒发自己与作者对西湖、对家乡的共同思念；而由自己感情之真，彰显汪朴庐感情之真。唯有真性情方有好作品，这样，对汪诗的成就也就不言而喻了。这就是历来评家所说的"不写之写""烘云托月"法。

"人情之近则易忽，而远则相思"，语虽浅显而含有深刻的哲理，历代作品中的"乡思""乡愁"莫不由此而生。

## 童二树①诗序

呜呼！余束发②受诗，交天下诗人多矣。或先知之而后见之，或先见之而后知之，常也。若相知三十年，相访数百里，而卒不得一见，以至于死者，可不谓大哀乎！虽然，见其面不如见其诗。何也？面，形骸也；诗，性情也。性情得而形骸可忘，则吾与山阴童君二树是矣。

君有《越中三子集》行世。丙子③岁，余读而爱之，无由得见。今春，忽拕舟④至，值余浙行，又不得见。及冬初，余往扬州就访之，则君死，永不得见矣。亡何，吾乡诗人周汾⑤来曰："先生知童君之愿见先生更胜于先生之愿见童君乎？君矜严⑥，少所推许，独嗜先生诗，称为本朝第一。病殣殒⑦矣，梦中懵呼犹日望先生至。揣其意，盖自知年命不长，将以数千篇呕肝擢胃⑧之作，就平生所心折者而证定之耳。"

余感其意，入哭寝门⑨，抱其集归，伏读三日。叹曰：君之诗，惟我能知之，亦惟我能序之。今夫导官⑩之择米也，已坚好矣，必春揄扬簸，使趋于凿⑪，乃名侍御⑫，王所食也。欧冶⑬之铸剑也，取精铁矣，必千辟万灌，青气既极，乃成干将，帝所佩也。君天资超绝，又能辐轹⑭书史，烹炼烟墨，穷高缒深，播为风骚，此亦导官、欧冶之故智也。常恃其逸足⑮，往往奔放，作七古题画，叠"须"字韵百余首，藻思⑯坌涌⑰，与古梅槎枒，同摇风云。古之人，古之人⑱，君奚让哉？惟是我两人道合若是，倘一握手，罄胸中言，当不知作如何欢忭！而卒使错午⑲胶轕，此来彼去，如相避然，不获半面，以抵于死。天耶？人耶？谁靳之耶？徒使我咨嗟涕洟，至今如有所负而不能自克也。

昔张堪⑳临终以妻孥托朱季㉑，元微之㉒病，命家人将诗集交白二十二郎㉓。古人身后拳拳㉔，大概如斯。然吾谓托妻孥易，托文字难。何也？妻孥之计，或十年或二十年足矣；文字之计，动关百千万年尚无津涯，非精思诣微、同历甘苦者，畴能任之？余年垂七十，窃不自揆，谨取君集排比分疏，觫摘㉕英华，得□□卷，共□□首，将明以示海内，而幽以质九原㉖焉。呜呼童君，不见之见，殆胜见耶！

## 【注释】

① 童二树：童钰，字二如，号二树、璞岩，浙江绍兴人。工诗善画，尤长画梅。有《二树山人集》等。

② 束发：古代男孩成童，将头发束成一髻。因以束发代指成童。《大戴礼记·保傅》："束发而就大学，学大艺焉，履大节焉。"

③ 丙子：乾隆二十一年（1756）。

④ 拕（tuō）舟：牵舟。《汉书·严助传》："舆轿而隃领，拕舟而入水。"此即指乘船。

⑤ 周汾：字蓉裳，杭州人。袁枚《随园诗话》卷三十录有

其《咏春柳》诗。

⑥矜严：端庄严肃。《初学记》卷十一谢承《后汉书》："(魏)朗性矜严，闭门整法，长吏希见，动有礼序，室家相待如宾，子孙如事严君焉。"

⑦殗殜（yè dié）：微病。扬雄《方言》："殗殜，微也……自关而西，秦晋之间，凡病而不甚者曰殗殜。"这里依下文文意当作病重解。

⑧呕肝擢胃：指苦心穷思，如把心肝五脏吐出来。《文心雕龙·隐秀》："呕心吐胆，不足语穷。"

⑨寝门：内室的门。《仪礼·士丧礼》："君使人吊，彻帷；主人迎于寝门外，见宾不哭。"后多以"哭寝门"指入吊。白居易《哭诸故人，因寄元八》："昨日哭寝门，今日哭寝门。借问哭者谁，无非故交亲。"

⑩导官：官名，汉置，掌御用和祭祀的米食干糒。

⑪凿（zuò）：精米。《左传·桓公二年》："粢食不凿。"

⑫侍御：极精的米。《诗·大雅·召旻》："彼疏斯粺。"郑笺："米之率，粝十，粺九，凿八，侍御七。"

⑬欧冶：欧冶子，春秋时著名的铸剑师。

⑭辚轹（lìn lì）：车轮碾过。司马相如《上林赋》："徒车之所辚轹。"此处引申指反复钻研之意。

⑮逸足：快步。常比喻出众的才能。高适《奉酬睢阳李太守》："逸足横千里，高谈注九流。"

⑯ 藻思：华美的文思。陆机《文赋》："或藻思绮合，清丽千眠。"

⑰ 坌涌：一齐涌出。孔融《荐祢衡表》："飞辩骋辞，溢气坌涌。"

⑱ "古之人"二句：语出《孟子·尽心下》："其志嘐嘐然，曰'古之人，古之人'，夷考其行而不掩焉者也。"

⑲ 错午：同"错迕"，交杂。

⑳ 张堪：字君游，宛人。东汉光武初拜郎中，累官渔阳太守。

㉑ 朱季：朱晖，字文季，尝官临淮太守，累迁尚书令。按：张堪与朱晖为同乡，知晖有气节，尝托以妻子，晖不敢对。后堪死，晖闻其妻子贫困，代为赡养。

㉒ 元微之：唐诗人元稹，字微之，河南人。官至同中书门下事。他与白居易共倡新乐府，世称"元白"，著有《元氏长庆集》。

㉓ 白二十二郎：白居易，行二十二，故称。白居易与元稹为莫逆之交，元稹先卒，临终托以诗稿，俾序以传世。

㉔ 拳拳：恳切、牢牢不舍。《礼记·中庸》："回之为人也，择乎中庸，得一善，则拳拳服膺而弗失之矣。"

㉕ 觖（jué）摘：选择。

㉖ 九原：山名，在今山西新绛县北，晋卿大夫墓地所在。后世因称墓地为九原。

## 【题解】

此文约写于乾隆四十七年末、四十八年初（1782—1783）。

童二树名钰，浙江山阴（今绍兴）人。他是著名画家，以擅画梅扬名天下，又饱学多才，工诗，为"越中七子"之一；但生平蹭蹬落魄，连一个秀才也没考上。袁枚与童二树未曾谋面，二人互为心折，向慕已久。生不识其人，死序其诗，袁枚在序文中流露出无限的知己难觅、知音难得的失落感，从而打破为一般诗集写序必大谈其诗风格特色的惯例，只是妙设比喻，以一"精"字概括；腾出大量篇幅，不说诗而说情，在缘悭一面上做文章，抒发自己的感慨。

袁枚生性豁达，不信神佛，晚年曾作自挽诗，遍邀海内诗人属和。但人到暮年，自不能不感叹光阴悄逝，来日无多；尤其是当友朋凋逝时，有感于中，在诗文中常常不自觉地流露出伤感来。正如他在《庄念农遗稿序》中所说："余老矣，世上事百不经意，惟于友朋存殁之感，偶怅触焉，辄低回留之而不能自已。"这篇文章正是这种迟暮之感的自然流露。喜怒哀乐，同为七情之一，袁枚的诗文，无论是表达豁达大度还是伤怜痛苦，都不加掩饰，直接呈现给人们，这就是他反复强调的诗文要有"真性情"的实际体现。

## 蒋心余[①]藏园诗序

作诗如作史也,才、学、识三者宜兼,而才为尤先。造化无才,不能造万物;古圣无才,不能制器尚象;诗人无才,不能役典籍、运心灵。才之不可已也,如是夫!然而自古清才多,奇才少。晋人称谢邈[②]清才,宋神宗[③]读苏轼文,叹"奇才!奇才!"才中分量,又不可以十百计。

蒋君心余,奇才也。癸酉过真州,见僧舍题壁,心慕之,遂与通书[④]。后来金陵[⑤],唱喁[⑥]讲讨,相得益甚。去年余游匡庐[⑦],过君家,君半体枯矣,闻余至,蹶然[⑧]起,力疾遮留,手仡仡[⑨]然授、口吃吃然托曰:"藏园诗非先生序不可!"藏园者,君所居园名也。呜呼,君之初心,岂欲以诗见哉?及今病且老,计无所复,而欲以诗传,可悲也。

然君有所余于诗之外,故能有所立于诗之中。其摇笔措意,横出锐入,凡境为之一空。如神狮怒蹲,百兽慑伏;如长剑倚天,星辰乱飞;铁厚一寸,射而洞之;华岳[⑩]万仞,驱而行之。目巧之室[⑪],自为奥阼[⑫],袒而搏战,前徒倒戈。人且羡,且妒,且骇,且却走,且訾謷[⑬],无不有也。然而学之者,非折胁[⑭]即绝膑[⑮]矣,非壶哨[⑯]即鼓儳[⑰]矣。故何也?则才之奇,不可袭而取也。

虽然，君之奇岂独诗而已耶？君秀挺薑立[18]，目长寸许，闻忠义事，慷慨欲赴；趋人之急，若鸷鸟之发。思鳏寡者艾，无所靳。谐笑纵谑，神锋森然，其意态奇。初入京师，望之者万颈胥[19]延，登玉堂，将遽飞，忽不可于意，掉头归，其行止奇。不数年，闻天子屡问及之[20]，乃往供职，卒浮沉不迁；及召见，将以御史用，而君病甚，不得已归，遇合尤奇。嗟乎！君之数奇，岂其才之奇有以累之耶？

然使君竟不病，竟不归，峨峨而升，安知不蹑青云[21]为麟凤之翔？又安知不缺且折，为干将、莫邪[22]之伤？今虽其官弃，其身全；残于形，不残于神。其名园以藏也，取善刀而藏之[23]之意，宜也。不知刀可藏，诗不可藏。《周官》[24]之书，藏山岩屋壁矣。白傅[25]之诗，藏香山、东林两寺矣。千百年来，诵读遍天下，藏耶，不藏耶？

同时赵云松[26]观察，服君最深，适以诗来索序。余老矣，思附两贤以传，遂两序之而两质之。

# 【注释】

①蒋心余：蒋士铨，字心余，一字苕生，号清容、藏园，江西铅山人。乾隆二十二年（1757）进士，官编修，后主讲蕺山、安定书院。著有《忠雅堂集》《藏园九种曲》等。

②谢邈：字茂度，谢安之侄。晋孝武帝时官吴兴太守，孙恩乱，被害。晋人无称其为清才事，《世说新语·赏鉴》云："太

傅（指东海王司马越）府有三才：刘庆孙长才，潘阳仲大才，裴景声清才。"按：裴景声名邈，袁枚当是将裴邈误记为谢邈。

③宋神宗：名赵顼，建元熙宁、元丰，在位凡十八年（1068—1085）。宋神宗夸苏轼事见《宋史·苏轼传》：哲宗朝，苏轼复官，尝锁宿禁中，召入对便殿，宣仁后告之擢官原因，云："此先帝意也。先帝每诵卿文章，必叹曰：'奇才！奇才！'但未及进用卿耳。"

④"癸酉"四句：癸酉为乾隆十八年（1753）；真州，即今江苏仪征。按：蒋士铨题壁诗见《忠雅堂集》卷三，作于乾隆十三年，所题之处为南京燕子矶之宏济寺。袁枚多次提及此事，然时、地颇有异，如《小仓山房诗集》卷十四《寄蒋苕生太史》序云："壬申（乾隆十七年，1752）春过扬州，见僧壁题诗绝佳，末有'苕生'二字，遍访无知者。"其《与蒋苕生书》（见后"书函"部）亦云"税驾广陵"。

⑤金陵：南京。蒋士铨于乾隆二十九年（1764）告假离京，卜居南京十庙前。

⑥唱喁（yóng）：唱和。

⑦匡庐：参见《峡江寺飞泉亭记》篇注③。按：乾隆四十九年（1784），袁枚去广东，道出江西，访蒋士铨于南昌。时蒋士铨已半身瘫痪，力疾追陪，临别嘱袁枚为撰志铭及为诗集作序。翌年，蒋士铨卒。

⑧蹶（jué）然：疾起貌。《逸周书·太子晋》："师旷蹶然起，

曰：'暝臣请归。'"

⑨伈（yì）伈：形容勇壮。《书·秦誓》："伈伈勇夫，射御不违。"

⑩华岳：参见《游黄龙山记》篇注⑧。

⑪目巧之室：构造巧妙的居室。

⑫奥阼：室的西南隅及东阶。这里指自行设计布置。

⑬訾（zǐ）謷：诋毁。

⑭折胁：折断肋骨。

⑮绝膑：折断膝盖骨。

⑯壶哨：口不正的壶。《礼记·投壶》："主人请曰：'某有枉矢哨壶，请以乐宾。'"注："哨，不正也。"

⑰鼓儳（chán）：语出《左传·僖公二十二年》："声盛致志，鼓儳可也。"指敌人未成列，即击鼓进攻。此即取参差杂乱之意。

⑱薑（wù）立：违逆，不顺从。《庄子·寓言》："使人乃以心服而不敢薑立。"

⑲胥：皆，都。

⑳闻天子屡问及之：按：乾隆四十二年（1777），乾隆帝南巡，赐蒋士铨同乡同榜进士彭元瑞诗有"江右两名士，汝今为贰卿"句，注云："其一蒋士铨，与元瑞同年入翰林。"蒋士铨感帝知遇之恩，又以彭元瑞来书，云帝数问及其名，乃于乾隆四十三年入京，复官编修，翌年保送御史，以记名御史补用。

㉑蹑青云：指做高官。语本《史记·范雎传》："须贾顿首言

死罪,曰:'贾不意君能自致于青云之上。'"

㉒ 干将、莫邪:均为春秋时所铸利剑。

㉓ 善刀而藏之:语出《庄子·养生主》。善,揩拭。

㉔ 《周官》:《周礼》。秦焚书后,《周礼》不传,汉河间献王得之山岩屋壁中。

㉕ 白傅:白居易。白居易著《白氏长庆集》,尝手写之,送江州东西二林寺,洛城香山、圣善等寺,如佛书杂传例流行之。见《旧唐书·白居易传》。

㉖ 赵云松:赵翼,字云松,一作云崧、耘松,号瓯北,江苏阳湖人。乾隆二十六年(1761)探花,官至贵西兵备道。著有《瓯北全集》。他与袁枚、蒋士铨合称"三大家",平生对袁、蒋最服膺,甘居第三人。

## 【题解】

序文作于乾隆五十一年(1786)蒋士铨去世后一年。

蒋士铨以诗文名,与袁枚、赵翼称"三大家"。袁枚与蒋士铨私交极深,曾对蒋士铨诗逐首删点,正如此文中所说,最有资格为蒋诗作序的舍袁枚无他人;也正因为袁枚对蒋诗知之深,所以能恰如其分地指出蒋诗的好处。

序文从一个"才"字落笔,以"奇才"一语紧紧扣住蒋士铨的行藏及诗风,并用形象化的语句生动地描摹出来;又把自己与蒋士铨的交往穿插其中,使序文增加了亲切感与可信性。

杜牧《李长吉歌诗叙》云："云烟绵联，不足为其态也；水之迢迢，不足为其情也；春之盎盎，不足为其和也；秋之明洁，不足为其格也……鲸吸鳌掷，牛鬼蛇神，不足为其虚荒诞幻也。"袁宏道《徐文长传》云："其胸中又有勃然不可磨灭之气，英雄失路，托足无门之悲，故其为诗，如嗔如笑，如水鸣峡，如种出土，如寡妇之夜哭，羁人之寒起。"将本文"其摇笔措意"以下一段与之合观，不难看出传承关系。

作序文最忌空洞，如果只是泛泛而论，便流于形式；而一味褒扬，也难为人接受。这篇文章从论入手，纵横捭阖，同时处处有自己周旋于文中，显得自然诚挚。文章又不单就诗而言，而由诗奇进一步大写蒋士铨生平与气质之奇，使诗与人浑然一气，深得序文作法之三昧。

## 何南园①诗序

诗不成于人，而成于其人之天。其人之天有诗，脱口能吟；其人之天无诗，虽吟而不如无吟。同一石，独取泗滨之磬②；同一铜，独取商山之钟③。无他，其物之天殊也。舜之庭，独皋陶赓歌④；孔之门，独子夏、子贡可与言《诗》⑤。无他，其人之天殊也。刘宾客亦云：天之所与，有物来相。彼由学而至者，如工人染夏以视羽畎，有生死之殊矣⑥。

何子南园，生而与诗俱来者也。虽为秀才，不喜制艺⑦；虽读书，不矜博览；虽为诗，不事驰骋。其志约，故边幅易周；其思专，故性情易得。居秣陵城闉悁悁⑧然竹篱堇垣，与方外人游憩，薄醉微慵，雨余风停，有惬于怀，一付于诗。久之，而何子与诗亦两相忘也。

予往往见人之先天无诗，而人之后天有诗。于是以门户判诗，以书籍炫诗，以叠韵、次韵、险韵敷衍其诗，而诗道日亡。然则吾安得忘诗之人而与之言诗哉？若何子者，斯其人矣。

【注释】

① 何南园：名士显，江宁（今江苏南京）人，诸生。

② 泗滨之磬：《书·禹贡》："峄阳孤桐，泗滨浮磬。"孔传：

"泗，水涯。水中见石，可以为磬。"

③ 商山之钟：不详。

④ "舜之庭"二句：《书·益稷》："皋陶拜手稽首飏言曰：'念哉！率作兴事，慎乃宪，钦哉！屡省乃成，钦哉！'乃赓载歌曰：'元首明哉，股肱良哉，庶事康哉！'"赓歌，酬唱和诗。

⑤ "孔之门"二句：《论语·学而》："子贡曰：'《诗》云"如切如磋，如琢如磨"，其韵之谓与！'子曰：'赐也，始可与言《诗》已矣，告诸往而知来者。'"又，《八佾》："子夏问曰：'"巧笑倩兮，美目盼兮，素以为绚兮"，何谓也？'子曰：'绘事后素。'曰：'礼后乎？'子曰：'起予者商也！始可与言《诗》已矣。'"子贡，端木赐。子夏，卜商。

⑥ "刘宾客亦云"六句：刘宾客，唐刘禹锡，官太子宾客分司东都。下引文见所作《唐故衡州刺史吕君集序》。染夏，染五色。《周礼·天官·染人》："凡染，春暴练，夏纁玄，秋染夏，冬献功。"郑玄注："染夏者，染五色。谓之夏者，其色以夏翟为饰。《禹贡》曰：'羽畎夏翟。'"羽畎，羽山之谷，以产翟著称。此数句谓以学而致者，与天生的比，相去很远。

⑦ 制艺：科举程文，即八股文。

⑧ 愔（yīn）愔：和悦安闲的样子。《左传·昭公十二年》："祈招之愔愔，式昭德音。"

## 【题解】

《论语·季氏》云："生而知之者上也，学而知之者次也，困而学之又其次也。"生而知之，为最高境界，即使圣人，亦往往自谦为学而知之者。故历来为人作碑传、序跋，虽多溢美之词，但拔高到称对方生而知之，几凌驾于圣人之上，还是很少见的。袁枚将一个普通的诗人视为生而知之者，其惊世骇俗，可以想见。

袁枚在本文中，一开始便为何南园占地步，说他的诗"成于其人之天"，其人"生而与诗俱来"并引物作譬，引事作证，强调其诗得天籁，人与诗达到两忘的境界。但同时又说何南园"其志专"，"其思专"，自作转圜，使之既有"生而知之"之天分，又不脱"学而知之"之努力，使文章纵而能收，不至过分。挚虞《文章流别集》说："假象过大，则与类相远；造辞过壮，则与事相违。"袁枚在对人的褒扬上，掌握得恰如其分，因而全文不见谀气。

末段是袁枚诗学观的阐述。序文极力批判"以门户判诗，以书籍炫诗，以叠韵、次韵、险韵敷衍其诗"的恶劣诗风，以与何南园的诗作对比，如此，本文的意义就不止为何诗作序，而是直接表述自己提倡抒写性灵、反对因袭雕绘的一贯主张，具有更广泛的意义。

## 俭　戒

某尚书抚浙,以俭率下。过三元坊,见圬者①妻红裓褨②,簪花立而目公。公命将某妇诣辕前,驺拥之去。圬者故新娶也,号泣从之。伺辕三日,探刺不得信,乃弃其屋,并其妻之屋,得二十金,贿中军。中军为之请,公笑曰:"吾几忘。"引妇之中庭,而高呼夫人。妇瞠视,俄有蓬首持畚,衣七缏之布③,以灶觚④来者,曰:"此夫人也。"已,公立妇而训之曰:"夫人封一品,服饰如是。汝家圬者,而若是华妆,行见饥寒之将至矣。吾召汝者,以身立教,俾语而夫知也。"饭脱粟⑤而遣之。妇归已无家矣,乃雉经死。

袁子曰:俭,美德也;自矜其俭,便为凶德⑥。蓼虫食苦而甘⑦,彼自甘之,与人无与也。必欲率天下人而为蓼虫,悖矣。尚书亟表己之俭,故并载辕之尊且严,而亦忘之;有所矜乎此者,必有所蔽乎彼也。故曰:"克己之谓仁⑧。"

【注释】

① 圬者:泥瓦匠。

② 裓褨(gé zhí):刺绣衣服。裓,衣的前襟;褨,刺绣。

③ 七缏(zōng)之布:一种粗布。《史记·孝景本纪》:"令

徒隶衣七缏布。"

④ 灶觚：灶边。

⑤ 脱粟：糙米。只去皮壳不经精制的米。

⑥ 凶德：违背仁义道德的恶行。《左传·文公十八年》："孝敬、忠信为吉德，盗贼、藏奸为凶德。"

⑦ "蓼虫"句：《楚辞》东方朔《七谏·怨世》："蓼虫不知徙乎葵菜。"王逸注："言蓼虫处辛烈，食苦恶，不能知徙于葵菜，食甘美。"蓼虫，寄生于蓼间的虫。

⑧ "克己"句：语本《论语·颜渊》："克己复礼为仁。"

## 【题解】

尚书官至一品，其夫人居然蓬首持畚、穿粗布衣服，亲操家务，确实令人匪夷所思，此人定为一道学先生无疑。读前半，大多数人会津津称道尚书的节俭，但是袁枚却笔锋骤转，一针见血地指出尚书这么做是自我标榜，是凶德，强人同己，违背了社会公德，可谓诛心之论，表达了袁枚对假道学的鄙视。

议论文，古人往往称作"有用文字"，陈鹄《西塘集耆旧续闻》引吕居仁语曰："学者须做有用文字，不可尽力虚言。"并认为"有用文字，议论文字是也"。本文议论精辟透彻，正可称为"有用文字"。

宋苏洵据说是针对王安石所做的《辩奸论》说"今有人口诵

孔、老之言,身履夷、齐之行","而阴贼险狠,与人异趣","衣臣虏之衣,食犬彘之食,囚首丧面,而谈《诗》《书》,此岂其情也哉",是大奸大恶。袁枚此文立意,或受苏文启发。

## 黄生借书说

黄生允修借书，随园主人授以书而告之曰：

书非借不能读也。子不闻藏书者乎？《七略》①、四库②，天子之书，然天子读书者有几？汗牛塞屋③，富贵家之书，然富贵人读书者有几？其他祖父积、子孙弃者无论焉。非独书为然，天下物皆然。非夫人之物而强假焉，必虑人逼取，而惴惴④焉摩玩之不已，曰：今日存，明日去，吾不得而见之矣。若业为吾所有，必高束⑤焉，庋藏焉，曰：姑俟异日观云尔。

余幼好书，家贫难致。有张氏藏书甚富，往借不与，归而形诸梦。其切如是。故有所览，辄省记⑥。通籍⑦后，俸去书来，落落⑧大满，素蟫⑨灰丝⑩，时蒙卷轴。然后叹借者之用心专，而少时之岁月为可惜也。

今黄生贫类予，其借书亦类予，惟予之公书与张氏之吝书若不相类。然则予固不幸而遇张乎？生固幸而遇予乎？知幸与不幸，则其读书也必专，而其归书也必速。为一说，使与书俱。

【注释】

①《七略》：西汉刘向、刘歆父子分编宫中藏书为辑略、六艺略、诸子略、诗赋略、兵书略、术数略、方技略七类，称

"七略"。

②四库：唐玄宗时，收罗图书，分置长安、洛阳二地各四部，以甲、乙、丙、丁为次，列经、史、子、集四库。后世相沿，作为群书的总称。清乾隆中收编天下图书，成《四库全书》。

③汗牛塞屋：形容书籍很多，搬运时可使牛出汗，收藏时塞满了整个屋子。柳宗元《唐故给事中皇太子侍读陆文通先生墓表》："其为书，处则充栋宇，出则汗牛马。"

④惴惴：惶恐不安的样子。

⑤高束：束之高阁，意为深藏起来。

⑥省（xǐng）记：懂得，记住。

⑦通籍：籍是二尺长的竹片，上写姓名、年龄、官职等。挂在宫门外，以备出入时查对。通籍，即记名于门籍，可以进出宫门。后因以初次做官称"通籍"。

⑧落落：重叠的样子。

⑨素蟫：白鱼，即蠹鱼，一种蛀食书籍、衣服的小虫。

⑩灰丝：灰色的蜘蛛网。

【题解】

这是一篇就事论理的文章，勉励弟子黄允修要珍惜光阴，努力读书。劝学一类作品，历来熟闻习见，如不别出心裁，难免落入前人窠臼。袁枚在文中只是借黄允修借书做引子，立即由借书转入读书，透过一层。又大胆提出"书非借不能读"这一新观点,引起人们的瞩目与深思。行文采取了引典与亲身经历相结合的办法,论据精要贴切,论证充分入扣;以叙事来说理,直抒胸臆。虽然是老师告诫学生的话,却是以理服人,以情动人,读了使人感到十分亲切。文中所说的借书与读书的关系,应该如何读书以及藏书者与借书者所宜采取的态度,对我们今天仍有一定的借鉴意义。

前人往往把本文与明宋濂《送东阳马生序》相提并论,二文内容相仿,均主旨简单而富有深度。至于本文"《七略》、四库,天子之书,然天子读书者有几"一语,则非率性坦易如袁枚者不敢措笔矣。

## 张良有儒者气象论

伊川①称良有儒者气象，余甚惑焉。若良者，范蠡②、范雎③之徒耳，何儒之有？谓其能报仇与？则荆轲、聂政④皆儒；谓其能决胜与？则萧何、陈平⑤皆儒。在良，岂忠于韩哉？郦生劝立六国时，良果为韩，正当成人之美，使韩有后矣，发八难以阻之，则韩绝⑥。

且良亦岂忠于汉哉？良见高帝春秋高，思自托于吕氏，故诡为太子树羽翼。其子辟彊⑦，年才十五，童子何知，而说丞相授诸吕以兵，非良之贻谋而何？倘太尉不得入北军⑧，则刘氏又绝。儒者绝两国，可乎？

或谓良善藏其用，明哲保身⑨，类儒。不知良之用久已尽矣，其中无所藏也。良教高祖诛降背约，智囊已竭，此外不闻有久安长治之道告高祖而高祖不用者。叔孙⑩制朝仪，陆贾⑪作《新语》，旁人纷纷自附于儒，良居其间，漫无可否，其所藏者果何用耶？若侥倖免祸，则尔时不将兵者俱善终，不独良也。

然则伊川最重儒，而偏许良，何与？岂以其状貌恂恂类妇人女子之故与⑫？

## 【注释】

① 伊川：宋理学家程颐，字正叔，洛阳人。与兄程颢均为宋大理学家，世称伊川先生。

② 范蠡：春秋楚人，字少伯，越国大夫。与文种共辅越王勾践，勾践灭吴复仇后，辞官。传即陶朱公，曾治产获千万，复散之。

③ 范雎：战国时魏人，字叔。因事为魏齐笞辱，佯死脱身，化名张禄，仕秦为相，封应侯。后自请免相。

④ 荆轲、聂政：均为古代著名侠士。荆轲为燕太子丹刺秦王，未成而死。聂政为严遂刺死韩相侠累后自杀。

⑤ 萧何、陈平：皆为汉初功臣，佐汉高祖取得天下。

⑥ "郦生"六句：郦生，名食其，陈留人。《史记·留侯世家》载，汉三年，项羽围刘邦于荥阳，刘邦忧恐，郦生曰："陛下诚能复立六国后世，毕已受印，此其君臣百姓必皆戴陛下之德，莫不乡风慕义，愿为臣妾。"以此必能称霸胜楚。刘邦是之，趣刻印，张良闻，借箸为筹，述八不可。刘邦大骂郦生，趣销印。

⑦ 辟彊：张良子。《史记·吕太后本纪》载，孝惠帝崩，太后哭，泣不下。辟彊年十五，为侍中，请丞相拜吕台、吕产、吕禄等为将，将兵居南北军，"则太后心安，君等幸脱祸矣"。丞相从之，"太后说，其哭乃哀"。自此，吕氏用事，号令一出太后。

⑧ "倘太尉"句：太尉，指绛侯周勃。吕太后死，吕禄、吕产等欲发乱关中，周勃与陈平谋，劫郦商，使其子寄说吕禄交出

兵权。周勃遂入北军，接管军权，尽灭吕氏。

⑨明哲保身：语出《诗·大雅·烝民》："既明且哲，以保其身。"谓明智者不参与可能给自己带来危害的事。

⑩叔孙：叔孙通，薛人。从刘邦，任博士。七年，长乐宫成，征鲁诸生与弟子共立朝仪。

⑪陆贾：楚人。从刘邦定天下，时在刘邦前说《诗》《书》，述秦所以兴亡之故，著《新语》。后为陈平画策，诛诸吕。

⑫"岂以其"句：《史记·留侯世家》："余以为其人计魁梧奇伟，至见其图，状貌如妇人好女。"恂恂，温顺恭敬貌。《论语·乡党》："孔子于乡党，恂恂如也，似不能言者。"

## 【题解】

儒者在先秦为诸子百家之一，至汉朝地位才得到巩固。班固《汉书·艺文志》云："（儒家）游文于六经之中，留意于仁义之际，祖述尧、舜，宪章文、武，宗师仲尼，以重其言，于道最为高。"从司马迁《史记》始，诸史即专辟《儒林传》，"儒者"成为褒词，士人莫不欲以儒者自居。

袁枚本文抓住程颐称张良有儒者气象立论，认为张良无论从立身还是行事都与传统的儒家道统相违背，既不能存韩，又不能忠汉；于汉建国后亦无建树，压根不是个儒者。

实际上，在宋以前，司马迁《史记》所叙，也是把张良写成长于谋略的人，同时津津乐道他与黄石公交往，学辟谷，欲从赤松子游,更近于道家。袁枚此辩,表面上是辩张良非儒者,归根结底是发泄对宋儒的不满,也是对当时假道学以真儒自我标榜的鄙视。

要言不烦,直击要害,文辞犀利仍是本文的特点。末句言伊川或因张良貌似妇人从而断定他有儒者气象,立论匪夷所思,谑而似虐,似欠温雅。

## 书留侯传后

四皓①，高祖故人也。当高祖除秦苛法，天下如出炎火登春台②，四皓不披羊裘③受物色，其行径过高，非人情。一旦震于金币，齐其足双双而俱至，不为高祖用，乃为惠帝用，失人，又不类高士。既来之，则安之④，惠帝可与游，宜少留焉，若伯夷、太公之就西伯⑤。卒奄奄无闻，偕行耶，同日死耶，何没没也！不贤惠帝而来，不智；贤惠帝而不辅，不仁；不在其位而与人家国⑥，不义。四皓亦陋矣哉！

高祖谓戚夫人曰："彼羽翼已成，不可摇动。"其言尤可疑。四皓无硕德重望，填辅东宫，苟摇动之，彼冢中枯骨⑦，何足介意？吕后时产、禄封王，惠帝摇动者数矣，不得已而痛饮求早崩⑧，为可悲也。彼四皓安在？羽翼又安在？

然则四皓何如人？曰：史迁好奇，于《留侯传》曰沧海君⑨，曰力士，曰黄石公，曰赤松子，曰四皓，皆不著姓名，成其虚诞飘忽之文而已。温公⑩作《通鉴》删之，宜哉，宜哉！

【注释】

① 四皓：东园公、绮里季、夏黄公、甪里先生。《史记·留侯世家》载，高祖欲废太子，立戚夫人子赵王如意。吕后恐，问

计于张良,张良言高祖有不能致者四人,皆以为高祖慢侮人,故逃山中。今令太子为书,以金玉币帛请来,高祖定会改变主意。四人至,高祖见了,召戚夫人曰:"我欲易之,彼四人辅之,羽翼已成,难动矣。"因不易太子。后太子登基,即惠帝,在位七年崩,吕后临朝。按:史无四皓为高祖"故人"一说。

② 登春台:《老子》:"荒兮其未央哉,众人熙熙,如享太牢,如登春台。"春台,春日登高览胜之处。

③ 披羊裘:用东汉严光事。《后汉书·逸民传》:"少有高名,与光武同游学。及光武即位,乃变名姓,隐身不见。帝思其贤,乃令以物色访之。后齐国上言:'有一男子,披羊裘钓泽中。'帝……遣使聘之。"

④ "既来之"二句:语出《论语·季氏》。

⑤ "若伯夷"句:伯夷,孤竹君之子,与弟叔齐互让王位,闻西伯昌(文王)善养老,乃归焉。武王伐纣,兄弟俩叩马谏阻。商亡,耻食周粟,饿死于首阳山。太公,吕尚。《史记·齐太公世家》言其"年老矣,以渔钓奸周西伯",西伯得之,立为师。此句指贤人自投明君,君当重用。

⑥ "不在"句:语出《论语·泰伯》:"子曰:'不在其位,不谋其政。'"

⑦ 冢中枯骨:无用之人,将死之人。语出《三国志·蜀志·先主传》:"袁公路岂忧国忘家者邪?冢中枯骨,何足介意!"

⑧ "吕后时"三句:惠帝登基,吕后擅政,封吕产、吕禄为

王,断戚夫人手足为"人彘",召帝观,帝见大哭,因病,"以此日饮为淫乐,不听政"。见《史记·吕太后本纪》。

⑨沧海君:与下诸人皆见《留侯世家》。云张良东见仓海君,得力士,狙击秦始皇于博浪沙。过圯上,为黄石公取履,得《太公兵法》。功成,欲从赤松子游。

⑩温公:司马光,著《通鉴》。

## 【题解】

这也是一篇论张良传的小品,可与上篇合观。

四皓事,历代论史者均持怀疑态度,甚至有人说既然谁都没见过四皓,因此张良使人假扮四皓以蒙高祖,所以一见之后,鸿飞冥冥,再也无闻。袁枚此文亦从质疑入手,先为四皓定性,言四皓形象充满矛盾,似高士又非高士,既非人情又不类高士,所作所为,不智,不仁,不义。又指出,高祖之言毫无道理,惠帝登基后四皓安在?如此献疑送难,如抽丝剥茧,层层深入,最终得出四皓是司马迁猎艳逐奇,凭空塑造的人物。

文章设语不多,却句句落在实处,理直气壮。袁枚《答程鱼门书》云自己"文章幼饶奇气,喜于论议,金石序事,徽徽可诵。古人吾不知,视本朝三家,非但不愧之而已"。绳之本文,确非大言。

# 三 书函

每闻逸事多风义,
相别经年感鬓华。
《寄怀梁山舟侍讲》

## 答陶观察问乞病书

公不察仆去官之意，谓如枚乘①、汲长孺②曾待诏金马门③，故耻为令；又谓仆擢秦邮④牧⑤不迁，褊心⑥不能无少望，有所激而逃。是二者，皆非知仆者也。夫蒙耻救民，昔人所尚。牧之与令，奚足区别？汉人五十举秀才未名为老，仆才三十三，前途正长，敢遽赋《士不遇》⑦以退哉？

凡人有能有不能，而官有可久与不可久。即以汉循吏论，桐乡⑧、渤海⑨，专城而居⑩，此官之可久者也，龚遂⑪、朱邑⑫能之至于久，道化行，生荣而死哀⑬。京兆、三辅⑭多豪强，兼供张⑮储偫⑯，此官之不可久者也，赵广汉⑰、韩延寿⑱能之久，果不善其终。

江宁类古京兆，民事少，供张储偫多。民事，仆所能也；供张储偫，仆所不能也。今强以为能，抑而行之，已四年矣。譬如渥洼⑲之马、滇南之象，虽舞于床⑳、蹲于朝㉑，而约束勉强，常有跊跄泛驾㉒之虞。性好晏起，于百事无误。自来会城，俾夜作昼，每起，得闻鸡鸣以为大祥。窃自念曰：苦吾身以为吾民，吾心甘焉。尔今之昧宵昏而犯霜露者，不过台参耳，迎送耳，为大官作奴耳。彼数百万待治之民，犹眗眗熟睡而不知也。于是身往而心不随，且行且愠。而孰知西迎者，又东误矣；全具者，又缺供矣；怵人之先者，已落人之后矣。不踠膝㉓奔窜，便瞪目受嗔。及至日昳始归，而环辕而号者，老弱万计，争来牵衣，忍不秉烛坐判使宁家㉔耶？判毕入内，簿领㉕山积，又敢不加朱墨围略一过吾目耶？甫脱衣息，而驿券㉖报某官至某所，则又蘧然㉗觉，凿然行㉘。一月中失膳饮节，违高堂定省㉙者，旦旦然矣，而还暇课农㉚巡乡如古循吏之云乎哉？

且一邑之所入有限，而一官之所供无穷。供而善，则报最㉛在是；供而不善，则下考在是。仆平生以智自全，得不小小俯仰同异。然而久之，情见势屈，非逼取其不肖之心而丧所守，必大招夫违俗之累而祸厥身。及今，故宜早为计也。若得十室之邑，肆心广意，弦歌㉜先王之道以治民，则虽为游徼㉝啬夫㉞，必泰而安之终身焉。今有乘怒骥而驰炎衢㉟者，虽贲、育㊱必偃息㊲于树阴之下。夫仆亦偃息之迟者也，公毋见怪也。

## 【注释】

①枚乘：字叔，汉淮阴（今江苏）人。著名辞赋家，先后为吴王、梁孝王文学侍从之臣。景帝征召为弘农都尉。《汉书·枚乘传》云："乘久为大国上宾，与英俊并游，得其所好，不乐郡吏，以病去官。"

②汲长孺：汲黯，字长孺，汉濮阳（今河南濮阳）人。汉武帝时官东海太守，召入朝为卿，抗颜直谏，出为淮阳太守。《汉书·汲黯传》云："黯初为谒者，武帝贤之，迁为荥阳令，"黯耻

为令,称疾归田里"。

③金马门:汉宫门名。东方朔、主父偃等均曾待诏于此,后遂以入金马门为做京官的代称。扬雄《解嘲》:"与群贤同行,历金门,上玉堂有日矣。"

④秦邮:今江苏省高邮市,秦置邮亭,故名。汉置县,清设州,属扬州府。

⑤牧:古设九州,州长官为牧。汉各州州官亦称牧,又改称刺史。明清时州官为知州。按:袁枚任江宁县令时,尹继善保荐其任高邮知州,部驳不准。

⑥褊(biǎn)心:心地狭窄。《史记·汲黯传》:"黯褊心,不能无少望。"

⑦《士不遇》:指汉董仲舒所作《士不遇赋》。

⑧桐乡:在今安徽省桐城市北,接舒城界。

⑨渤海:郡名,地当今河北省安次县南,山东省无棣县北,治所在浮阳(今河北省沧州市)。

⑩专城而居:指做主宰一地的地方官。乐府《罗敷行》:"三十侍中郎,四十专城居。"这里是与作为省、府驻地的江宁相对而说。

⑪龚遂:字少卿,汉山阳(今山东邹城)人。宣帝时为渤海太守,时饥荒,劝民农桑,卖剑买牛,卖刀买犊,境内大治。后世以之为循吏楷模。

⑫朱邑:字仲卿,汉庐江舒(今安徽庐江)人。少为桐乡

啬夫(乡官),以宽厚待民。后历官北海太守、大司农。卒时遗命云:"我故为桐乡吏,其民爱我,必葬我桐乡。后世子孙奉尝我,不如桐乡民。"见《汉书·循吏传》。

⑬ "道化行"二句:语出《论语·子张》:"夫子之得邦家者,所谓立之斯立,道之斯行,绥之斯来,动之斯和。其生也荣,其死也哀,如之何其可及也?"

⑭ 京兆、三辅:均为都城附近地。

⑮ 供张:供帐,陈设供宴会用的帷帐、用具等。此泛指接待来往过客。

⑯ 储偫(zhì):储备。

⑰ 赵广汉:字子都,汉涿郡(今河北博野)人。官京辅都尉,守京兆尹,以廉能著称。因多侵犯贵戚大臣,司直萧望之劾之,宣帝恶之,下广汉廷尉狱,腰斩,吏民号泣者万人。

⑱ 韩延寿:字长公,汉杜陵(今西安市长安区)人。昭帝时官颍川太守。地多豪强,延寿广为教化,郡大治。入守左冯翊,得罪萧望之,被劾下狱,弃市,百姓莫不流涕。

⑲ 渥洼:水名,在今甘肃安西县。《史记·乐书》载于此得神马。

⑳ 舞于床:指作为舞马。南朝宋孝武帝时河南献舞马,谢庄作《舞马赋》。唐玄宗时教舞马,至千秋节,辄令舞于勤政殿。见《明皇杂录》。

㉑ 蹲于朝:指作为仪仗的大象。

㉒ 跅弛（tuò chí）：同"跅弛"，放荡不守规矩。泛（fěng）驾，翻车。喻不受驾驭。二词出《汉书·武帝纪》："夫泛驾之马，跅弛之士，亦在御之而已。"

㉓ 踠（wǎn）膝：屈膝。

㉔ 宁家：使家庭安宁。

㉕ 簿领：登记的文簿。《文选》刘桢《杂诗》："沉迷簿领书，回回自昏乱。"注："簿领，谓文簿而记录之。"

㉖ 驿券：征发驿夫驿马的凭券。凡官员外出公务或上任，均发给驿券。

㉗ 蘧然：惊觉貌。《庄子·大宗师》："成然寐，蘧然觉。"

㉘ 凿然行：改道而行。语出《公羊传·成公十三年》："公如京师……公凿行也。"此指选择道路而行，去迎接过往官员。

㉙ 定省：《礼记·曲礼上》："凡为人子之礼，冬温而夏凊，昏定而晨省。"谓黄昏安定床衽，早晨叩问安否。后因称子女早晚问候父母尊长为定省。

㉚ 课农：下乡督促农务。

㉛ 报最：指得上考。古代官员任满由上司及吏部根据政绩考核，分上、中、下三等。其上考升，下考降黜。

㉜ 弦歌：指以礼乐教化。《论语·阳货》载，孔子学生子游任武城宰，以弦歌作为教民之具。

㉝ 游徼：秦置，掌管一乡的察奸捕盗事。

㉞ 啬夫：秦置，掌管一乡听讼、收赋税事。

㉟ 炎衢：南方炎热的道路。

㊱ 贲、育：孟贲与夏育，均为古时著名的勇士。

㊲ 僾（ài）息：躲避、隐身，此指歇息、喘息。

## 【题解】

这封书信作于乾隆十四年（1749）。

清代仕宦之途，由翰林逐级而上，没多久便可跻身卿贰，但一旦外任知县，升迁便十分渺茫。袁枚自翰林外放后，当年叱咤风云、视富贵如拾芥的豪气已燔；又经多年知县生涯，努力想为百姓做些事的理想也在现实面前碰得粉碎，遂由兼善天下退而独善其身，买下了随园，告病辞官，准备优游林下。对他的这番举动，朋友们都很不理解，纷纷提出疑问。

陶观察名不详，观察是道员的别称，可知他官某道。从袁枚信中可知，陶观察认为袁枚辞官是对外任知县与升迁无望表示不满，袁枚便写了这封信作解释。

在信中，袁枚用了大段笔墨写了做县官的种种不堪，流露出对官场送往迎来的繁文缛节及大官挑剔的强烈不满，认为做这样的官不过是"为大官作奴"，于百姓丝毫无补。文章气势磅礴，充满了愤激，而又罗举事实，根据确凿，使人觉得无懈可击。从此信可以看出，袁枚的退隐，其初衷实际上是对官场黑暗的消极抗议。

袁枚在江宁任上还作了一组今乐府，所述正可与此信相互发明。如《府中趋》云:"巍巍天门开,朝贺有常期。沉沉长官府,晨趋无已时。束带候鸡唱,腰笏事奔驰。众人已宛在,后至颜忸怩。"《出东门》云:"出东门,有客从西来。客不西来,东门之车奔如雷。待来而不来,客怒作色相疑猜……天阴雨凄凄,长跪大道左。学鸭自呼名,两颊红似火。"《俗吏篇》云:"有时供具应四方,缝人染人兼酒浆。有时迎谒跪道左,掀公于淖犹衮裳。"均淋漓尽致地反映了做县官的苦恼。

袁枚诗文直抒性情,继武公安。无独有偶,袁宏道也曾在繁剧之地任县令,同样不堪其扰。他在大量与人书信中喊苦叫冤,如《与毛太初》云:"弟已得吴令,令甚烦苦,殊不如田舍翁饮酒下棋之乐也。"《与沈博士》云:"作吴令,无复人理,几不知有昏朝寒暑矣。何也?钱谷多如牛毛,人情茫如风影,过客积如蚊虫,官长尊如阎老。"《与沈广乘》云:"上官如云,过客如雨,簿书如山,钱谷如海,朝夕趋承检点,尚恐不及,苦哉,苦哉!"故一旦解官,"如游鳞纵壑,倦鸟还山"(《与朱司理》)。有共同的世界观,方有共同的苦乐感,研究者每论袁枚承袁宏道小品多从风格语言立论,显落第二乘。

## 再答陶观察书

尝谓功业报国，文章亦报国，而文章之著作为尤难。掖之进，知己；劝其退，亦知己，而劝退之成全为尤大。公疑仆禄有余赢，故欲退居以自怡，似又非知仆者。仆进有事在，退有事在，未必退闲于进。且所谓以文章报国者，非必如《贞符》①《典引》②刻意颂谀而已，但使有鸿丽辨达之作，踔绝③古今，使人称某朝文有某氏，则亦未必非邦家之光。仆官赤紧④以来，每过书肆，如渴骥见泉，身未往而心已赴。得少休焉，重寻故物，或未干贤者之讥乎？

若谓上游⑤矜宠方盛，故宜缓去，则不知仆之所以欲去，乃正为此。何也？官之不能无去，犹人之不能无死也。死亦何福之有？而《洪范》⑥以考终命为福，则圣人之意也深。人之亲有如伯叔、妻子、兄弟者乎？所狎近有如戚友、傔从⑦者乎？之数人者，他事可与谋，而惟出处⑧之际宜独断焉，先乞身而后告焉。何也？之数人者，皆受居官之乐，而不分任职之苦者也。

唐相萧嵩⑨求去，明皇留之曰："朕未厌卿，卿何求去？"嵩曰："待陛下厌臣，臣安敢求去？"仆读史至此，深慕嵩之为人。仆蒙大吏荐剡⑩，百姓知感，脱然去，上或留之，下或惜之。人非去之为难，去而取此留之惜之之意为难。以其间交仓库、辞吏民，身闲而虑周，时乎时乎，有余味焉。

马伏波⑪云："居前不能令人轾，居后不能令人轩，援实耻之。"言士君子贵以身关天下之重轻也。今仆在官，官未必重；去官，官未必轻。州县中岂遽少仆哉？非特州县也，就令仆一岁九迁，骤膺公卿之位，自问何以立功？何以报主？亦复扪心纳手，未知所措。事君者量而后入，不入而后量。漆雕开⑫不能自信，夫子不知，而开独知之。仆之不能自信，亦公所不知，而仆自知之也。夫是，故知难而退也。

若夫仆之所自信者，则固有在矣。周官三百六十，谓非其人莫任者，今无有也。唐宋来几家文字，非其人莫任者，诚有之矣。仆幼学徐、庾、韩、柳⑬之文及三唐人诗，每摇笔，觉此境非难到，苦学殖少，让古人之我先，觍焉以早达为悔。行且就去，将从事焉，尽其才而后止，不比立功名束手而听之天也。舍得为不为，当可去不去，公其谓我何？

# 【注释】

①《贞符》：唐柳宗元作，见《柳河东文集》卷一。序云《贞符》是言"唐家正德受命于生人之意，累积厚久，宜享年无极之义"，作之"一明大道施于人代"。

②《典引》：后汉班固作，收入《后汉书·班固传》。《传》言班固以为司马相如《封禅文》靡而不典，扬雄《剧秦美新》典而不实，故作《典引》，述叙汉德。

③踔(chuō)绝：超越寻常。《汉书·孔光传》："尚书以久次转迁，非有踔绝之能，不相逾越。"

④赤紧：唐制，县按人口、疆域、位置划分为赤、畿、望、紧、上、中、下七等，凡县在京城的称赤，京城旁的称畿，三千户以上为望县，二千户以上为紧县。后世因以赤紧指重要大县。

⑤上游：上司。

⑥《洪范》：《尚书》篇名，中云："五福：一曰寿，二曰富，三曰康宁，四曰攸好德，五曰考终命。"考终命，谓善终，不横死夭折。

⑦傔(qiàn)从：侍从，仆役。

⑧出处：出仕与隐退。语出《易·系辞上》："君子之道，或出或处，或默或语。"

⑨萧嵩：梁武帝后裔。唐玄宗开元初官中书舍人，迁尚书左丞、兵部侍郎，以破吐蕃功加同中书门下三品，恩顾莫比，又兼中书令，封徐国公。萧嵩让位事见《次柳氏旧闻》："萧嵩为相，引韩休为同列，及在位，稍与嵩不协。嵩因乞骸骨，上慰嵩曰：'朕未厌卿，卿何庸去？'嵩俯伏曰：'臣待罪相府，爵位已极，幸陛下未厌臣，得以乞身；如陛下厌臣，臣首领之不保，又安得自遂？'"

⑩荐剡(yǎn)：荐举人才的公牍。此指两江总督尹继善荐举他为高邮知州。

⑪马伏波：马援，字文渊，扶风茂陵（今陕西兴平）人。

归汉光武帝，平隗嚣，官陇西太守、伏波将军，南征交阯，立铜柱以表功。下引语见《后汉书·马援传》马援所上疏中。车舆前高后低称轩，后高前低称轾，因而引申为轻重、高低之意。

⑫漆雕开：字子开，一作子若，蔡人，一作鲁人，孔子弟子。他不能自信事见《论语·公冶长》："子使漆雕开仕，对曰：'吾斯之未能信。'子说。"

⑬徐、庾、韩、柳：南北朝文学家徐陵、庾信与唐文学家韩愈、柳宗元。

## 【题解】

陶观察第二封信认为袁枚不该这么年轻就辞官，应该选择为国建功立业、扬名青史，且当时任两江总督的尹继善对他十分看重，屡次举荐，他正应奋发有为，努力报国，不能拘泥于文章立身。对比，袁枚写了此函，重申自己的人生观，审时度势，说自己辞官不是对国家不负责任。

袁枚在信中认为，报效国家有多种途径，"功业报国，文章亦报国，而文章之著作为尤难"。这就是说，他认为自己选择了做一个文学家的道路，远比做一个儒士、经学家或循吏、显宦要艰难得多，表明了他献身文学事业的决心。同时，袁枚又强调文章的报国不仅仅是"刻意颂谀"，好文章本身就能为国增光。

《左传·襄公二十四年》云："太上有立德，其次有立功，其次有立言，虽久不废，此之谓不朽。"袁枚考取进士，即入翰林，文名斐然，但旋任县令，饱尝官场之烦恼，方选择退出官场，优游林下，转而以事"立言"，实不得已。文中所辩，虽步步设防，理气俱足，但以所举史上事实来看，其无奈而退的心事，时时隐约其间，意在文字之外，只不过被文章的气势所掩饰了而已。

## 答 鱼 门<sup>①</sup>

来书谆谆,不忧其内养<sup>②</sup>之缺,而忧其为外物<sup>③</sup>之伤,劝弃随园,别居村野。此言是也,而惜乎其言之晚也。当初得随园时,草舍数间,弃之甚易;自家口来后,营造十年,资力尽矣,一旦舍旧谋新,谈何容易!《中庸》云:君子素富贵,行乎富贵<sup>④</sup>。仆亦素随园,行乎随园而已。

年来穷究史书,静观世事,于安身立命<sup>⑤</sup>之道,觉有进焉,士孙瑞能免于李、郭之祸<sup>⑥</sup>,而卒为乱兵所残;韦玄屈膝求全,而反为赫连所杀<sup>⑦</sup>。大概有心于避祸,不若无心以任运<sup>⑧</sup>。千仞之木,固毙于斧斤;一寸之草,亦伤于践踏。士君子含光隐耀<sup>⑨</sup>,善刀而藏<sup>⑩</sup>,已是没没求活<sup>⑪</sup>矣。若复长虑却顾,以官为可虑而弃之,又以家为可虑而迁之;无病先灸<sup>⑫</sup>,畏溺而自投于河;棘荆为丸,朝吞而暮嚼,何其戚戚<sup>⑬</sup>无坦怀耶?《韩非子》云:"矢来有向,为铁甲以备之;矢来无向,为铁室以备之<sup>⑭</sup>。"《韩诗外传》<sup>⑮</sup>则曰:"日慎一日,完如金城。"仆但能修身以为韩婴之金城,不能迁家而居韩非之铁室也。古圣贤未有不坦然自乐者。《论语》第一章<sup>⑯</sup>即曰"悦",曰"乐",曰"不愠",其他则"乐以忘忧"<sup>⑰</sup>"君子不忧不惧"<sup>⑱</sup>,圣人屡屡言之。其所以能乐而无忧惧之故,则在"内省不疚"四字。足下不以内省见规,而以外迁相劝，何其爱之深而知之浅也？

仆恰有进规于足下者。足下高谈心性，不事生产，家中豪奢，业已出千进一矣。又性善泛施，有求必应，己囊已竭，乞诸其邻，一家之感未终，一家之怨已伏，久之逋负山积<sup>⑲</sup>，自累其身。须知孔子之"乐在其中"<sup>⑳</sup>，颜子之"不改其乐"<sup>㉑</sup>，皆身无逋负者也，又恃有箪瓢疏食者也。若身有逋负，家无箪瓢，则狱讼偾兴<sup>㉒</sup>，饥寒交迫，活且不能，乐于何有？足下自度将来能为身织屦、妻辟𬙂之陈仲子乎<sup>㉓</sup>？抑能为上食槁壤、下饮黄泉之蚯蚓乎？

儒者以读书传名为第一计，必不当以治生理财为第二计。开源节流<sup>㉔</sup>，量入为出<sup>㉕</sup>，经济之道，不过如此。闻会事<sup>㉖</sup>将成，殊为可贺，然亦从尽欢竭忠得来。钱文为白水<sup>㉗</sup>，来难去易，尤宜慎持之。我辈身逢盛世，非有大怪癖、大妄诞，当不受文人之厄。惟恐不节之嗟，债台独上，徒然仰屋，不能著书<sup>㉘</sup>，白驹过隙<sup>㉙</sup>，没世无称<sup>㉚</sup>，可为寒心刻骨也。

# 【注释】

① 鱼门：程晋芳，初名廷镜，字鱼门，号蕺园，安徽歙县人。乾隆二十七年（1762）考授内阁中书，三十六年成进士，官吏部主事，任四库馆纂修官，改编修。著有《诸经答问》《勉行堂集》等。

② 内养：指思想修养。

③外物：身外之物，指利、欲、功名等。

④"君子素富贵"二句：语出《中庸》："君子素其位而行，不愿乎其外。素富贵，行乎富贵。"素，犹现在。言君子应当根据目前情况而行，不要另有所慕。

⑤安身立命：精神和生活的寄托。《景德传灯录》卷十《景岑禅师》："僧问：'学人不据地时如何？'师云：'汝向什么处安身立命？'"

⑥士孙瑞：字君策，扶风（今陕西兴平）人。汉献帝初为执金吾，王允引为仆射，谋诛董卓。事成，瑞以允自专讨卓之劳，归功不侯，得免李傕、郭汜之难。后为乱兵所杀。事见《后汉书·陈王列传》。李、郭，董卓部将李傕、郭汜。董卓死，李、郭合谋起兵，攻围长安，陷之，杀王允及其同郡宋翼、王宏等。

⑦韦玄：字祖思，夏京兆人。隐居养志，博涉经史，姚兴、刘裕辟之，不就。赫连勃勃入长安，征之，至，恐惧过礼。赫连勃勃怒曰："汝昔不拜姚兴，何独拜我？……吾死之后，汝辈弄笔，当置吾何地？"遂杀之。事见《晋书》本传。赫连勃勃，字屈孑，匈奴人。归顺姚兴，复叛，称大夏帝，都长安。在位十九年（407—425）。

⑧"大概有心于避祸"二句：语出《宋书·王景文传》："有心于避祸，不如无心于任运。"任运，任其自然。

⑨含光隐耀：同"潜光隐耀"，比喻不展露才华。《后汉书·郑玄传》："又南山四皓有园公、夏黄公，潜光隐耀，世嘉其

高，皆悉称公。"

⑩ 善刀而藏：参见《蒋心余藏园诗序》篇注㉓。

⑪ 没没求活：语出《南史·王僧达传》："大丈夫宁当玉碎，安可没没求活？"没没，埋没。

⑫ 无病先灸：《庄子·盗跖》载，孔子去劝说盗跖，被数说一番，"趋走，出门"，"目芒然无见，色若死灰"，叹曰："丘所谓无病而自灸者也。"

⑬ 戚戚：忧惧。《论语·述而》："君子坦荡荡，小人长戚戚。"

⑭ "矢来"四句：语出《韩非子·内储说上·七术》："夫矢来有乡，则积铁以备一乡；矢来无乡，则为铁室以尽备之。"注："乡，方也，有来从之方。谓聚铁于身以备一处，即甲之不全者也。谓甲之全者自首至足无不有铁，故曰铁室。"

⑮ 《韩诗外传》：汉韩婴撰，援历史故事以解释《诗》义。下引语全文为："昨日何生，今日何成。必念归厚，必念治生。日慎一日，完如金城。"

⑯ 《论语》第一章：指《学而》篇第一章。下引字词均见《学而》："学而时习之，不亦说乎？有朋自远方来，不亦乐乎？人不知而不愠，不亦君子乎？"说，同"悦"。

⑰ 乐以忘忧：语出《论语·述而》。

⑱ 君子不忧不惧：与下"内省不疚"均见《论语·颜渊》："司马牛问君子。子曰：'君子不忧不惧。'曰：'不忧不惧，斯谓之君子已乎？'子曰：'内省不疚，夫何忧何惧？'"

⑲ 逋负山积：谓拖欠的赋税、债务极多。按：袁枚《翰林院编修程君鱼门墓志铭》云："好周戚友，求者应，不求者或强施之。付会计于家奴，任盗侵，了不勘诘。以故虽有俸，有伙助，如沃雪填海，负券山积。"

⑳ 孔子之"乐在其中"：《论语·述而》："子曰：'饭疏食，饮水，曲肱而枕之，乐亦在其中矣。'"疏，同"蔬"。

㉑ 颜子之"不改其乐"：《论语·雍也》："子曰：'贤哉回也！一箪食，一瓢饮，在陋巷。人不堪其忧，回也不改其乐。'"

㉒ 偾（fèn）兴：紧张。

㉓ 陈仲子：战国时齐人。《孟子·滕文公下》说他"居於陵，三日不食，耳无闻、目无见也。井上有李，螬食实者过半矣，匍匐往食之，三咽，然后耳有闻，目有见"。他身织屦，妻辟纑以易粟。孟子听后说："仲子恶能廉？充仲子之操，则蚓而后可者也。夫蚓，上食槁壤，下饮黄泉。仲子所居之室，伯夷之所筑与？抑亦盗跖之所筑与？"辟纑，把缉过的麻搓成线。

㉔ 开源节流：《荀子·富国》："百姓时和，事业得叙者，货之源也；等赋府库者，货之流也。故明主必谨养其和，节其流，开其源，而时斟酌焉。"原指发展生产，节制赋敛。后多指开辟财源、节约开支。

㉕ 量入为出：《礼记·王制》："冢宰制国用，必于岁之杪，五谷皆入，然后制国用……量入以为出。"

㉖ 会事：民间以一人倡始，参与者各出钱财若干，然后从

倡始人起，众人逐次得各人所出钱财为"做会"。

㉗ 白水：《后汉书·光武帝纪》论云："（王莽）忌恶刘氏，以钱文有金刀，故改为货泉。或以货泉字文为'白水真人'。"

㉘ "徒然仰屋"二句：典出《梁书·南平王伟传》："恭每从容谓人曰：'下官历观世人，多有不好欢乐，乃仰眠床上，看屋梁而著书，千秋万岁，谁传此者？'"

㉙ 白驹过隙：比喻光阴迅速。《庄子·知北游》："人生天地之间，若白驹之过郤，忽然而已。"郤，同"隙"，墙壁的裂缝。

㉚ 没世无称：语出《论语·卫灵公》："君子疾没世而名不称焉。"没世，死亡。

# 【题解】

袁枚与程晋芳为多年好友，一直互相激励推许，切磋琢磨，正如他在《答鱼门舍人一百韵》中所说："来下陈蕃榻，同看《街谈碑》。评量《循吏传》，倾倒《落花词》。卧病烦称药，行藏代撰著。"在学术上，两人观点不同，经常针锋相对、往来辩驳，但均能心平气和，做到了《中庸》所说的"施诸己而不愿，亦勿施于人"，以及"万物并育而不相害，道并行而不相悖"的境界。

袁枚营构随园后，虽然辞官山居，但未与官僚断绝往来，依靠卖文与达官贵人的馈赠，过着优裕的生活。他广蓄侍妾，讲究饮馔，到死时家产有三万金之多，可见他非常善于经营理财。作为一个山人，过着这样放荡豪侈的生活，自然引起许多礼法之士的不满，当时甚至有人扬言要将他驱逐出南京。因此程晋芳也对他加以规劝，这封信就是回复程晋芳劝他规避收敛而作。

袁枚在信中表达了他豁达的处世观。他认为人要坦然自乐，随遇而安，善于追求生活中的乐趣，不能局促自缚、瞻前顾后。因此，袁枚反过来奉劝程晋芳，"高谈心性，不事生产"必然遭致困厄，批评他的迂腐，强调治生理财的重要性，言深意重。

由于袁枚与程晋芳关系密切，程晋芳的来信完全是站在朋友的立场上善意谏止，所以袁枚在本文中除了解释外，同时"投之以木瓜，报之以琼瑶"，也对程晋芳谋生之术表示担忧。全文与其他剑拔弩张的书信不同，一派温文尔雅。

# 再与沈大宗伯①书

闻《别裁》②中独不选王次回③诗,以为艳体不足垂教,仆又疑焉。

夫《关雎》④即艳诗也,以求淑女之故,至于展转反侧。使文王生于今,遇先生,危矣哉!《易》曰:"一阴一阳之谓道。"又曰:"有夫妇然后有父子。"⑤阴阳夫妇,艳诗之祖也。傅鹑觚⑥善言儿女之情,而台阁生风。其人,君子也。沈约事两朝,佞佛,有绮语之忏⑦。其人,小人也。次回才藻艳绝,阮亭⑧集中,时时窃之。先生最尊阮亭,不容都不考也。

选诗之道,与作史同。一代人才,其应传者皆宜列传,无庸拘见而狭取之,宋人谓蔡琰⑨失节,范史⑩不当置《列女》中,此陋说也。夫《列女》者,犹云女之列传云尔,非必贞烈之谓。或贤或才,或关系国家,皆可列传,犹之传公卿,不必尽死难也。诗之奇平艳朴皆可采取,亦不必尽庄语也。杜少陵,圣于诗者也,岂屑为王、杨、卢、骆⑪哉?然尊四子以为万古江河矣。黄山谷⑫,奥于诗者也,岂屑为杨、刘哉?然尊西昆以为一朝郢郭矣。宣尼⑬至圣,而亦取沧浪童子之诗。所以然者,非古人心虚,往往舍己从人,亦非古人爱博,故意滥收之,盖实见夫诗之道大而远,如地之有八音⑭,天之有万窍⑮,择其善鸣者而赏其鸣足矣，不必尊宫商⑯而贱角羽，进金石而弃弦匏也。

且夫古人成名，各就其诣之所极，原不必兼众体。而论诗者则不可不兼收之，以相题之所宜。即以唐论，庙堂典重，沈、宋⑰所宜也；使郊、岛⑱为之，则陋矣。山水闲适，王、孟⑲所宜也；使温、李⑳为之，则靡矣。边风塞云，名山古迹，李、杜㉑所宜也；使王、孟为之，则薄矣。撞万石之钟，斗百韵之险，韩、孟㉒所宜也；使韦、柳㉓为之，则弱矣。伤往悼来，感时记事，张、王、元、白㉔所宜也；使钱、刘㉕为之，则仄矣。题香襟，当舞所，弦工吹师，低回容与，温、李、冬郎㉖所宜也；使韩、孟为之，则亢矣。天地间不能一日无诸题，则古今来不可一日无诸诗，人学焉，而各得生性之所近，要在用其所长而藏己之所短则可，护其所短而毁人之所长则不可。艳诗宫体，自是诗家一格。孔子不删郑、卫之诗㉗，而先生独删次回之诗，不已过乎？

至于卢仝、李贺㉘险怪一流，俱亦不必摈斥。两家所祖，从《大招》《天问》㉙来，与《易》之龙战㉚，《诗》之天妹㉛，同波异澜，非臆撰也。一集中不特艳体宜收，即险体亦宜收，然后诗之体备而选之道全。谨以鄙意私于先生，愿与门下诸贤共详之也。

# 【注释】

①沈大宗伯：沈德潜。生平见本书《太子太师礼部尚书沈文悫公神道碑》。大宗伯，礼部尚书的别称。

②《别裁》:沈德潜曾编选多种诗别裁,此指《明诗别裁集》。

③王次回:名彦泓,字次回,明末金坛人,官华亭训导。诗学李商隐、韩偓一派,多闺语恋情,造语新柔委婉,著有《疑雨集》等。

④《关雎》:《诗·周南》篇名。序云:"《关雎》,后妃之德也。"诗中有"窈窕淑女,寤寐求之。求之不得,寤寐思服。悠哉悠哉,辗转反侧"句。

⑤"《易》曰"二句:所引《易》文,语出《系辞上》:"一阴一阳之谓道。继之者善也,成之者性也。"《序卦传》:"有万物然后有男女,有男女然后有夫妇,有夫妇然后有父子。"

⑥傅鹑觚:晋傅玄,字休奕,北地泥阳(今陕西耀州区)人。魏末官散骑常侍,封鹑觚男。入晋,迁侍中。诗多乐府,善言儿女之情。有《傅鹑觚集》。其官司隶校尉时,曾对百僚骂尚书以下免官,故此云"台阁生风"。

⑦沈约:字休文,武康(今浙江德清)人。仕宋为尚书度支郎,入齐,官黄门侍郎。为诗提倡"四声""八病"说,诗长于清怨。沈德潜《古诗源》卷十二言其诗"边幅尚阔,词气尚厚"。沈约晚年忏悔多作绮语。绮语,佛教指涉及闺门、爱欲之语,为十善戒中四口业之一。

⑧阮亭:清诗人王士禛,字贻上,号阮亭、渔洋山人,山东新城(今桓台)人。诗倡神韵说,著有《带经堂集》《渔洋诗

话》等。

⑨蔡琰：字文姬，陈留（今河南杞县）人，蔡邕女。汉末被掳入北，为南匈奴左贤王妻，生二子。后曹操以金璧赎回，嫁董祀。

⑩范史：指范晔《后汉书》。

⑪杜少陵：杜甫。其《戏为六绝句》之二云："王杨卢骆当时体，轻薄为文哂未休。尔曹身与名俱灭，不废江河万古流。"王、杨、卢、骆，初唐四杰王勃、杨炯、卢照邻、骆宾王。

⑫黄山谷：宋诗人黄庭坚。按：黄庭坚推崇西昆体，朱弁《风月堂诗话》言其"独用西昆体工夫，而造老杜深成之地"。宋初杨亿、钱惟演、刘筠等将在馆阁唱和之诗编为《西昆酬唱集》。诗讲究用典，步趋李商隐，世称"西昆体"。

⑬宣尼：孔子。《孟子·离娄上》："有沧浪孺子歌曰：'沧浪之水清兮，可以濯我缨；沧浪之水浊兮，可以濯我足。'孔子曰：'小子听之！清斯濯缨，浊斯濯足矣，自取之也。'"

⑭八音：《书·舜典》："三载，四海遏密八音。"孔传："八音，金、石、丝、竹、匏、土、革、木。"《周礼·春官·太师》郑玄注："金，钟铸也；石，磬也；土，埙也；革，鼓鼗也；丝，琴瑟也；木，柷敔也；匏，笙也；竹，管箫也。"

⑮万窍：《庄子·养生主》："夫大块噫气，其名为风；是唯无作，作，则万窍怒呺。"万窍，指地上所有孔穴，未闻天有万窍之说。

⑯宫商：与角、羽、徵均为五音之一。

⑰沈、宋：唐初诗人沈佺期、宋之问。

⑱郊、岛：唐诗人孟郊、贾岛。以苦吟著称，号"郊寒岛瘦"。

⑲王、孟：唐山水田园诗人王维、孟浩然。

⑳温、李：唐诗人温庭筠、李商隐。诗以色彩浓艳、语言绮丽著称。

㉑李、杜：李白与杜甫。

㉒韩、孟：唐诗人韩愈、孟郊。诗风以怪奇瘦硬、追求险峻著称，多联句。

㉓韦、柳：唐诗人韦应物、柳宗元。诗多田园山水，冲淡自然。

㉔张、王、元、白：唐诗人张籍、王建、元稹、白居易。诗多乐府，长于叙事。

㉕钱、刘：中唐诗人钱起、刘长卿。诗长于五律，多清词妙句。

㉖温、李、冬郎：晚唐诗人温庭筠、李商隐、韩偓。诗艳丽，多绮靡纤弱之风。

㉗郑、卫之诗：《诗经》中《郑风》《卫风》，古人以为中多淫荡之诗。

㉘卢仝、李贺：唐诗人。诗想象奇特，多险怪之语。

㉙《大招》《天问》：《楚辞》篇名，屈原作。

㉚《易》之龙战：语出《易·坤》："上六，龙战于野，其血玄黄。"

㉛《诗》之天妹：语出《诗·大雅·大明》："大邦有子，伣天之妹。"

## 【题解】

沈德潜论诗主格律，而于诗之主旨，强调遵循温柔敦厚之诗教，应关系人伦日用。在选历朝诗别裁集时，即以此为准绳。袁枚《文集》中收入与他论诗书二通。第一通辩正诗有工拙而无古今，一代有一代之诗，当变而变，才能进步，不能有门户之见。此通则聚焦于诗所表达的内容、情感及题裁风格等方面展开议论。袁枚一贯认为，人的性情不同，形之于文字，风格自然不同，且人各有能有不能，不能用统一的标准衡量作品，这封信表达的中心意思也是如此。

袁枚提倡个性解放，自称"好色"，集中多游冶艳体之作，因此他首先对沈德潜《明诗别裁集》不收王次回的艳诗表示不满。善于先发制人，使对方无回旋的余地是袁枚议论文常用的手法。本文一开始即引经据典，以《关雎》是艳诗而孔子不删，为艳诗占地位，反衬出沈德潜的不是。随即以选诗如同作史传，一代人物只要有其专长，史家就必须为他立传；同样，诗人只要所作有专长，也应得到肯定，不能扬此抑彼，甚至一笔抹杀，唯有兼收并蓄，方为平心公正。据此，袁枚又逐一排比唐代各流派诗人的情况，以证明古代诗人成名均因一体之长，诗人间不能互为代替，从而更申明了艳诗作为一种题裁不能弃之不顾。

李贽《藏书》卷四十论司马迁作《史记》云："所谓作者，谓其兴于有感而志不容已，或情有所激而词不可缓之谓也……言不出于吾心，词非由于可遏，则无味矣。"袁枚正因为有感于衷，情不可遏，所以反复就此与好友沈德潜商榷。而在立论上，文章善于将繁杂的事约而为简，指事析理，引譬托喻，整整有序，放而不流，因此具有很强的说服力。

## 答某山人书

书来，责仆不相见，词甚烦，气甚盛，仆敢不复一函以开足下？

孙子曰："知彼知己①。"《记》曰："量而后入，不入而后量②。"足下知己而不知彼，能入而不能量，非所以测交也。夫君子之道无他，出与处③而已。出则有陶冶④人才之任，于天下人无所不当见；处则安身藏用⑤，于天下人无所当见。足下视仆，出乎处乎？苟能知之，必能量之。

虽然，处者亦未尝无友也。有长沮必有桀溺⑥，有张、邴⑦必有羊、求⑧。论其徒，大率处者流也。处者多，其足友者少。仆故欲窥观足下，而迟迟乎晋接，足下不解其意而迫之，过矣。然女欲自媒，剑欲自鸣，犹夫人也。不意足下又舍其区区之文墨，而忽挟贤挟贵以临之，一夸门地，再夸交游，此正仆年来所亟亟⑨避者。持其所避者而招之，则足下求友之术疏矣。

郑康成⑩曰："回、赐之徒，不称官阀。"魏李冲曰："鲁之三卿，孰若四科。"⑪友也者，不可以有挟也。仆少未尝学问，挂冠⑫后稍知文章利病，觉此道中有似是而非者，有终身由之而不知其道者，有借此衒市游大人以成名者。仆诚私心痛之，发愤雪此弊。俛焉日有孳孳⑬，当悦学时，虽妻孥来犹厌，奚况外客！性又趋人之急，求而不应，彼貌未变，我颜已惭，胸中辄大不适。因自念：与其开门友近人，孰若开卷友古人？与其不副人望，歉然⑭病乎己，孰若不使人望，悠然乐其天？古之人欲读书先闭门，诚不得已也。

《士相见礼》⑮：先之以介，继之以贽，至郑重也。此外则胥吏农工，召之而后至耳。战国时，乃有曳裾侯门⑯者，为报恩扬名之说，以惑纨袴之公子。今非其时也。朝廷清明，贤者在上，不肖者在下，"邦有道，贫且贱焉，耻也"⑰。君子不恶其穷，而恶其所以穷。安得如书中愤懑语以悖教而伤化哉！仆自知不肖，甘心入山。山中产物惟白云耳⑱，甚无补于足下。虑足下方憎绝之不暇，而忽以愿见为请，殊骇人意。然武陵渔人，无心得津；有心求之，转不可得⑲。若足下一付以无心，则仆见也可，不见也可；见不见，何足重轻？蚌蜂⑳鸣鸠㉑，跂跷㉒虫豸，尚登山人之堂；况足下世宦之家，文人自命者乎？明月清风，开门则入，闭门则去，入而不喜，去而不怒者，何哉？彼无所求故也。今足下乃悻悻然以不见为愠，或者其有所求乎？

仆昨者虽相谢，终不能决足下之果有他肠，而预筑坚城以待，意嘿嘿颇自悔。今接书，略见意旨，乃窃喜前此之相谢，果计老而谋得也。藏己之拙㉓，养人之高㉔，何尝不两得耶？要之，虽不见如见，虽见如不见。请足下再择之。

## 【注释】

①知彼知己：语出《孙子·谋攻》："知彼知己，百战不殆。不知彼而知己，一胜一负。不知彼，不知己，每战必殆。"

②"量而后入"二句：语出《礼记·少仪》："事君者，量而后入，不入而后量。"量，商酌，考虑，衡量。

③出与处：参见《再答陶观察书》篇注⑧。

④陶冶：烧制陶器与冶炼金属。引申指教化培育。

⑤藏用：语出《易·系辞上》："显诸仁，藏诸用，鼓万物而不与圣人同忧。"疏："藏诸用者，潜藏功用，不使物知。"

⑥长沮、桀溺：春秋时的两个隐士。《论语·微子》载，长沮、桀溺耦而耕，孔子经过，令子路向他们问路。

⑦张、邴：张良与邴曼容。张良，字子良，佐刘邦起兵，灭秦、楚，以功封留侯。张良贵后，自称"以三寸舌为帝者师，封万户，位列侯，此布衣之极，于良足矣。愿弃人间事，欲从赤松子游耳"。邴曼容，汉哀帝时人，养志自修，为官不肯过六百石，辄自免去。见《汉书·两龚传》。后人常以张、邴并举，指勇于退身、不汲汲于富贵的人。如杜甫《渼陂西南台》："劳生愧严郑，外物慕张邴。"

⑧羊、求：汉羊仲与求仲。赵岐《三辅决录》卷一："蒋诩，字元卿，舍中三径，惟羊仲、裘仲从之游。二仲皆雅廉逃名之士。"

⑨亟亟：急速。

⑩郑康成：参见《游丹霞记》篇注⑭。下引语见《后汉书·郑玄传》："玄笑曰：'仲尼之门，考以四科，回、赐之徒，不称官阀。'"回，颜回。赐，端木赐，即子贡。

⑪李冲：字思顺，魏陇西狄道（今甘肃临洮）人。高祖时官给事中，转南部尚书，赐爵顺阳侯。下引语见《资治通鉴》卷一百四十，为秘书令李彪言，原文作："陛下若专取门地，不审鲁之三卿，孰若四科？"鲁三卿，指鲁司徒季孙、司马叔孙、司空孟孙。四科，指孔门德行、言语、政事、文学，见《论语·先进》。

⑫挂冠：《后汉书·逄萌传》："时王莽杀其子宇，萌谓友人曰：'三纲绝矣！不去，祸将及人。'即解冠挂东都城门，归，将家属浮海，客于辽东。"后即以挂冠指辞官。

⑬日有孜孜：语出《书·益稷》："予何言？予思日孜孜。"孜孜，勤勉，不懈怠。

⑭欿（kǎn）然：不得满足。

⑮《士相见礼》：《仪礼》篇名。

⑯曳裾侯门：指奔走于达官王侯之门。语出邹阳《上吴王书》："饰固陋之心，则何王之门不可曳长裾乎？"

⑰"邦有道"三句：语出《论语·泰伯》。

⑱"山中"句：语出南朝陶弘景答齐高帝诏诗："山中何所有？岭上多白云。只可自怡悦，不堪持寄君。"

⑲"然武陵渔人"四句：陶渊明《桃花源记》载，晋太元中，

有武陵渔人无意中入一洞,洞尽,别有天地,中有良田、桑麻、鸡犬之属,居者自称避秦乱而入此境。渔人归后,再也找不到进去的路。有个叫刘子骥的,多次寻访,也未找到。

⑳ 荓(píng)蜂:《诗·周颂·小毖》:"予其惩而毖后患,莫予荓蜂,自求辛螫。"谓牵引而入于恶道。此用其"恶蜂"本义。

㉑ 鸣鸠:斑鸠。

㉒ 跂蹻(qí qiāo):有跟的草鞋。从上下文看,当作"跂蛲"。《淮南子·原道》:"泽及跂蛲,而不求报。"高诱注:"跂,行也。蛲,微小之虫也。"

㉓ 藏己之拙:把自己的拙劣之处掩藏起来,不以示人。语出《庄子》。韩愈《和席·八十二韵》:"倚玉难藏拙,吹竽久混真。"

㉔ 养人之高:保养别人高尚的志节。《文选》李萧远《运命论》:"封己养高,势动人主。"

## 【题解】

袁枚辞官住小仓山后,按世俗的说法,就是已退隐林下,成为隐士,应该深藏山林,与世隔绝。然而袁枚寓居随园,却不像通常的山人隐士足不入城,而是出入达官府第,延请要员名流,当时就有人讥刺他是借隐求名,如蒋士铨作《临川梦》一剧,中有讽刺明末山人陈继儒的一首诗云:"妆点山林大架子,附庸风流小名家。终南捷径无心走,处士虚声尽力夸。獭祭诗书充著作,蝇营钟鼎润烟霞。翩然一只云间鹤,飞来飞去宰相衙。"有人说这诗是袁枚的写照。袁枚对人们的讥嘲大不以为然,常竭力表白辩驳。这封信就是其中典型之作。

书信所答的某山人姓名不详。此位自称山人的人,也就是所谓的隐士,他来求见袁枚,吃了闭门羹,大为恼怒,折柬问罪,"责仆不相见,词甚烦,气甚盛"。因此袁枚也针锋相对,予以还击,词亦烦,气亦盛,极尽嬉笑怒骂之能事,文辞犀利尖刻,又广征博引,处处为自己占地位,表现了他率性而为、敢犯天下之大不韪的思想与性格,这在当时是很少见的。

后来"某山人"又有回信,两人互不退让,讥讽揶揄,数度往复,责难不已。袁枚所作,同样精彩纷呈,读之令人拍案叫绝。

## 与程蕺园书

　　从熊公子①处接手书,云有索仆古文者,命为驰寄。仆于此事,因孤生懒,觉古人不作,知音甚稀。其弊一误于南宋之理学,再误于前明之时文,再误于本朝之考据。三者之中,吾以考据为长,然以之溷古文则大不可。何也? 古文之道形而上②,纯以神行,虽多读书,不得妄有撦拾,韩、柳③所言功苦④,尽之矣。考据之学形而下,专引载籍,非博不详,非杂不备,辞达而已,无所为文,更无所为古也。

　　尝谓古文家似水,非翻空不能见长。果其有本矣,则源泉混混,放为波澜,自与江海争奇⑤。考据家似火,非附丽⑥于物,不能有所表见。极其所至,燎于原⑦矣,焚大槐⑧矣,卒其所自得者皆灰烬也。以考据为古文,犹之以火为水,两物之不相中也久矣。《记》⑨曰:"作者之谓圣,述者之谓明。"六经、三传,古文之祖也,皆作者也。郑笺、孔疏⑩,考据之祖也,皆述者也。苟无经传,则郑、孔亦何所考据耶?《论语》曰:"古之学者为己,今之学者为人⑪。"著作家自抒所得,近乎为己;考据家代人辨析,近乎为人。此其先后优劣不待辨而明也。

　　近见海内所推博雅大儒,作为文章,非序事噂沓⑫,即用笔平衍,于剪裁、提挈、烹炼、顿挫诸法,大都懵然。是何故哉?

盖其平素神气沾滞于丛杂琐碎中，翻撷多而思功少。譬如人足不良，终日循墙扶杖以行，一旦失所依傍，便伥伥然卧地而蛇趋，亦势之不得不然者也。且胸多卷轴者，往往腹实而心不虚，藐视词章，以为不过尔尔，无能深探而细味之。刘贡父⑬笑欧九⑭不读书，其文具在，远逊庐陵⑮，亦古今之通病也。

前年读足下《汪宜人传》，纡徐层折，在《望溪集》⑯中，为最佳文字。此种境界，似易实难，仆深喜足下晚年有进于此，仆之文非足下之献而谁献焉？尚有近作数篇，意欲增入，须明春乃来。衰年心事，类替人持钱之客，腊残岁暮，汲汲顾景，终日辜榷⑰簿册为交代后人计甚殷。岂不知假我数年，未必不再有进境，然难必主人之留客与否也。一笑。

## 【注释】

① 熊公子：熊学祺，号安亭，江西南昌人。熊本子。乾隆举人，官州同。

② 形而上：与下"形而下"均出《易·系辞上》："形而上者谓之道，形而下者谓之器。"道指精神，器指物质。

③ 韩、柳：指唐著名古文家韩愈、柳宗元。

④ 功苦：劳苦。语出《诗·小雅·四牡》小序笺："使臣以王事往来于其职，于其来也，陈其功苦，以歌乐之。"

⑤ "果其有本"四句：语出《孟子·离娄下》："源泉混混，不舍昼夜，盈科而后进，放乎四海。有本者如是。"

⑥附丽：依附。

⑦燎于原：语出《书·盘庚》："若火之燎于原，不可向迩，其犹可扑灭。"

⑧焚大槐：语出《庄子·外物》："水中有火，乃焚大槐。"

⑨《记》：指《礼记》。下引语见《礼记·乐记》。

⑩郑笺、孔疏：郑指郑玄，孔指孔颖达，二人为《诗》《礼》等作笺、疏。

⑪"古之学者"二句：语出《论语·宪问》。

⑫噂（zǔn）沓：语言重复杂乱。语出《诗·小雅·十月之交》："噂沓背憎，职竞由人。"

⑬刘贡父：宋刘攽，字贡父，新喻（今江西新余，一说樟树）人。庆历进士，官中书舍人。

⑭欧九：欧阳修。宋同时人嘲欧阳修不读书，除刘攽外，王安石亦有此语。见《苕溪渔隐丛话》。

⑮庐陵：欧阳修，庐陵（今江西吉安）人。

⑯《望溪集》：方苞所著集名。方苞，字灵皋，号望溪，桐城人。康熙进士，官至礼部侍郎。古文自唐宋以上窥《史记》，尤严于义法，被称为桐城派初祖。

⑰辜榷：本为独占之意。此处当指集中、总括之意。

【题解】

这封书信是写给程晋芳的。程晋芳是著名经学家，于《易》

《书》《礼》皆有撰述,又向桐城名家刘大櫆学古文,卓然名家。桐城派崇尚义理、考据、辞章三者合一,以为考据可以有助于行文,袁枚在这封信中则集中表达了对当时学界掀起的考据热的不满。

乾隆朝的经学家承康熙诸人之祧,绳绳于寻章摘句、设难解疑,正如曾国藩《欧阳生文集》序所说,"当乾隆中叶,海内魁儒硕士,崇尚鸿博,繁称旁证,累数千言不能休",而不少人所作文章,正如袁枚所说"非序事噂沓,即用笔平衍,于剪裁、提挈、烹炼、顿挫诸法,大都懵然"。这与袁枚提倡文章的章法变化、讲究文采是格格不入的,所以袁枚借程蕺园索观古文之际,大肆批判,感叹"知音甚稀"。

文中分析以考据为古文之弊,究源辨流,反复论证,句句确凿委婉、洞中窾要,没有剑拔弩张的霸气,这与他的《与某山人书》及《小仓山房尺牍》中很大一部分尖利凌铄的书信有明显区别。名家的文章正是能视对象、内容的不同转换风格,与专事模拟或刺促浅薄的作家一成不变的文风有本质的不同,这也是历来崇尚性灵者与复古派的不同之处。

## 答彭尺木①进士书

来书教以禅学，引文文山②诗语云云。似乎文山不遇楚黄道人，便不能了死生者。仆不以为然。

古豪杰视死如归，不胜屈指，倘必待禅悟而后能死节，则佛未入中国时，当无龙逢③、比干④。居士之意，以为必通禅而后能了生死耳。殊不知从古来不能了生死者，莫如禅。夫有生有死，天之道也。养生送死，人之道也。今舍其人道之可知，而求诸天道之不可知，以为生本无生，死本无死，又以为生有所来，死有所往。此皆由于贪生畏死之一念萦结于胸而不释，夫然后画饼⑤指梅⑥，故反其词以自解，此洪炉跃冶⑦，庄子所谓不祥之金也，其于生死之道了乎否乎？子路问死，子曰："未知生，焉知死？"⑧当时圣人若逆知⑨后之人必有借生死以惑世者，故于子路之问，萌芽初发而逆折之。

来书云：生死去来，不可置之度外⑩。尤谬。天下事有不可不置之度内者，"德之不修，学之不讲"⑪是也。有不可不置之度外者，"死生有命，富贵在天"⑫是也。若以度外之事而度内求之，是即出位之思⑬，妄之至也。

虽然，"富而可求也，虽执鞭之士，吾亦为之"⑭。使佛果能出死入生，仆亦何妨援儒入墨⑮。而无如二千年来，凡所谓佛者，率皆支离诞幻,如捕风然,视之而不见,听之而不闻,祷之而不应。如来、释迦与夏畦[16]之庸鬼同一虚无,有异端[17]之虚名,无异端之实效,以故智者不为也。试思居士参稽二十年,自谓深于彼法者矣。然而知生之所由来,能不生乎?知死之所由去,能不死乎?如仆者自暴自弃[18],甘心为门外人矣。然而不知生之所由来,便不生乎?不知死之所由去,便速死乎?生死去来,知之者与不知者无以异也。盍亦听其自生自死,自去自来而已矣。

《易》曰:"乾坤毁,则无以见易[19]。"言乾坤有时而生死也。《诗》曰:"高岸为谷,深谷为陵[20]。"言陵谷有时而来去也。生死去来,天地不能自主,而况于人?居士宁静寡欲,有作圣基,惜于生死之际,未免有己之见存,致为禅氏所诱。有所慕于彼者,无所得于此故也。独不见孟子之论生死乎,曰:"夭寿不贰,修身以俟之[21]。"陶潜[22]之论生死乎,曰:"浮沉大化中,不恋亦不惧。"士君子纵不能学孟子,亦当法渊明。名教中境本廓然,奚必叛而他适!

昔曹操[23]聘虞翻[24],翻笑曰:"孟德欲以盗贼余赃污人耶?"居士招我之意有类孟德,故敢诵仲翔之语以奉谢。

【注释】

①彭尺木:名约升,字允初,号尺木居士、知归子,江苏长洲(今属苏州)人。乾隆二十六年(1761)进士,未出仕。

②文文山:文天祥,字履善,一字宋瑞,号文山,江西吉

水人。宋末宝祐状元，官江西安抚使。端宗时拜右丞相，封信国公。与元军战，兵败被俘，就义于大都。彭尺木来信附《小仓山房文集》卷十九袁枚文后，有关文天祥一段云："昔文信公在燕狱时遇楚黄道人，受出世法，始得脱然于生死之际，故其诗云：'曾知真患难，忽遇大光明。'又云：'莫笑道人空打坐，英雄敛手即神仙。'"

③龙逢：关龙逢，夏贤臣。夏桀无道，龙逢犯颜极谏。桀怒，囚而杀之。

④比干：商末大臣。纣无道，比干屡次谏止，被纣剖心而死。

⑤画饼：典出《三国志·卢毓传》："选举莫取有名，名如画地作饼，不可啖也。"因指徒有虚名、无补于事为"画饼"。

⑥指梅：望梅止渴。典出《世说新语·假谲》："魏武行役失汲道，军皆渴，乃令曰：'前有大梅林，饶子，甘酸可以解渴。'士卒闻之，口皆出水，乘此得及前源。"这里与"画饼"同指空想。

⑦洪炉跃冶：语出《庄子·大宗师》："今大冶铸金，金踊跃曰：'我且必为镆铘。'大冶必以为不祥之金。"

⑧"子路问死"三句：语出《论语·先进》："季路问事鬼神。子曰：'未能事人，焉能事鬼？'曰：'敢问死。'曰：'未知生，焉知死？'"

⑨逆知：预先知道。

⑩"来书云"三句：彭尺木信云："先生英雄根性，所未留意

者,独此一着耳。生从何来,死从何去,其可以人生一大事而置之度外乎?"

⑪"德之不修"二句:语出《论语·述而》。

⑫"死生有命"二句:语出《论语·颜渊》。

⑬出位之思:非分之想。语出《论语·宪问》:"曾子曰:'君子思不出其位。'"

⑭"富而可求"三句:语出《论语·述而》。执鞭之士,指给人充当仆役。

⑮援儒入墨:把儒家学说与墨家学说等同起来。

⑯夏畦:语出《孟子·滕文公下》:"胁肩谄笑,病于夏畦。"夏畦本意指夏天在田地里劳动的人,此即指无作为的平民。

⑰异端:指儒家以外的学说,取义于"非圣人之道而别为一端"。

⑱自暴自弃:语出《孟子·离娄上》:"自暴者,不可与有言也;自弃者,不可与有为也。言非礼义,谓之自暴也;吾身不能居仁由义,谓之自弃也。"后多指自甘落后,不图上进。

⑲"乾坤毁"二句:语出《易·系辞上》。

⑳"高岸为谷"二句:语出《诗·小雅·十月之交》。

㉑"夭寿不贰"二句:语出《孟子·尽心上》。不贰,没有两样。

㉒陶潜:晋著名诗人陶渊明。下引句见陶渊明《神释》诗:"浮沉大化中,不喜亦不惧。"大化,即宇宙万物生息变化。

㉓曹操：字孟德，谯（今安徽亳州）人。汉末位至丞相、大将军，封魏王。统一黄河以北，形成鼎立局面。子曹丕篡汉后，尊为魏太祖武帝。

㉔虞翻：字仲翔，三国时吴名士。汉末应召为侍御史，不就。曹操欲辟其为司空，翻云："盗跖欲以余财污良家耶？"不应。

## 【题解】

儒与释的争论，历来存在，自韩愈辟佛之后，更成为辩论的交点。宋陆象山"援儒言以掩佛学之实"（陈建《学蔀通辨》），明王阳明以禅入儒，均受到后人诟病。乾隆年间，程朱理学盛行，而佞佛参禅也是当时士大夫的一种时尚，这封信就是袁枚对这种时尚的有力批驳。彭尺木精研佛学，以参禅为事，在所著《一行居集》等集中，颇多佛学论述。在他给袁枚的信中，劝袁枚信佛参禅；而袁枚生平提倡人性，强调生的乐趣，对扼杀人性的佛教素持反对态度，所以在此信中予以辩驳。彭尺木给袁枚的信很短，袁枚针锋相对，逐条讨论，就"生死"这个主题展开，提出注重人道，不盲从天道。

文章献疑送难，合情合理；紧紧抓住实质，不断运用正反两方面论据进行辩论，有破有立，使全文浑然一气，无懈可击。好的文章讲究学博、识精、气盛。学博则见无不大，援引贴切；识精则论无不平，抉隙发微；气盛故词无不达，收放自如。袁枚本文即体现了学博、识精、气盛的特点。

## 与蒋苕生①书

昔柯亭之竹,非呈响于蔡邕②;鹿卢之剑,岂矜奇于秦女③。乃过之者驻辔,佩之者超屏,何哉?美见者情生④,气求者声应⑤。人非矇瞍⑥,睹夷光⑦而运眸;地非聋俗,奏《咸》《韶》而倾耳⑧。此《郑风》所以歌《缁衣》⑨,《周易》所以称兰臭也⑩。若乃惠施测交而无从⑪,屈平独立而增叹⑫。游鱼欲出而瑟希⑬,雍门思悲而琴寡⑭。无所感之,谁为应之?

客岁⑮税驾⑯广陵⑰,见足下壁上诗,烟墨犹湿,素尘将掩。仆手拂口吟,色然心骇⑱。弦歌应节,流水可以移情⑲;同堂异乡⑳,《停云》㉑因而增慨。字尾书苕生二字。嘻,江上丈人㉒,泽边渔父㉓,伊可怀也㉔,彼何人哉㉕?仆虽识高敏梦中之路㉖,难抱张骞凿空㉗之想。纵有宜生切肺㉘之义,更深孺悲无介㉙之虞。于是殚深心于搜牢㉚,极冲襟于遐访㉛。西朝执讯,虚位以待李巡㉜;东海得书,榜道而求孙惠㉝。爱而不见㉞,于今三年㉟。幸安亭㊱公子,纡辔㊲白下㊳,道足下居洪都㊴之地,为舍人㊵之官。其才藻耀,其人玉立。然后知足下国之良也,民之秀也。钦迟㊶者方望若岁㊷,而驰誉者久癫若雷㊸。

虽然,九州大矣,人才众矣。仆蠖伏㊹江表,足下凤鸣㊺神都㊻。仆知君,君宁知仆哉?岂意铜山之钟,地隔而霜应㊼;晨风之鸟，树远而声交(48)。邴原渡海，方觅孙崧(49)；北海有心，早知刘备(50)。于是远蒙矜宠，重寄篇什。开函香生，凌纸怪发。骊龙未遇，先投六寸之明珠(51)；师旷方惊，更转九天之清角(52)。识麟一趾(53)，眸子自矜；藏凤半毛(54)，门庭可贺。所冀足下北行之日，鸣驺(55)临况(56)。仆粪除(57)敝庐，请吾子之须臾焉。昔者嵇康命驾，千里相思(58)；玄度出都，一日九诣(59)。心期(60)既重，手握自殷。缅彼贤流，亶(61)其然矣。足下与余，岂在古人之后乎！

**【注释】**

①蒋苕生：蒋士铨。蒋士铨生平及与袁枚相识经过，参见前《蒋心余藏园诗序》篇并注。

②"昔柯亭之竹"二句：伏滔《长笛赋序》："初，邕（蔡邕）避难江南，宿于柯亭。柯亭之观，以竹为椽。邕仰而眄之曰：'良竹也。'取以为笛，音声独绝。历代传之，以至于今。"柯亭，在今浙江绍兴市西南。蔡邕，东汉末著名文学家。

③"鹿卢之剑"四句：《燕丹子》载，荆轲刺秦王，秦王乞听琴而后死。弹琴的秦女以琴声告秦王："罗縠单衣，可掣而绝；八尺屏风，可超而越；鹿卢之剑，可负而拔。"秦王悟，移剑于背后拔出，跳过屏风以避荆轲。鹿卢，剑首以玉作井鹿卢形，上刻木作山形，如莲花初生时。矜奇，夸奇。驻辔，停下车马。

④"美见者"句：语出严安《上书言世务》："彼民之情，见美则愿之。"

⑤ "气求者"句：语出《易·乾·文言》："同声相应，同气相求。"

⑥ 矇瞍：盲人。

⑦ 夷光：西施，越国美女。

⑧ "地非聋俗"二句：赵至《与嵇茂齐书》："今将植橘柚于玄朔，蒂华藕于修陵，表龙章于裸壤，奏《韶武》于聋俗，固难以取责矣。"聋俗，愚昧无知的世俗。《咸》《韶》，黄帝与舜的乐曲。

⑨ "此《郑风》"句：《诗·郑风》有《缁衣》诗，序谓赞美郑武公父子。然《礼记·缁衣》云："好贤如《缁衣》，恶恶如《巷伯》。"郑玄注："此衣缁衣者贤者也。"缁衣，黑色朝服。

⑩ "《周易》"句：《易·系辞上》："同心之言，其臭如兰。"孔颖达疏："谓二人同齐其心，吐发言语，氤氲臭气，香馥如兰也。"

⑪ "若乃"句：《战国策·魏策二》载，魏王派惠施使楚、犀首使齐，欲从二国对待使臣的态度上试探对魏国的关系。此句借言自己无法派人向蒋士铨表达心意。

⑫ "屈平"句：屈平即屈原，其《橘颂》有"苏世独立，横而不流"句。

⑬ "游鱼"句：《荀子·劝学》："昔者瓠巴鼓瑟，而流鱼出听。"瑟希，瑟声稀疏。语出《论语·先进》："'点，尔何如！'鼓瑟希，铿尔。"

⑭"雍门"句:《说苑·善说》载,雍门子周以善琴见孟尝君,孟尝君曰:"先生鼓琴亦能令文悲乎?"于是雍门子周引琴而鼓,"孟尝君增悲流涕"。琴寡,言很少听到。与上句"瑟希"均指很少见到蒋士铨的诗作。

⑮ 客岁:去年。

⑯ 税驾:停车,留宿。

⑰ 广陵:今扬州。

⑱ 色然心骇:《公羊传·哀公六年》:"诸大夫见之,皆色然而骇。"色然,变色貌。

⑲ "流水"句:用伯牙鼓琴,意在高山流水,为钟子期知音鉴赏事。见《列子·汤问》。又,《乐府古题要解·水仙操》云,伯牙师成连携其往东海中蓬莱山,使闻海水激荡、林鸟悲鸣声,伯牙叹曰:"先生将移我情。"从而得到启发,技艺大进。

⑳ 同堂异乡:曹植《当来日大难》:"今日同堂,出门异乡。"

㉑《停云》:陶渊明《停云》序云:"停云,思亲友也。"末言:"岂无他人,念子实多。愿言不获,抱恨如何!"

㉒ 江上丈人:《吴越春秋》等载,伍子胥奔吴,江上一丈人渡他过江。后伍求丈人不得,每饮必祭之,称"江上丈人"。

㉓ 泽边渔父:屈原《渔父》中屈原行吟泽畔,与之对话的渔父。

㉔ 伊可怀也:语出《诗·豳风·东山》。

㉕ 彼何人哉:语出《诗·小雅·巧言》:"彼何人斯?"

㉖高敏梦中之路：战国时张敏与高惠为友，张每思友，即于梦中往寻，至半途即迷路。见《韩非子》。高敏当作"张敏"。

㉗张骞凿空：《史记·大宛列传》："然张骞凿空，其后使往者皆称博望侯。"张骞，汉人，多次出使西域。凿空，开通道路。

㉘宜生切肺：散宜生、闳夭、南宫适向吕望学讼，望知三人贤，遂酌酒，切肺，除师徒之礼，约为朋友。

㉙孺悲无介：《论语·阳货》："孺悲欲见孔子，孔子辞以疾。"《仪礼·士相见礼》："孺悲欲见孔子，不由绍介，故孔子辞以疾。"

㉚搜牢：寻找，搜寻。

㉛遐访：远访。

㉜"西朝执讯"二句：《旧唐书·李勉传》载，李勉以名士李巡为判官。巡死，三年之内，每宴饮，李勉必设虚位于席。执讯，古时掌通讯的官，此指传递信息的人。

㉝"东海得书"二句：晋孙惠以擅杀罪逃，后东海王司马越举兵，惠假称姓名上书司马越。越得书，张榜于路求之，惠乃出。见《晋书·孙惠传》。

㉞爱而不见：语出《诗·邶风·静女》："爱而不见，搔首踟蹰。"

㉟于今三年：语出《诗·豳风·东山》："自我不见，于今三年。"

㊱安亭：参见《与程蕺园书》篇注①。

㊲ 纡辔：绕道。此是经过的委婉说法。

㊳ 白下：本名白石陂，在今江苏南京市金川门外。唐改金陵为白下，移治于白下故城，故金陵也称白下。清名江宁府，即今南京市。

㊴ 洪都：今江西南昌。

㊵ 舍人：中书舍人。时蒋士铨以举人考授内阁中书。

㊶ 钦迟：敬仰、佩服。按：此处指恭敬地等候。

㊷ 望岁：盼望丰收。语出《左传·昭公三十二年》："闵闵焉如农夫之望岁，惧以待时。"

㊸ 久癞若雷：谓声誉轰动如雷。

㊹ 蠖伏：像尺蠖般伏处。

㊺ 凤鸣：比喻贤才应时而起。

㊻ 神都：京城。

㊼"岂意铜山之钟"二句：《汉书·东方朔传》载，汉武帝时，未央宫钟无故自鸣，原来是南郡铜山崩塌而感应。《山海经·中次十一经》言丰山有九钟，霜降则鸣。

㊽"晨风之鸟"二句：《诗·秦风·晨风》："鴥彼晨风，郁彼北林。未见君子，忧心钦钦。"晨风，即鹯。

㊾"邴原渡海"二句：《三国志·魏书·邴原传》："黄巾起，原将家属入海，住郁洲山中。"裴松之注引《原别传》："及长，金玉其行。原远游学，诣安丘孙嵩。"

㊿"北海有心"二句：孔融为管亥所围，求救于刘备。备惊

曰:"孔北海乃复知天下有刘备乎!"即遣兵三千救之。见《后汉书·孔融传》。

㉛"骊龙未遇"二句:《庄子·列御寇》:"夫千金之珠,必在九重之渊,而骊龙颔下。"此以骊珠誉蒋士铨所寄诗之美。

㉜"师旷方惊"二句:《韩非子·十过》:"平公提觞而起,为师旷寿,反而问曰:'音莫悲于清徵乎?'师旷曰:'不如清角。'"师旷,著名音乐家。角与徵均为五音之一,二音清,故名。

㉝麟一趾:《诗·周南·麟之趾》:"麟之趾,振振公子,于嗟麟兮。"此以比蒋士铨。

㉞凤半毛:《世说新语·容止》:"王敬伦风姿似父,作侍中,加授桓公,公服从大门入。桓公望之,曰:'大奴固自有凤毛。'"凤毛,谓子孙有才似父祖。

㉟鸣驺:显贵出行,前有喝道,称"鸣驺"。

㊱临况:光临。

㊲粪除:扫除,打扫。

㊳"昔者嵇康命驾"二句:《晋书·嵇康传》:"东平吕安服康高致,每一相思,辄千里命驾,康友而善之。"《世说新语·简傲》作:"嵇康与吕安善,每一相思,千里命驾。"

㊴"玄度出都"二句:《世说新语·宠礼》:"许玄度停都一月,刘尹无日不往,乃叹曰:'卿复少时不去,我成轻薄京尹!'"玄度,许询。

㊵心期:两相心许。

(61) 亶：诚然。

## 【题解】

袁枚与蒋士铨相知相识的过程，已见本书《蒋心余藏园诗序》及注，本文与《诗序》内容基本相同，但本文因为用骈体文写，又能突破骈体文的局限，所以给读者的感受大不一样。

文章首段写对蒋士铨的向往之情，次段叙相知之缘，末段写相知之后彼此钦佩亟盼相见之殷切。全文写得感情流荡，结构安排整整有序，文气一泻到底，集议论、叙事、抒情于一体，感人心肺。在用典上，切而不僻，恰如其分，如盐入水，了无刻凿拼凑的痕迹，真正做到了典为我用，体现了作者深厚的学殖及精湛的驾驭文字的能力。

骈文自六朝鼎盛，至唐以后多用于碑版、公文，在信函中也被广泛使用。清代也是骈文繁盛时期，名家辈出。袁枚在当时也被推为骈文大家，他的骈文集当时就有人注释刊印，石韫玉《袁文合笺序》说“觉其鲸铿春丽、怪怪奇奇，真天地间别是一种文字，近世果无能颉颃者”，推崇备至，而本文更是集中翘楚。

# 答杨笠湖[①]

秦世兄[②]来,递到手教。有是哉,子之迂也[③]!《子不语》一书,皆莫须有[④]之事,游戏谰言[⑤],何足为典要[⑥]?故不录作者姓名。足下当作正经正史,一字一句而订正之,何许子之不惮烦耶[⑦]?为载香君[⑧]荐卷一事,色然而怒,似乎有意污君名节。则不得不大言,以开足下之惑。

夫至人无梦[⑨]。足下在闱中不但有梦,而且使女子入梦。其非至人也明矣。然而求者自求,拒者自拒,如《画墁录》载范文正公修史一事[⑩],则虽非至人,亦不失为正人。乃足下公然如其请而荐之,为正人者当如是乎?其事已毕,则亦浮云过太虚,忘之可矣,何以庚寅年[⑪]运川木过随园,犹欣欣然称说不已?凡仆所载,皆足下告我之语,不然,仆不与足下同梦,何以知此一重公案耶?主试是东麓[⑫]侍郎,亦君所说,非我臆造,今并此不认,师丹[⑬]老而善忘,何以一至于此?想当日足下壮年,心地光明,率真便说,无所顾忌;目下日暮途穷,时时为身后之行述墓铭起见,故想讳隐其前说耶?不知竟见香君,何伤人品!

黄石斋先生为友所戏,与顾横波夫人同卧一夜[⑭],夷然不以为怍。足下梦中一见香君,而愕然若有所浼[⑮],何其局量广狭之不同耶?古人如古物也。古之物已往矣,不可得而见矣。忽然得见古鼎古彝而喜,即得见古砖古瓦而亦喜。古之人已往矣,不可得而见矣。忽然见岳武穆[16]、杨椒山[17]固可喜,即得见秦桧[18]、严嵩[19]亦可喜。何也?以其难得见故也。香君到今将及二百年,可谓难得见矣。使其尚存,则一白发老妪,必非少艾;而况当日早有小扇坠[20]之称,其不美可知。不特严气正性之笠湖见之,虽喜无妨;即佻侻[21]下流之随园见之,亦虽喜无害也。

然而香君虽妓,岂可厚非哉?当马、阮[22]势张时,独能守公子[23]之节,却[24]金人[25]之聘,此种风概,求之士大夫尚属难得,不得以出身之贱而薄之。昔汪锜[26],婴童也,能执干戈以卫社稷,孔子许其勿殇。毛惜惜[27],妓女也,能骂贼而死,史登列传。足下得见香君以为荣幸,未必非好善慕古之心,乃必以好色狎邪自揣,何其居心不净,自待之薄也?书中改"搴帘私语"四字为"床下跪求"四字[28],尤为可笑。香君不过荐士,并无罪案,拿讯县堂,有何跪求之有?足下解组[29]已久,犹欲以向日州县威风加之于二百年前之女鬼,尤无谓也。

来札一则曰贞魂,再则曰贞魂[30]。香君之贞与不贞,足下何由知之?即非香君,是别一个四十岁许之淡妆女子,其贞与不贞,亦非足下所应知也。足下苟无邪念,虽搴帘私语何妨!苟有邪念,则跪床下者,何不可抱至膝前耶?读所记有"衣裳雅素,形容端洁"八字考语,审谛太真,已犯"非礼勿视"[31]之戒,将来配享两庑[32],想吃一块冷猪肉[33],岌岌乎殆矣。从来僧道女流,最易传名。就目前而论,自然笠湖尊,香君贱矣;恐再隔三五十年，天下但知有李香君，不复知有杨笠湖。士君子行己立身，如坐轿然，要人扛，不必自己扛也。

札又云：仆非不好色，特不好妓女之色耳。此言尤悖。试问不好妓女之色，更好何人之色乎？好妓女之色其罪小，好良家女之色其罪大。夫色犹酒也，天性不饮者有之，一石不乱者有之。人心不同，各如其面，好色不必讳，不好色尤不必讳。人品之高下，岂在好色与不好色哉！文王好色，而孔子是之[34]；卫灵公好色，而孔子非之[35]。卢杞[36]家无妾媵，卒为小人；谢安[37]挟妓东山，卒为君子。足下天性严重，不解好色，仆所素知，亦所深敬，又何必慕好色之名而勉强附会之？古有系籍圣贤，今有冒充好色，大奇，大奇！

闻足下庆七十时，与老夫人重行合卺之礼，子妇扶入洞房，坐床撒帐[38]。足下自称好色，或借此自雄耶？王龙溪[39]云："穷秀才抱着家中黄脸婆儿自称好色，岂不羞死？"此之谓矣。昔人有畏妻者，梦见娶妾，告知其妻，妻大骂，不许再作此梦。足下梦中，亦必远嫌，想亦嫂夫人平日积威所至耶？李刚主[40]自负不欺之学，日记云"昨夜与老妻敦伦一次"，至今传为笑谈。足下八十老翁，兴复不浅，敦伦则有之，好色则未也。

夫君子务其远者大者，小人务其细者近者。黄叔度[41]汪汪千顷之波，澄之不清，摇之不浊。足下修道多年，一摇便浊，眼光如豆，毋乃沟浍之水，虽清易涸乎[42]？愿足下勿自矜满，受我箴规，作速挑惠山[43]泉十斛，洗灵府[44]中一团霉腐龌龊之气，则养生功效，比服黑芝麻、诵《金刚经》更妙也。

仆老矣，为无甚关系事与故人争闲气，似亦太过。然恐足下硁硁⑤爱名，受此诬污，一旦学窥观女贞⑥，羞忿自尽，则《子不语》一书，不但显悖圣人⑰，兼且阴杀贤者，于心不安。故遵谕劈板⑱从缓，而驰书先辨为佳。

## 【注释】

① 杨笠湖：杨潮观，字宏度，号笠湖，江苏无锡人。乾隆元年（1736）举人，历官山西、河南等地知县，四川简州、邛州知州。著有《吟风阁杂剧》等。

② 秦世兄：不详。

③ "有是哉"二句：语出《论语·子路》："子曰：'必也正名乎？'子路曰：'有是哉，子之迂也！奚其正？'"迂，朱熹《集注》："谓远于事情，言非今日之急务也。"

④ 莫须有：也许有。《宋史·岳飞传》："狱之将上也，韩世忠不平，诣桧诘其实。桧曰：'飞子云与张宪书虽不明，其事体莫须有。'"在此偏重于空虚乌有。

⑤ 谰言：妄言，没有根据的话。

⑥ 典要：可靠的根据。

⑦ "何许子"句：《孟子·滕文公上》载，许行亲自种粟而食，日常用品以自己种的粟交换，并主张国君也应如此。孟子批评他说："且许子何不为陶冶，舍皆取诸其宫中而用之，何为纷

纷然与百工交易？何许子之不惮烦？"此是借用孟子语言杨潮观不必辩。

⑧香君：姓李，明末秦淮名妓，与"四公子"之一商丘侯方域相爱。清孔尚任《桃花扇》即以她与侯方域恋爱故事为题材。

⑨至人：指道德修养达到最高境界的人。《庄子·逍遥游》："至人无己，神人无功，圣人无名。"至人无梦，出处不详，《庄子·大宗师》有"古之真人，其寝不梦"句，或为所本。

⑩《画墁录》：宋张舜民所著笔记小说，凡一卷。范文正公，即范仲淹，字希文，苏州人。官至参知政事，谥文正。《画墁录》载其修史时，梦有鬼魂相托，他正言拒之。

⑪庚寅年：乾隆三十五年（1770）。

⑫东麓：钱汝诚，字立之，号东麓，浙江嘉兴人。以翰林官至户部、刑部侍郎。据《清秘述闻》，钱汝诚乾隆十七年壬申（1752）任河南主考，与《子不语》所记同。

⑬师丹：字仲公，琅邪东武（今山东诸城）人，从匡衡学诗。举孝廉，官至大司空。汉平帝时封义阳侯。师丹善忘事，见《汉书·师丹传》："会有上书，言古者以龟贝为货，今以钱易之，民以故贫，宜可改币。上以问丹，丹对言可改。章下有司议，皆以为行钱以来久，难卒变易。丹老人，忘其前语，后从公卿议。"

⑭"黄石斋先生"二句：黄道周，字幼平，号石斋，福建漳浦人。天启进士，明末福王时官礼部尚书。唐王时拜大学士，与

清兵战，被俘不屈死。他是著名理学家，以宋儒"目中有妓，心中无妓"自诩。友人趁其酒醉，令名妓顾媚白身与其同卧。夜半，黄道周醒来，不为所动，翻身酣卧如故。顾横波，名媚，字眉生，号横波，江苏上元人。明末名妓，通文史，工画兰，精音律。后嫁龚鼎孳为妾。

⑮ 浼（měi）：污染。

⑯ 岳武穆：宋抗金名将岳飞，后世追谥武穆。

⑰ 杨椒山：名继盛，字仲芳，号椒山，直隶容城（今河北容城）人。明嘉靖进士，因得罪大将军仇鸾，下狱。仇败，官兵部武选司员外郎，上疏劾严嵩十罪、五奸，下狱论死。

⑱ 秦桧：字会之，江宁（今江苏南京）人。南宋著名奸相，杀岳飞，主和议，朝政大坏。

⑲ 严嵩：字惟中，江西分宜人。弘治中官大学士，世宗时官至少傅。揽权贪贿，横杀忠良，为明著名奸相。

⑳ 小扇坠：据《板桥杂记》，李香君身材娇小，人称为"香扇坠"。

㉑ 佻挞（tiāo tà）：轻薄。按：杨潮观来信有云："似此乃佻挞下流，弟虽不肖，尚不至此。"

㉒ 马、阮：马士英、阮大铖。马士英，字瑶草，贵州贵阳人。明末官兵部右侍郎，明亡迎立福王，官大学士，专国政。与阮大铖勾结，排除异己，招权罔利。清兵入南京，出走被杀。阮大铖，字集之，号圆海，怀宁（今安徽枞阳）人。以附魏忠贤，

名列逆案。福王立，官至尚书，与马士英秉朝政，斥复社党人。清兵南下，乞降。

㉓ 公子：指侯朝宗。

㉔ 却：拒绝。

㉕ 金人：小人，指田仰。

㉖ 汪锜：春秋时鲁童子，为公为之嬖僮，哀公十一年与齐师战而死。鲁人因其死于国事，以成人礼葬之。《左传·哀公十一年》载，孔子评云："能执干戈以卫社稷，可无殇也。"殇，八岁至十九岁死。

㉗ 毛惜惜：宋高邮妓女。端平间，荣全据高邮叛，令惜惜侑酒，惜惜骂贼死。封英烈夫人。《宋史》有传。

㉘ "书中改"句：按：《子不语》原文为"揭帐私语"，《随园诗话》卷八记此事作"搴帘私语"。

㉙ 解组：组为印上带子，解去印上之带，即辞去官职。

㉚ "来札"二句：杨书中有"污蔑贞魂"，"此事原属梦间贞魂报德之事"云云。

㉛ 非礼勿视：语出《论语·颜渊》。

㉜ 配享两庑：宋时定孔庙祭祀，以颜渊等为配享，以闵子骞等十哲及历代大儒从祀两廊。

㉝ 冷猪肉：指祭祀的胙肉。

㉞ "文王好色"二句：《诗·周南·关雎》写男女之情，其中"君子好逑"之君子，朱熹集传云即文王，并云："孔子曰：《关

雎》，乐而不淫，哀而不伤。"

㉟"卫灵公好色"二句：《论语·子罕》："子曰：'吾未见好德如好色者也！'"注："《史记》：孔子居卫，灵公与夫人同车，使孔子为次乘，招摇市过之。孔子丑之，故有是言。"

㊱卢杞：字子良，滑州（今河南滑县）人。唐德宗时为相，陷害忠良。藩镇乱起，以筹军费为名，收括财货，怨声满天下。李怀光反，暴卢杞罪，贬死于澧州。《旧唐书·卢杞传》说他不耻恶衣粝食，不畜妾媵。

㊲谢安：字安石，阳夏（今河南太康）人。累官尚书仆射、后将军。太元中，符坚攻晋，谢安任征讨大都督，大破符坚于淝水。卒赠太傅。其未出仕时居东山，每蓄女妓，携持游肆。

㊳坐床撒帐：旧时婚礼，新郎、新娘交拜后，并坐床沿，妇女以金钱彩果抛撒之。

㊴王龙溪：王畿，字汝中，学者称龙溪先生，山阴人。明理学家，王守仁的学生，学主"四无"。下引语见其语录《龙溪王先生会语》。

㊵李刚主：李塨，字刚主，号恕谷，蠡县人。康熙举人，官通州学正。师事颜元，是当时经学大家。

㊶黄叔度：东汉黄宪，字叔度，汝南慎阳（今河南正阳）人。家贫，荀淑誉之为颜子。《世说新语》《后汉书》等载，他家世贫贱，父亲为给牛看病的兽医。戴良（东汉逸民）少所伏下，见黄宪则自降薄，怅然若有所思，母问："汝何不乐乎？复从牛

医儿所来邪？"陈蕃、周举常相谓："吾时月不见黄叔度，则鄙吝之心已复生矣。"郭泰谓："叔度汪汪若千顷陂，澄之不清，淆之不浊，不可量也。"

㊷"毋乃"二句：语出《孟子·离娄下》："苟为无本，七八月之间雨集，沟浍皆盈。其涸也，可立而待也。"沟浍（kuài），田间排水的渠道。

㊸惠山：在杨潮观家乡无锡。山有泉，水清冽，号"天下第二泉"。

㊹灵府：精神所居，指心。

㊺硁（kēng）硁：固执。《论语·子路》："言必信，行必果。硁硁然，小人哉！"

㊻窥观女贞：《易·观》六二："窥观女贞，亦可丑也。"意为暗中偷偷地观仰美盛景物，女子可以守持正固，对男子来说是可羞丑的。

㊼显悖圣人：杨书言："书名《子不语》，分明悖圣，以妄诞自居，不但大招物议而已。"

㊽劈板：杨书言："务即为劈板削去。"

【题解】

袁枚在《子不语》卷三《李香君荐卷》中，说杨潮观于乾隆十七年（1752）乡试任同考官，阅卷毕，倦而假寐，有女子入梦，拜托说"'桂花香'一卷，千万留意"。醒后，见有一卷表联有"杏花时节桂花香"句,文辞华赡,惟时文不佳,已置之落卷。杨乃告之主司,取中八十三名。及发榜,取中的是商丘老贡生侯元标,为明末四公子侯朝宗的后代,故疑梦中女子为明末秦淮名妓李香君,"夸于人前,以为奇事"。同时,袁枚还在《随园诗话》卷八中亦予记载。《子不语》梓行后,杨潮观见到这折故事,大为恼火,以为袁枚记事不实,有损于他的德行,把原文逐句订改寄给袁枚,并写信谴责他。袁枚为此事与杨潮观书信往来三次(见《小仓山房尺牍》卷七),措辞也一封比一封激烈,成为清文人一重文字公案。这里选录的是第一封信。

文章一开始便引经语"子之迂也"予以当头棒喝,说自己作《子不语》本是游戏笔墨,杨潮观本可一笑了之、不值一辩,用不着小题大做,以退为进。遂后又历数不应辩、不必辩的几大理由,即以子之矛,攻子之盾,以莫须有展延到有又何妨,处处征引儒家经典,反而坐实了杨潮观确有此事,且使杨潮观不论承认好色还是否认好色,都无法自圆。

全文对杨潮观来信逐一批驳,或多面出击,集中指斥;或抓住来信用语不当处加以解剖,义正词严,如抽丝剥茧,淋漓尽致。函中用语或庄或谐,正论与讥嘲调侃相间而出,读之令人忍俊不禁。

## 四 传记

（附哀悼）

> 风台月榭几回新，
> 世事沧桑那可论。
>
> 《赠李郎》

## 厨者王小余传

　　小余王姓，肉吏之贱者也①。工烹饪，闻其臭②者，十步以外无不颐逐逐③然。初来请食单，余惧其侈，然有颍昌侯④之思焉，嗒⑤曰："予故窭人子⑥，每餐缗钱⑦不能以寸也。"笑而应曰："诺。"顷之，供净馔⑧一头，甘而不能已于咽以饱。客闻之，争有主孟⑨之请。

　　小余治具⑩，必亲市物，曰："物各有天，其天良，我乃治。"既得，泔之，奥之⑪，脱之，作之。客嘈嘈然，属餍⑫而舞，欲吞其器者屡矣。然其箪⑬不过六七，过亦不治。又其倚灶时，雀立不转目釜中，瞠也呼，张噏之⑭，寂如无闻。眹⑮火者曰猛，则炀者如赤日；曰撤，则传薪者以递减；曰且戁蕴⑯，则置之如弃；曰羹定，则侍者急以器受。或稍忤及弛期，必仇怒叫噪，若稍纵即逝者。所用堇荁⑰之滑，及盐豉、酒酱之滋，奋臂下，未尝见其染指⑱试也。毕，乃沃手坐，涤磨其钳铑刀削笮筲⑲之属，凡三十余种，庋⑳而置之满箱。他人掇汁㉑而揉抄㉒学之，勿肖也。

　　或请受教，曰："难言也。作厨如作医，吾以一心诊百物之宜，而谨审其水火之齐，则万口之甘如一口。"问其目，曰："浓者先之，清者后之，正者主之，奇者杂之。眠㉓其舌倦，辛以震之；待其胃盈，酸以隘之。"曰："八珍七熬[24]，贵品也，子能之，宜矣。嗛嗛[25]二卵之餐，子必异于族凡[26]，何耶？"曰："能大而不能小者，气粗也；能啬而不能华者，才弱也。且味固不在大小华啬间也。能则一芹一菹皆珍怪，不能则虽黄雀鲊[27]三楹无益也。而好名者又必求之于灵霄之炙[28]、红虬之脯[29]、丹山之凤丸[30]、醴水之朱鳖[31]，不亦诬乎？"

曰："子之术诚工矣，然多所炮炙宰割，大残物命，毋乃为孽欤？"曰："庖牺氏[32]至今，所炮炙宰割者万万世矣，乌在其孽庖牺也？虽然，以味媚人者，物之性也。彼不能尽物之性以表其美于人，而徒使之狼戾[33]枉死于鼎镬间，是则孽之尤者也。吾能尽《诗》之吉蠲[34]，《易》之鼎烹[35]，《尚书》之藁饫[36]，以得先王所以成物[37]之意，而又不肯戕杞柳以为巧[38]，殄天物[39]以斗奢，是固司勋者之所策功[40]也，而何孽焉？"

曰："以子之才，不供刀匕于朱门，而终老随园，何耶？"曰："知己难，知味尤难。吾苦思殚力以食人，一肴上，则吾之心腹肾肠亦与俱上，而世之啥[41]声流歠[42]者，方与庰[43]败同呕也。是虽奇赏吾，而吾伎且日退矣。且所谓知己者，非徒知其长之谓，兼知其短之谓。今主人未尝不斥我、难我、掉磬[44]我，而皆刺吾心所隐疚，是则美誉之苦，不如严训之甘也。吾日进矣，休矣，终于此矣。"

未十年卒。余每食必为之泣，且思其言有可治民者焉，有可治文者焉，为之传，以永其人[45]。

## 【注释】

① 肉吏：从事宰割的小吏。语出《礼记·祭统》："胞者，肉吏之贱者也。"

② 臭（xiù）：气味。此指烹饪的香气。

③ 逐逐：一定想要得到的样子。《易·颐》："虎视眈眈，其欲逐逐。"

④ 颍昌侯：晋何曾，字颍考，阳夏（今河南太康）人。官至丞相、太傅，封颍昌乡侯。《晋书》载其性奢豪，厨膳滋味，过于王者，日食万钱，犹曰无下箸处。

⑤ 啙：参见《游仙都峰记》篇注⑥。

⑥ 窭（jù）人子：贫穷人家子弟。刘向《说苑·正谏》："吾乃皇帝之假父也，窭人子何敢乃与我亢！"

⑦ 缗钱：用绳子穿连成串的钱，即贯钱。

⑧ 净馔：素食。

⑨ 主孟：《国语·晋语》："优施谓里克妻曰：'主孟啖我。'"注："大夫之妻称主，从夫称也。孟，里克妻字。"主孟之请，谓要求袁枚请他们吃饭。

⑩ 治具：置办饮食供张之具。引申为置办菜肴。

⑪ "泔之"二句：泔，指用米汁浸渍；奥，指用酒泡或盐腌。语出《荀子·大略》："曾子食鱼有余，曰：'泔之。'门人曰：'泔之伤人，不若奥之。'"

⑫属餍：同"属厌"，饱足。《左传·昭公二十八年》："及馈之毕，愿以小人之腹，为君子之心，属厌而已。"

⑬簋（guǐ）：古代祭享时盛黍稷的器皿。此指盛菜的容器。

⑭张噏之：紧张的呼吸声音。噏，同"吸"。

⑮眴（shùn）：同"瞬"，以目示意。

⑯㷀（rán）蕴：用文火煨着。

⑰堇萱（jǐn huán）：均为芹菜类，古人用作调味品。《礼记·内则》："堇、萱、枌、榆、免、薧、瀡、滫以滑之。"

⑱染指：《左传·宣公四年》："楚人献鼋于郑灵公，公子宋（字子公）与子家将见，子公之食指动，以示子家，曰：'他日我如此，必尝异味。'……及食大夫鼋，召子公而弗与也。子公怒，染指于鼎，尝之而出。"本指以手指蘸鼎内鼋羹，此指尝味。

⑲筅帚：竹制的洗刷工具。

⑳庪（guǐ）：置放、收藏。

㉑掇汁：指从细节上模仿。

㉒挼（ruó）莎：两手搓摩。指洗手。这句意为别人刻意模仿王小余的一系列烹调方法。

㉓眎（shì）：同"视"，看，视。

㉔八珍七熬：八珍为古代八种烹饪方法，熬，指用文火慢煮，列八珍之七。《周礼·天官书》："珍用八物。"注："珍，谓淳熬、淳母、炮豚、炮牂、捣珍、渍熬、肝膋也。"后用八珍指珍贵的食品。

㉕嗛(qiàn)嗛：微小，不足道。《国语·晋语》："嗛嗛之德，不足就也。"

㉖族凡：凡族，指普通厨师。

㉗黄雀鲊：据《齐东野语》，王黻盛时，库中黄雀鲊自地积至栋，凡满二楹。鲊本为醃鱼或糟鱼，此指肉酱。

㉘灵霄之炙：灵霄为传说中玉皇大帝的殿名，炙为烧烤的肉。

㉙红虬之脯：红虬为传说中红色的无角龙。《杜阳杂编》载，帝赐同昌公主红虬脯，贮于盘中，状如蛇。

㉚丹山之凤丸：丹山，传说中山名，为凤凰栖止处。凤丸，即凤卵，传说中瑞品。《宋史·五行志》载，建隆年，南唐李景献凤卵。

㉛醴水之朱鳖：传说中的鱼名。醴水，即澧水，在湖南省。《吕氏春秋·本味》："醴水之鱼，名曰朱鳖，六足，有珠百碧。"

㉜庖牺氏：伏羲氏，古代传说中的部落首长。相传他始画八卦，教民捕鱼畜牧，以充庖厨。

㉝狼戾：残酷，狼藉。

㉞吉蠲(juān)：词出《诗·小雅·天保》："吉蠲为饎，是用孝享。"传："吉，善；蠲，絜也。"

㉟鼎烹：词出《易·鼎》："鼎，元吉，亨。"疏云："鼎者，器之名也，自火化之后，铸金而为此器，以供烹饪之用。"

㊱菜饫(yù)：同"稞饫"，词出《书·舜典》："帝厘下土，

方设居方,别生分类,作《汩作》、《九共》九篇、《稾饫》。"注:"稾,劳也;饫,赐也……亦书篇名。"

㊲ 成物:词出《易·系辞上》:"乾道成男,坤道成女。乾知大始,坤作成物。"指生成万物。此云万物皆成其用。

㊳ 戕杞柳以为巧:语出《孟子·告子上》:"子能顺杞柳之性而以为桮棬乎?将戕贼杞柳而后以为桮棬也?"戕,毁伤。杞柳,落叶丛生灌木,枝条柔软,可编器物。桮棬,盘、盏一类器物。

㊴ 殄天物:残害万物。《书·武成》:"今商王受无道,暴殄天物。"

㊵ 策功:把功勋记录在简策上。

㊶ 啴(tǎn):众人饮食声。

㊷ 歠(chuò):羹汤。

㊸ 䏣(yóu):《礼记·内则》:"牛夜鸣则䏣。"注:"䏣,恶臭也。"䏣败,腐败。

㊹ 掉磬:厌烦、相激。《礼记·内则》《释文》云:"北海人谓相激事为掉磬也。"

㊺ 永其人:让他的声名流传久远。

## 【题解】

这篇传记是袁枚为自己家中的厨师而作。

袁枚精于饮食之道,著有《随园食单》,在《所好轩记》中公然称"袁子好味,好色"。当时凡有过往南京的要人,袁枚往往以自制的点心菜肴为贽，以博回敬。因此，本文能够恰到好处地从烹调与品味的角度反映出王小余的技艺。

文章先用了大段笔墨，具体地描写王小余的技艺，逐一介绍他选料、烹饪、涤器等一连串动作，使他的形象如同从纸上跃出，活现眼前。接着，又用了更多的篇幅，记王小余的烹调理论及其处世为人，把他的世界观与技艺提高到"有可治民者焉，有可治文者焉"的高度来认识，加深了传记的深度与广度。

人物传记，自司马迁的《史记》着力于人物性格的刻画，场景的渲染，造成如见其人、如闻其声、如临其境的效果，后世很少有人超越。柳宗元在《梓人传》中刻意学《史记》笔法，如写梓人指挥众工人的一段："量栋宇之任，视木之能，举挥其杖曰：'斧！'彼执斧者奔而右。顾而指曰：'锯！'彼执锯者趋而左。俄而斤者斫、刀者削，皆视其色，俟其言，莫敢自断者。"袁枚本文写王小余烹饪一段，明显脱胎于此，而有异曲同工之妙。至于由此而抒发的大段议论，又与柳文如出一辙。

人物传记后加以大段发挥，固能使文章拓展深度，但也给人以尾大不掉的感觉。王世贞《艺苑卮言》卷四云："《梓人传》……相职居简握要，收功用贤，在于形容梓人处已妙，只一语结束，有万钧之力可也。乃更喋喋不已，夫使引者发而无味，发者冗而易厌，奚其文？奚其文？"这批评对袁文也同样适用。

## 范西屏墓志铭

有清弈国手曰范西屏，吾浙①海宁②人。父某，以好弈破其家，弈卒不工。西屏生三岁，见父与人弈，辄哑哑③然指画之。十六岁，以第一手名天下。

当雍正、乾隆间，天下升平，士大夫公余争具采币④，致勍敌⑤角西屏，以为笑娱，海内惟施定庵⑥一人，差相亚也。然施敛眉沉思，或日昃未下一子；而西屏嬉游歌呼，应毕则哈台⑦鼾去。尝见其相对时，西屏全局僵矣，隅坐者群测之，靡以救也。俄而争一劫，则七十二道⑧体势皆灵。呜呼，西屏之于弈，可谓圣矣！

为人介朴，弈以外，虽诱⑨以千金，不发一语。遇婪人子、显者面不换色。有所畜，半以施戚里。余不嗜弈，而嗜西屏。初不解所以，后接精髹器⑩者卢玩之、精竹器者李竹友，皆醰粹⑪如西屏，然后叹艺果成，皆可以见道。而今日之终身在道中，令人见之怫然⑫不乐，尊官文儒，反不如执伎以事上者，抑又何也？

西屏赘于江宁⑬，无子。以某月日卒，葬某。有《桃花泉弈谱》传世。

铭曰：虽颜、曾⑭，世莫称。惟子之名，横绝四海而无人争。

将千龄万龄，犹以棋鸣。松风丁丁⑮！

# 【注释】

①吾浙：袁枚为浙江人，故称浙江为吾浙。

②海宁：州名，治所在今浙江海宁市。

③哑哑：小儿语声。

④采币：指以钱财帛缎作为对胜者的奖赏。

⑤勍（qíng）敌：强敌。

⑥施定庵：名绍闻，字襄夏，号定庵，海宁人。师俞长侯，与范西屏并称第一手。著有《弈理指归》。

⑦哈（hāi）台：睡觉时呼吸声。《世说新语·雅量》："许（璪）上床便哈台大鼾。"

⑧七十二道：传围棋棋盘出自《洛书》，有八个方位星，周边七十二个交叉点。

⑨谞（xù）：利诱。

⑩髹（xiū）器：漆器。

⑪醇（tán）粹：纯美。左思《魏都赋》："沐浴福应，宅心醰粹。"

⑫怫然：忿怒、不悦。

⑬江宁：县名，今江苏省南京市。

⑭颜、曾：指孔子的弟子颜渊、曾参。

⑮丁（zhēng）丁：指下棋声。王禹偁《黄州新建小竹楼记》：

"宜围棋，子声丁丁然。"

# 【题解】

  墓志铭主要是记述死者的生平，照例要将死者颂扬褒奖一番，贵在得体，否则就像韩愈那样的大手笔，也难免被人指责为"谀墓"。因此，给达官贵人撰墓志铭要比给市井平民撰容易，因为前者总有较丰富的经历或杰出的事迹供采择颂扬；而后者往往一生碌碌，平淡无奇，或根本没有什么可以称道的地方。袁枚这篇文章机杼旁运，采取了以简代繁的写作方法，下笔平稳，议论旁出，是平民类志铭中的上品。

  本文铭主范西屏名世勋，是著名棋手，当时被称为棋圣，但除棋艺高超外，没有其他建树，如琐琐而言他某次胜某人，某名人如何夸他的棋艺，借此达到颂扬的目的，文章势必枯燥无味。袁枚在文中只略举一二件事，把他棋艺概括殆尽，转而论其人，以富有哲理的话道出自己的敬慕及感慨。这种写法，与围棋中争势不争劫的道理相同。明末小品文大家陈继儒在《文娱序》中说小品要有"法外法、味外味、韵外韵"，袁枚此文可说达到了这一标准。

## 太子太师礼部尚书沈文悫公神道碑

乾隆三十四年九月七日，礼部尚书、太子太傅沈文悫公薨于家。余三科同年[①]也，故其子种松来乞铭。

余按其状，而不觉呜咽流涕曰：诗人遭际，至于如此，盛矣哉，古未尝有也！在昔卿云赓歌，则有八伯[②]；喜起赓歌，则有皋陶[③]；卷阿矢音，则有召公[④]：其人皆公侯世卿，非藉诗进者。唐人或以单词短句受知，而目色偶及，恩眷已终。即晚遇如伏生[⑤]、桓荣[⑥]，亦不过蒲轮一征[⑦]，几杖[⑧]一设，而其他无闻焉。惟公以白发一诸生，受圣人知三十年，位极公孤[⑨]，家餐度支[⑩]，远封荣祖，近荫贵孙。薨后皇情纡眷，赐谥赐祭，赐葬赐诔，赠太子太师，崇祀乡贤。呜呼，如公者，古何人哉？古何人哉？然而皆天也，非人也。

公讳德潜，字确士，自号归愚，吴郡长洲[⑪]人。弱冠补博士弟子，丙辰荐博学鸿词，廷试报罢。戊午举于乡，己未登进士，入翰林。壬戌[⑫]春，与枚同试殿上。日未映，两黄门卷帘，上出，赐诸臣坐，问谁是沈德潜。公跪奏："臣是也。""文成乎？"曰："未也。"上笑曰："汝江南老名士，而亦迟迟耶？"其时在廷诸臣，俱知公之简在帝心矣。越翼日，授编修。屡和上诗，称旨，迁左中允、少詹事，典试湖北。归，召入上书房。再迁礼部侍郎，校戊辰[13]天下贡士。公自知年衰，荐齐召南[14]自代，而己请老。上许之，命校御制诗毕，乃行。上赋诗以赐，曰："朕与德潜，可谓以诗始，以诗终矣。"

归后，眷益隆，三至京师祝皇太后、皇上万寿，入九老会[15]，图形内府。而皇上亦四巡江南，望见公，天颜先喜。每一昼接，必加一官、赐一诗。嗟乎！海内儒臣耆士，穷年兀兀[16]，得朝廷片语存问，觉隆天重地，而公受圣主赐诗至四十余首，其他酬和往来者，中使[17]肩项相望，不可数纪。常[18]进诗集求序，上欣然许之，于小除夕坤宁宫手书以赐，比以李、杜、高、王[19]。海外日本、琉球诸国，走驿券索沈尚书诗集。盛矣哉，古未尝有也！

然公逡巡[20]恬淡，不矜骄，不干进，不趋风旨。下直萧然，绳菲[21]皁绨[22]，如训蒙叟。或奏民间疾苦，流涕言之；或荐人才某某，展意无所依回；或借诗箴规，吁尧咈舜[23]，务达其诚乃已。诸大臣皆色然骇，而上以此愈重公。公既老，所选诗或不能手定。庚辰[24]进本朝诗选[25]，体例舛午[26]，上不悦，命廷臣改正付刊，而待公如初。此虽皇上优老臣、赦小过，使人感泣，而亦见公之朴忠，有以格天之深也。

公尝训其孙惟熙曰："汝未冠，蒙皇上钦赐举人，亦知而翁十七次乡试不第乎？"公乡举时已六十有六，其时虽觭梦幻想，必不自意日后恩荣至此。而从来人王之权，能与人爵，未必能与人寿。倘皇上虽有况施[27]，而公不能引其年以待之，则亦帝力于公何有[28]矣！观公之九十七岁方薨，然后知苍苍者[29]有意钟美于公，以昌万古诗人之局。而皇上与天合德，先天而天不违；公之年与恩俱，亦有莫之为而为者。呜呼，此岂人力也哉？

公醇古淡泊，清臞蘁立㉚，居恒恂恂㉛如不能言，而微词隽永，无贤不肖，皆和颜接之，有讥其门墙㉜不峻者，夷然不以为意。诗专主唐音，以温柔为教，如弦匏笙簧，皆正声也。所著古文、诗各三十卷，诗余一卷。

先娶俞氏，后朱氏，均赠夫人。以庚寅二月二日葬元和㉝之姜村里。

铭曰：古松得天，让万木先。虽槁暴㉞于前，而偿以后泽之绵绵，则较夫早达者，转觉赢焉。皤皤沈公，杖朝㉟而走。帝曰懋哉㊱，朕知卿久，朕有文章，待卿可否，殿上君臣，诗中僚友。公拜稽首，老泪浪浪。从古传人，半赖君王，蒙陛下将臣，置日月旁，以星云色，为名姓光。生论定矣，死何勿彰。吁嗟乎！宫为君，商为臣㊲，宫商应声，先生之诗之神。

## 【注释】

① 三科同年：袁枚与沈德潜乾隆元年（丙辰，1736）同应博学鸿词试，乾隆三年（戊午）同举乡试，乾隆四年（己未）同榜进士，故称"三科同年"。

② "在昔卿云"二句："卿云"，为歌名，传为虞舜所作。《尚书大传·虞夏》云舜唱《卿云歌》，"八伯咸进稽首"。八伯为分掌四方诸侯的官，相传即伯夷、羲仲、弃、咎繇、和仲等八人。

③ "喜起赓歌"二句：《书·益稷》："帝庸……乃歌曰：'股肱喜哉，元首起哉，百工熙哉。'皋陶拜手稽首……乃赓载歌曰：'元首明哉，股肱良哉，庶事康哉。'"皋陶，舜臣，掌刑狱之事。以上二典，都是歌颂时清政平，圣主贤臣相互赠答，载歌升平的常用典。

④ "卷阿矢音"二句："卷阿"为《诗·大雅》篇名，《诗》序云："《卷阿》，召康公戒成王也，言求贤用吉士也。"中有"有卷者阿，飘风自南。岂弟君子，来游来歌，以矢其音"。矢音，献诗。召公，名奭，封于召，周成王时与周公旦共辅，分陕而治。

⑤ 伏生：名胜，字子贱，西汉济南（今山东邹平）人。秦时博士。始皇焚书，伏生藏《尚书》于屋壁。汉初，教授于齐鲁间。文帝时，年九十余，文帝派晁错往从学，伏生使女教之。

⑥ 桓荣：字春卿，东汉沛郡龙亢（今安徽怀远）人。以《尚书》教人。光武时征拜议郎，授太子经。历官太常，封关内侯。

⑦ 蒲轮一征：蒲轮指用蒲草裹轮，使车不震动。古时征召贤士长者常用之，以示尊敬。

⑧ 几杖：几案与手杖。《礼记·曲礼》："大夫七十而致事，若不得谢，则必赐之几杖。"后作为敬老之词。《后汉书·桓荣传》云显宗尊桓荣以师礼。年逾八十，帝至太常府，令荣坐东面，设几杖，帝亲自执业。

⑨ 公孤：古以太师、太傅、太保为三公，少师、少傅、少保为三孤，是中央最高级官员。

⑩度支：掌管全国财赋的统计与支调的官员，清属户部管辖。官员的俸禄由度支分发，沈德潜告老后仍食俸，故云。

⑪长洲：县名，今属江苏苏州。

⑫壬戌：乾隆七年（1742）。按：是年为己未科翰林庶吉士散馆，依例由帝亲试于殿上，以定优劣，铨选官职。

⑬戊辰：乾隆十三年（1748）。

⑭齐召南：字次风，号息园，浙江台州人。诏举博学鸿词，授检讨。历官侍讲学士、内阁学士、礼部侍郎。著有《水道提纲》等。乾隆十三年，齐召南以侍讲学士充会试同考官。

⑮九老会：乾隆二十六年（1761），皇太后七十大寿，沈德潜与钱陈群等在籍老人入京祝寿，入九老会。《养吉斋丛录》："乾隆二十六年，皇太后七旬万寿，赐三班九老，宴于香山。在朝王大臣九人，共六百七十七岁；在朝武职九人，共七百二十二岁；致仕诸臣九人，共七百四岁。有《香山九老图》，弘旿书。"

⑯穷年兀兀：韩愈《进学解》："焚膏油以继晷，恒兀兀以穷年。"谓毕生勤勉不止。

⑰中使：宦官。

⑱常：通"尝"，曾经。

⑲李、杜、高、王：唐大诗人李白、杜甫、高适、王维。

⑳逡巡：迟疑徘徊状。此指退让谦恭。

㉑绳菲：绳结的草鞋。

㉒皂绨：黑色的粗布衣服。

㉓吁尧咈舜：谓对圣主进谏。吁、咈均为象声词，表示违背、不同意。

㉔庚辰：乾隆二十五年（1760）。

㉕本朝诗选：指《国朝诗别裁集》。

㉖舛午：参见《游仙都峰记》篇注⑮。按：《国朝诗别裁集》起初首刊贰臣钱谦益诗，故云。

㉗况施：赐予。《汉书·武帝纪》："遭天地况施。"注："况，赐也。施，与也。"

㉘帝力于公何有：语出《帝王世纪》所录《击壤歌》："日出而作，日入而息。凿井而饮，耕田而食。帝何力于我哉！"帝力，帝王的恩德。

㉙苍苍者：指上天。

㉚蘁立：参见《蒋心余藏园诗序》篇注⑱。

㉛恂恂：恭顺貌，又有顾虑的意思。

㉜门墙：师门。门墙不峻，指弟子好恶不齐，庞杂充溢。

㉝元和：县名，今属江苏苏州。

㉞槁暴：遭受日晒而枯干。

㉟杖朝：《礼记·王制》："八十杖于朝。"指大臣年老后不告退，则赐杖。

㊱懋哉：劝勉之意，也有褒奖意。

㊲"宫为君"二句：《礼记·乐记》："宫为君，商为臣，角为民，徵为事，羽为物。"

## 四 传记

【题解】

这篇神道碑铭作于乾隆三十五年庚寅（1770）。沈德潜为乾隆间著名诗人，创"格调说"，主诗坛多年。本文抓住他六十七岁中进士、享年近百岁这一特殊情况，在"晚达"上做文章，写他为皇帝所看重，尤其突出他请老后种种恩遇，既赞颂了沈德潜，又起到了歌颂皇帝清明的目的。从本文，不但可知沈德潜的一生，也可见乾隆帝崇尚文治、推进文学繁荣的情况。

中国古代的碑铭，一般讲究"春秋笔法"，即为铭主讳，扬善避恶。袁枚这篇文章也是如此。沈德潜年迈后颇多失误，如将为帝捉刀的诗编入自己集中，还进呈"圣览"；选《国朝诗别裁集》，首列钱谦益诗，这一切都曾遭帝严责。袁枚文中把他的昏愦说成"务达其诚""朴忠""有以格天之深"，用心良苦。

袁枚的大部分碑传，尤其是为达官名臣所作，均堂堂正正，一丝不走，不少被后世《碑传集》采录，或成为国史传记的蓝本。此篇却打破常态，夹叙夹议，情倾文中，故显得轻松流畅，与一般碑传"履历表"式文章截然不同。《清史稿》载，乾隆四十三年，沈德潜因徐述夔案牵连，"夺德潜赠官，罢祠削谥，仆其墓碑"。但袁枚刊刻文集时仍保留本篇，意义便不一般了。这也是袁枚承继晚明以来小品文作家共有的"率性"的表现。

# 江宁两校官①传

我国家百有三十余载，而江宁以校官祠于学②者，只二人焉。

其一曰教谕汤先生，讳伟，字鹏乎，宣城③人。康熙庚午④举人，居官时年已七旬。天倪⑤甚和，硁硁⑥然不可见涯涘⑦。夏月短葛衣摇扇，与群儿嬉。或上树扑枣，童子环唼之，先生俯而笑曰："盍留苦败者偿老子劳耶？"其风趣如此。

兵部左侍郎法海⑧督学江南，威棱⑨言言⑩，所至不敢仰视。初按江宁，命报程生某劣⑪。先生摇首，意若有所疑。法呵之。先生正色曰："程生不特不劣，且贤。公命取优耶，今晚牒且上矣。若以为劣，则公知之，伟不知也。"法大怒，叱先生出，将劾先生。江宁先辈蔡铉升者，与法有旧，往见法，争曰："公知程生所以劣乎？生故狷者也，嫉恶严。过上新庵，见僧奉富商木主⑫与天子龙牌⑬峙，生诋其妄，捽而投之，以故僧与商造蜚语陷生。公得毋为若辈所眩乎？汤先生正人，九学所推，公不知敬，何也？"法大惭悔，三肃先生而谢。

江宁学舍穿漏，每大雨，先生持伞坐承霤⑭下，白发淋漓。客骇问，则蹙蹙曰："大成殿⑮未修，先圣露居，而某敢即安乎？"上官及诸绅士闻之，争来营度构造。终先生之世，学宫焕然。俸满，迁国子监⑯典籍，以笃老辞。卒年九十余。

其一曰训导唐先生，讳时琳，字宸枚，上海⑰人。康熙甲午⑱岁贡⑲。饬躬训士，一衷于礼。在官捐俸修前明周贞毅公⑳祠。去后，诸生即以先生与汤先生祔焉。

乾隆三十九年，邑有修学之举，将迁祠周公，并迁两先生。训导曹君惧两先生之泽将湮也，属予作传以永之。予览所持来汤状甚具，而唐事寂然无可记述，以故笔涩不下者屡矣。然窃念东汉诸贤，瑰意琦行㉑，显显在人耳目；而黄叔度㉒以牛医儿弥口无言，一事无为，当时钦之者，至以孔门颜子比之。然则古之君子，固有行而无迹者存耶？抑动静语默亦各视其时耶？今人间方面大府，在官赫然，去则车未出城，民已忘其姓氏者，不知凡几，而此二校官，独能以一缕香食报于荒庐苜蓿之场㉓。可知官不在大小，惟其人；人不在显晦，惟其真。《中庸》曰："诚之不可掩如此夫！"后之人闻两先生之风，可以观，可以兴矣。

曹君倒冠㉔而至，偈偈㉕然欲不朽先贤，其立志非凡所及，是亦昌黎㉖所云得牵连书者。名锡端，字菽衣，亦上海人。

## 【注释】

①校官：也叫教官、学官，掌管学校的官员。清代在各府、州、县设学校，入学的称生员（即秀才）。府置教授，州置学正，县置教谕、训导。

②学：学校，学宫。

③宣城：县名，今安徽宣城。

④康熙庚午：康熙二十九年（1690）。

⑤天倪：天分、天赋。

⑥碌碌：平庸貌。此指汤伟状如普通人。

⑦涯涘：边际。

⑧法海：字渊若，满洲镶黄旗人。康熙进士，雍正元年（1723）以兵部侍郎任江南学政。

⑨威棱：声威。《汉书·李广传》：“是以名声暴于夷貉，威棱憺乎邻国。”

⑩言言：高大威严貌。

⑪报程生某劣：清代生员每年要进行考核，由教官定优劣，优的可加贡，劣的汰退。

⑫木主：为死者所立的木制牌位。

⑬龙牌：供于佛前，饰有龙饰的牌位，系为皇帝祈福所立。

⑭承霤（liù）：屋檐下承接雨水的槽。

⑮大成殿：宋元祐年诏辟雍文宣王殿名大成，后因均以大成名孔庙殿。

⑯国子监：中央所设的学校，设管理监事大臣一名。下有祭酒、司业、监丞、博士等官，典籍为下属从九品小官。

⑰上海：县名，今上海市。

⑱康熙甲午：康熙五十三年（1714）。

⑲岁贡：生员的一种。清贡生有恩、拔、副、岁、优、例

六种。凡举贡生者,可入国子监肄业,年满可经考试授职。

⑳ 周贞毅公:不详。当为明末死节之士。

㉑ 瑰意琦行:非凡的思想与行为。语出宋玉《对楚王问》:"夫圣人瑰意琦行,超然独处,夫世俗之民,又安知臣之所为哉!"

㉒ 黄叔度:参见《答杨笠湖》篇注㊶。

㉓ 苜蓿之场:指小官衙门,此指学宫。王定保《唐摭言》:"(薛令之)累迁左庶子。时开元东宫官僚清淡,令之以诗自悼,复纪于公署曰:'朝旭上团团,照见先生盘。盘中何所有?苜蓿长阑干。'"后因以"苜蓿"为寒苦学官的典故。

㉔ 倒冠:形容急忙的样子。

㉕ 偈偈:竭力、用力貌。

㉖ 昌黎:唐大文学家韩愈。

## 【题解】

传记作于乾隆三十九年(1774)。其写作本意,即文中所说,是因为作者认为"官不在大小,惟其人;人不在显晦,惟其真",所以把两校官的生平行事写出,使"后之人闻两先生之风,可以观,可以兴"。全文措笔,就是把握住一个"真"字。

写汤先生的"真",写他毫无架子,风趣率真,遇事仗义执言,慷慨激昂;而于修学官一事,又显得憨厚淳朴,全通过事实来写。写唐先生时,因其人无事可写,故仅用"饬躬训士,一衷于礼"两句话带过,然后翻过一层,引经据典,从无中写出他的"真"来。

记传文贵在选材,不管有数十上百件事,只挑选其中有代表性的几件事,突出表现人物品质;而即使一件事没有,也要能凿空而论,将无作有。袁枚这篇传记,两个人两种写法,由此可见他善于相材作器、不为题目所难的高超技巧。

## 于清端公传

公姓于,讳成龙,字北溟,山西永宁①人。顺治十八年②,以副榜③宰广西罗城县。县故烟瘴地,多苗,以攻劫为俗。公与为誓,毋弄兵器,毋盗。苗敬信之,转相告语驯伏,或三日或五六日,必率子女问安。在罗五年,举卓异④,迁合州⑤知州,再迁湖广黄州⑥同知。巡抚张朝珍⑦知公才,命讨武昌贼黄金龙,即守武昌。

当是时,三藩反,金龙阴受吴三桂伪札,屯兵据险。其军师刘君孚者,为讼事受公恩者也。公知众寡不敌,乃骑一骡,从一乡约⑧,直入刘家。刘欲探公意,逃山后不出,而阴张强弩待公。公骂且笑曰:"君孚老奴!受我恩,避我,自惭作贼耶?渠不过为人逼诱耳!我老人,发须如此,宁不晓也?"语未竟,君孚从厨后跃出,投弓跪曰:"君孚祖宗有灵,使公至此。降矣,尚何言!"即日降其众数千。武昌乡勇亦至,问:"金龙何在?"曰:"在望花山⑨。"即命导行,乘其不备,擒之。抚军喜,奏实授武昌知府,再调黄州。

甫抵任,湖北大乱。何士荣反永宁乡⑩,陈鼎业反阳罗⑪,周铁爪反白水⑫,刘启业反石陂⑬。各拥众数千,号十万,阳言先取黄州。议者谓援兵随大军征滇,黄州兵少,宜退保麻城⑭。

公不可,曰:"黄州,湖北咽喉也。弃之,则荆、岳七郡[15]皆瓦解矣。仗天子威灵,可以一战。"征各区丁壮,自草檄,先攻鼎业,擒之。再攻士荣,战于黄土坳,贼势甚盛,红旗殷山,炮雨下,队长吴之兰焚死,火燎公须,不为动。手剑立营门,而阴令三百人自右山击贼后,贼大乱,败走。公曰:"诸贼中,士荣最强,士荣即破,诸贼胆落,宜乘胜攻之。"诸营方炊,覆釜以进,预伏兵于铁爪等败逃处,果悉擒之。乃勒石黄市旗亭,班师而还。是役也,为先锋者把总某,协谋者门下士某,引路者乡民某,督阵者公也。不费公家一钱,二十四日而黄州平。

迁江防道,再迁福建按察使。福建当耿精忠[16]乱后,康亲王[17]驻军省中,牧马者月征莝夫[18]数万,公争于王前,罢遣之。海寇[19]犯漳、泉[20],有莠民[21]通海,起大狱,株连千余家,公平反之。满兵掠浙东子女没为奴婢者数万,公赎还之。王与诸大府素知公名,公所言靡不听。迁布政使,举清官第一,巡抚直隶,再迁两江总督。官吏望风改操,知公好微行,遇白髯伟貌者,群相指震慑。士民有欢笑,无管弦游惰,不空手,柜坊无锁。年六十八巡海归,薨。天子震悼,给祭葬,加赠太子太保,谥清端。军民巷哭,绘像以祀。

公清介绝俗,重门洞开,白事官吏,直入寝室。左姜豉,右簿书,状如乡里学博,而用兵如神,尤善治盗。知黄州时,闻张某者,盗魁也,崇闳高垣,役捕多取食焉。虑少辽缓,奸不得发,乃半途微服,佣其家,诡名杨二,司洒扫谨,张爱之,使为群盗先。居亡何，尽悉盗之伴侣肚箧[22]机密约号，乃遁去。鸣钲到官，一日者，集健步，约曰："从吾禽盗。"具仪仗兵械，称娖[23]前行。至张所，排衙于庭，大呼盗出。张错愕迎拜，犹抵拦[24]。公曰："勿承，可仰面视，我杨二也。"张惊，伏地请死。公取袖中大案数十，掷与之曰："为办此，足以赎矣。"张唯唯，愿一切受署。合门妻子环跪泣曰："第赦盗死，盗不能者，某等悉如公命。"公留健役助之，不数日，群盗尽获。其杀人者，活埋之。

武昌营弁某，弟素无赖，适远归，是夜军饷尽劫。弁告弟所为，彭考[25]诬服，连引十余人。狱具，献盗，公破械纵之。抚军惊问，曰："盗冤。"曰："真盗何在？"公指堂下一校曰："是真盗也。余党进香木兰山[26]，今晚获矣。"未几获盗，赃尚在校家，封识宛然。

江宁盗号鱼壳者，拳捷，倚驻防都统[27]为解，有司莫能禽。公抵任时，官吏惮公远迎，公曰旰[28]不至。方惊疑探刺，而逻者报公早单车入府矣。群吏饰厨传[29]不受，馈饩牵[30]不受，一郡不知所为。按察使某，公年家子[31]也，从容言："公过清严，则上下之情不通，某意欲具一餐为雅寿。"公笑曰："以他物寿我，不如以鱼壳寿我。"按察使喻意，出以千金为募。

雷翠亭者，名捕也，出而受金，司、府、县握手嘱曰："我等颜面寄汝矣，勉之。"翠亭质妻子于狱，侦知鱼方会群盗，张饮秦淮[32]，乃伪乞者，跪席西，呢呢[33]求食。鱼望见疑之，刃肉冲其口，雷仰而吞，神色不动。鱼咋㉞曰："子胡然？子非丐也，子为于青天来禽我耳！行矣，健儿，肯汝累乎？"翠亭再拜，群役入，跪而加锁，拥之赴狱。司、府、县贺于衢。

是夕，公秉烛坐，梁上窸然有声，一男子持匕首下。公叱："何人？"曰："鱼壳也。"公解冠几上，指其头曰："取！"鱼长跪笑曰："取公头，不待公命也。方下梁时，如有物击我，手不得动。方知公神人，某恶贯满㉟矣。"自反接，衔匕首以献。公曰："国法有市曹在。"呼左右饮之酒，缚至射棚㊱下，许免其妻子。迟明，狱吏报失盗，人情汹汹㊲，司、府、县相贺者转而相尤，趋辕将跪谢告实。而公已命中军将鱼壳斩决西市。

论曰：公筮仕㊳罗城，年已四十五，不二十年，督两江，名震天下，其初心岂及此哉？自言治兵武昌，因草豆不足，头抢柱欲死者数矣，孟子动心忍性之言㊴，不其然乎！魏尚书环极㊵以公与陆稼书㊶同荐，海内荣之，然公晚年出张中丞㊷手书，辄呜咽流涕。盖魏公犹识之于名成后，而张公先识之于名未成时，子皮、鲍叔之功㊸，尤为难也。江宁人传公鱼壳事甚著，考泽州相公㊹、毛稚黄㊺两传皆无之，故别立一传，不使文人钓奇，独病太史公云。

## 【注释】

① 永宁：州名，今山西永宁县。

② 顺治十八年：公元1661年。

③副榜：清乡试，在正榜外选若干人列副榜，准入国子监肄业。

④卓异：清制，文官三年、武官五年考察一次，提举才能优异的官员，称卓异，优先破格超升。

⑤合州：州名，属重庆府，即今重庆合川区。

⑥黄州：府名，治所在今湖北黄冈。

⑦张朝珍：字玉笥，汉军正蓝旗人。历官督捕理事官，迁安徽巡抚，改湖北巡抚。

⑧乡约：清乡中小吏，由知县任命，责在传达命令，排解纠纷。

⑨望花山：在湖北蕲水南。

⑩永宁乡：在黄冈东北。

⑪阳罗：在黄冈西北。

⑫白水：白水畈，在蕲春东北。

⑬石陂：当在湖北西部。

⑭麻城：今湖北麻城。

⑮荆、岳七郡：指湖北荆州府及湖南岳阳府一带。

⑯耿精忠：辽东盖州卫（今营口盖州）人，封靖南王，镇福建。吴三桂起事，精忠响应，兵败降，赐死。

⑰康亲王：爱新觉罗·杰书，礼烈亲王代善之孙，祜塞第三子，初袭多罗郡王，后封和硕康亲王。康熙初以奉命大将军率兵讨耿精忠，累立大功，平定浙江、福建等地。卒谥良。

⑱莝（cuò）夫：为军队铡草喂马的役夫。

⑲ 海寇：指当时据台湾的郑成功部下将士。

⑳ 漳、泉：漳州府与泉州府，辖今福建南部沿海一带。

㉑ 莠民：奸民。莠，指恶人、坏人。

㉒ 胠箧（qū qiè）：撬开箱子。后多指代小偷。

㉓ 称娖（chuò）：行列齐整。

㉔ 抵拦：抵赖，拒不认罪。

㉕ 彭考：鞭打拷问。

㉖ 木兰山：在湖北黄陂区北。

㉗ 驻防都统：清于各旗设都统，管一旗政令。各地满营设驻防将军，下亦设都统。此指江宁将军部下都统。

㉘ 日旰：天色已晚。

㉙ 厨传：本指供应过客饮食及车马住处。后多代指丰富的饮食。

㉚ 饩（xì）牵：活牲口。《左传·僖公三十三年》："吾子淹久于敝邑，唯是脯资饩牵竭矣。"注："生曰饩。牵谓牛、羊、豕。"

㉛ 年家子：科举同榜称同年，其后辈称年家子。

㉜ 秦淮：指秦淮河，在南京市。源出溧水，东南流入市中，西出三山门，沿城西入长江。

㉝ 呢呢：小声语。

㉞ 咋：大声叫唤。

㉟ 恶贯满："恶贯满盈"之省，言作恶多端，报应在即。《书·泰誓》："商罪贯盈，天命诛之。"传："纣之为恶，一以贯

之,恶贯已满,天毕其命。"

㊱ 射棚:同"射垧",即射箭的靶子。

㊲ 汹汹:动荡不安。《三国志·曹爽传》:"天下汹汹,人怀危惧,陛下但为寄坐,岂得久安?"

㊳ 筮仕:古人将出仕,先卜凶吉,谓筮仕。后以代指初次做官。

㊴ 孟子动心忍性之言:语出《孟子·告子下》:"所以动心忍性,曾益其所不能。"言触动心思,克制性情,使自己日益坚强。

㊵ 魏尚书环极:魏象枢,字环溪,一字环极,号庸斋,蔚州(今河北蔚县)人。顺治进士,历官给事中、光禄寺丞、户部侍郎,官至左都御史、刑部尚书,卒谥敏果。

㊶ 陆稼书:陆陇其,字稼书,浙江平湖人。康熙进士,官御史。为清朝著名理学家。

㊷ 张中丞:湖北巡抚张朝珍。

㊸ 子皮、鲍叔之功:子皮即春秋时郑军虎,代父公孙舍为上卿,有仁政。知子产贤,授之以政。及卒,子产哭之曰:"吾无与为善矣!"鲍叔即鲍叔牙,春秋齐大夫。少与管仲交,分金时管仲多取,鲍叔牙知其贫,不怪;打仗时管仲逃走,鲍叔牙知其有老母。后管仲有罪,鲍叔牙又劝齐桓公赦之,用为相。故管仲云:"生我者父母,知我者鲍子也。"

㊹ 泽州相公:田从典,字克五,泽州(今山西阳城)人。以进士第历官御史、光禄寺卿、左都御史,官至吏部尚书、文华

殿大学士。

㊺毛稚黄：毛先舒，字稚黄，仁和（今浙江杭州）人。明诸生，从陈子龙、刘宗周游，诗为"西泠十子"之首。康熙中叶卒。著有《思古堂集》等。

## 【题解】

按文章有"江宁人传公鱼壳事甚著"句，知作于乾隆中叶闲居南京时。于成龙死后，田从典、毛先舒均为其作传，叙于成龙生平治迹甚详。袁枚这篇传记，用传奇笔法，写于成龙救盗数事，其目的正是将奇事连缀，以与田、毛两传区别，"不使文人钓奇，独病太史公"。由此可见袁枚撰写正规史传与一般记事传记取材上的不同。

于成龙是康熙间著名清官。旧时清官标准，不仅仅是廉洁善断，重要的还在于平盗。所以一些写清官的文章及小说，都突出平盗，袁枚这篇文章也是如此。全文结构波浪起伏，先写其以柔制敌，又写其督兵剿敌，以"火燎公须，不为动"一句，将激烈的战斗与于成龙的大将气魄点染殆尽，使文章进入高潮。接着写一二件小事做过渡，以于成龙卒作结，把文气通入绝地。最后，文章如奇峰突起，写他两件擒盗事，一突出他的智谋，一突出他的神勇，到鱼壳被擒一段，几令人屏息，文章也就戛然而止，转入议论，令人回味无穷。这样的布局谋篇，在讲究义理的桐城派古文家集中是难以见到的。

## 先妣章太孺人行状

呜呼！枚辞官奉母，垂三十年。太孺人寿将满百，神明未衰。海内之人，知与不知，争来问讯，以为储休启祜①，所以享此遐龄者，必非无因。枚亦思有所称引，以宣扬太孺人之徽音②，而曾曾③未逮④。今年春，太孺人抱恙，枚不孝，医巫⑤不具，又不能吁天请命，致永诀慈颜。擗踊⑥之余，自伤白发，知睽离⑦膝下，亦不多时。恐一息不来⑧，而半词莫措，则人子显亲⑨之志，遗恨弥深。此张凭⑩诔母之文，伊川⑪状母之作，所为泪墨交挥，而不能自已也。

谨按：太孺人章姓，杭州耆士师禄先生之次女。年二十，来归先君。慈和端静，所居之室，謦欬⑫无闻。当是时，寒家贫甚，先君幕游滇、粤，寄馆谷⑬赡其家，万里路遥，家书屡断。太孺人上奉大母，旁养孀姑，下延师教枚，半取给于十指间。每至赊贷路穷，旨畜⑭告匮，辄嘿嘿⑮然绕楼而步；枚与诸姊妹犹啼呼索饭，不知太孺人力之竭、心之伤也。

及枚髫年入学，旋即食饩⑯。弱冠举鸿词科，旋入词林，乞恩归娶，一时戚里姻族，争奔趋欢贺，为太孺人光荣。而太孺人惛惛⑰如常，与枚作孩提时无以异也。壬戌⑱，枚改官县令，四任花封⑲，禄养稍厚。人为太孺人庆板舆⑳之乐，而太孺人惛惛如常,与枚在词馆时无以异也。壬申㉑,枚改官秦中,念太孺人年衰,陈情乞养,侨居金陵之随园。园中颇饶亭榭,水木清华㉒,人为太孺人庆烟云之奉㉓,而太孺人惜惜如常,与在枚官廨时无以异也。盖太孺人天怀淡定,处困履亨㉔,不加不损㉕,忧喜之色,不形于造次㉖。

其教枚也,自幼至长,从无笞督。有过必微词婉讽,如恐伤之。尝谓姊曰:"汝弟类我,颜易忸怩,故我不以常儿待之。"枚因此愈加悚惧,常伺察于无形无声之间,有不怿,必痛自改悔,俟色笑如常而后即安。晚年抱孙颇迟,人以为忧,太孺人绝不介意,曰:"吾儿居心行事,必当有后;如其无之,则亦命也。吾何容心焉?"前年,弟阿品㉗生男,枚抱以来,去冬,新娶钟姬有娠,太孺人为之欣然。呜呼!其应嗣者,太孺人已得而见之矣;其将生者,太孺人犹未得而见之也。虽雄雌未卜,而兆已萌芽,偏使免乳㉘婴婉㉙,不及待大母含饴一弄㉚,是则人伦缺陷,枚不能不抱恨于终天。

太孺人不持斋,不佞佛,不信阴阳祈祷之事。针黹之余,手唐诗一卷,吟哦自娱。僮仆微劳,必厚犒之;邻里贱姬,必礼下之。脱肉作鱼㉛,味倍甘鲜,子妇学之,卒不能及。年年花开时,诸姬人循环张饮,为太孺人寿;太孺人亦必婆娑置具,行答宴之礼。常戒枚曰:"儿无他出,明日阿母将作主人也。"呜呼,痛哉!此情此景,在当时原早知难得,故刻意承欢㉜,亦不图色笑难追,一转瞬而杳如天上。弥留㉝之际,筋骨不舒。或为搔摩,辄曰:

"汝手劳，盍少休。"又曰："夜已深矣，汝且往眠。"其仁心体物，临危不乱如此。

卒时，召枚诀曰："吾将归去。"枚不觉失声而恸。太孺人诃曰："人心不足，儿痴耶？天下宁有不死人耶？我年已九十四矣，儿何哭为？"举袖为枚拭泪而逝。呜呼，痛哉！人世以百龄为上寿，再假六年，太孺人便符此数，天何吝此区区者而不肯赐与耶？抑去来有定，未可强留耶？不然，则终是枚调护无方，奉养有缺，而致太孺人之沉绵不起也！比年来，枚于古人中百无一慕，惟唐诗人丘为[34]行年八十，尚有高堂，私心窃向往之。今而后，方知古人之难及也。

枚虽苍苍在鬓，而太孺人视若婴儿。每入定省[35]，必与一饼饵、一果蓏[36]，诏以寒暄，询其食饮。枚亦陶陶遂遂[37]，自忘其衰。今而后，枚方自知为六十三岁之人也。侍膝下愈久，离膝下愈难。晨昏起居，误呼阿妳[38]，瞻望不见，神魂伥伥[39]。虽苟活须臾，而生意已尽。呜呼，尚何言哉！尚何言哉！

太孺人生于康熙乙丑[40]八月二十三日，殁于乾隆戊戌二月九日。四女三寡，依枚以终。二姊年七十，事母尚健。孙通，四岁。女孙三，俱未适人。

不孝男枚谨状。

### 【注释】

① 储休启祜：积蓄美善，开启福泽。

②徽音：德音，即美好的声誉。《诗·大雅·思齐》："大姒嗣徽音，则百斯男。"

③曾曾：再三拖延。

④逮：及。

⑤医巫：指治疗。古医生与巫师均替人治病。

⑥擗踊：捶胸顿足，哀痛之极。《孝经·丧亲》："擗踊哭泣，哀以送之。"后多以之指办理丧事时的悲痛心情。

⑦睽离：分离、离散。后常用于指与死者告别。韩愈《祭郴州李使君文》："念睽离之在期，谓此会之难又。"

⑧一息不来：指死亡。

⑨显亲：显扬亲人。《礼记·祭统》："显扬先祖，所以崇孝也。"

⑩张凭：字长宗，吴郡（今江苏苏州）人，举孝廉。晋简文帝时，官吏部郎、御史中丞。

⑪伊川：参见《张良有儒者气象论》篇注①。

⑫謦欬（qǐng kài）：咳嗽。后常以指谈笑声。《庄子·徐无鬼》："闻人足音跫然而喜矣，又况乎昆弟亲戚之謦欬其侧者乎？"

⑬馆谷：塾师授徒的收入。

⑭旨畜：同"旨蓄"，储备过冬的食品。《诗·邶风·谷风》："我有旨蓄，亦以御冬。"这里指家中储藏的食物。

⑮嘿（mò）嘿：嘿，同"默"，沉默。《汉书·匡衡传》："衡嘿嘿不自安。"

⑯食饩：清制，生员试优等者，官给廪饩，称廪生，因以

补廪称食饩。

⑰ 愔愔：参见《何南园诗序》篇注⑧。

⑱ 壬戌：参见《太子太师礼部尚书沈文悫公神道碑》篇注⑫。

⑲ 花封：晋潘岳为河阳县令，满县种桃李，有"河阳一县花"之称。后世因以花县为县治的美称，以任花封指官县令。

⑳ 板舆：古时老人代步的工具。潘岳《闲居赋》："微雨新晴，六合清朗，太夫人乃御板舆，升轻轩，远览王畿，近周家园。"后多用以指官吏供养父母于任地。岑参《酬成少尹骆谷见行呈》："荣禄上及亲，之官随板舆。"

㉑ 壬申：乾隆十七年（1752）。

㉒ 水木清华：指园林池沼景色清丽宜人。语出谢混《游西池》："景昃鸣禽集，水木湛清华。"

㉓ 烟云之奉：以山水景色陶怡心情。陈继儒《妮古录》："黄大痴九十而貌如童颜，米友仁八十余神明不衰，无疾而逝，盖画中烟云供养也。"

㉔ 处困履亨：困与亨均《易》卦名。困指艰难，亨为通泰。

㉕ 不加不损：语出《孟子·尽心上》："君子所性，虽大行不加焉，虽穷居不损焉，分定故也。"

㉖ 造次：仓促、急遽。《论语·里仁》："君子无终食之间违仁，造次必于是，颠沛必于是。"

㉗ 阿品：袁枚堂弟袁树，号芗亭，一作香亭。乾隆进士，历官知县、知府。

㉘免乳：《汉书·孝宣许皇后传》："妇人免乳大故，十死一生。"注："免乳，谓产子也。"

㉙婴婗（yī ní）：婴儿。《尔雅·释名·释长幼》："人始生曰婴儿……或曰婴婗。"《搜玉小集》张谔《三日岐王宅》："玉女贵妃生，婴婗始发声。"婗，婴儿啼哭声。

㉚含饴一弄：《东观汉记·明德马皇后》："穰岁之后，行子之志，吾但当含饴弄孙，不能复知政。"饴，糖。

㉛脱肉作鱼：语出《礼记·内则》："肉曰脱之，鱼曰作之。"脱，去骨；作，批鳞。此代指烹调。

㉜承欢：迎合人意，博取欢心。特指侍奉父母。骆宾王《上廉使启》："冀尘迹丘中，绝汉机于俗网；承欢膝下，驭潘舆于家园。"

㉝弥留：病久不愈。《书·顾命》："病日臻，既弥留。"后多指病重濒死为弥留。

㉞丘为：唐诗人。计有功《唐诗纪事》卷十七："为，苏州嘉兴人。事继母孝，尝有灵芝生堂下。累官太子右庶子。时年八十余，而母无恙，给俸禄之半。"

㉟定省：参见《答陶观察问乞病书》篇注㉙。

㊱果蓏（luǒ）：树木的果实为果，草本的果实名蓏。

㊲陶陶遂遂：随行貌。《礼记·祭义》："及祭之后，陶陶遂遂，如将复入然。"

㊳阿妳（nǎi）：母亲。

㊴伥（chāng）伥：无所适从。《礼记·仲尼燕居》："治国而

无礼,譬犹骜之无相与,伥伥乎其何之。"

㊵ 康熙乙丑:康熙二十四年(1685)。

# 【题解】

　　文章作于乾隆四十三年戊戌(1778),记录的是自己母亲的生平事迹。

　　由于妇女与男性相比在社会上地位较低,历来写妇女的文章,多停留在颂扬女子的贞孝上,写她们教子严,事亲孝,相夫勤;或由于无突出事可记,改写其夫或其子以作烘托,往往内容空洞,人物没有个性。袁枚这篇文章,完全脱离了传统的弊病,从多层次围绕人物进行记述,构造了一位知情达理、富贵贫贱始终不移的贤惠慈爱的妇女形象。文章起首写章孺人的处世观,连用三"惺惺如常",写出她的恢宏大度、喜忧不形于色;接写章孺人的教子,倾诉母子感情;又写她的日常生活,待人接物,临终时的豁达大度。文章善于从平凡的事件中发掘人物不平凡的品德,虽然由一些大小事连缀而成,但每段都有中心,不显得局促破碎;没有空泛的赞语,恰到好处地把母亲的慈爱与自己孺慕哀伤之情紧紧地结合在一起抒发出来。在用笔、结构上,文章采用了由整入散的笔法,自然地让人体验到作者写作时悲伤不能自已的心情。

## 九江府①同知②汪君传

君讳沂,字鲁滨,号少斋,世居休宁③四都之汪村。君生而恄定④,嶷嶷⑤自立,有践绳之节⑥。初攻举业⑦,念赠公录贸迁⑧吴、闽,偬然⑨只身,乃投笔以从。凡所料简⑩,操其奇赢,驵侩⑪奔赴,若鱼龙之趋大壑。赠公奇之,叹曰:"以汝才,移之治民报国,不亦善乎!"援例⑫得九江府同知,权⑬临江府⑭事。

当是时,奉新、安义⑮两县民争洲,前吏不能决,积牒山齐,大府⑯檄君办治。君甫往勘,奸民虎而冠⑰者纠集千人,闯然⑱蜂拥,冀以胁君。君曰:"今日往勘,未分曲直,汝等俯张⑲欲为乱耶?"命健役缚渠魁⑳,荷校㉑以徇。众阴喝㉒不能声,登时解散。君持弓尺㉓,亲履亩加丈,钅刂剖㉔窾要㉕,为之区分。无党无偏,两造㉖詟服㉗。

德化县㉘芦屯㉙羼杂,界址不清,军民互控。君钩考㉚欺隐,晓以片言,案以立定。峡江㉛萧某身亡,族人涎产争继,狱讼数年不决。君为处分,安其遗孤。大府闻之喜曰:"非盘错㉜不显利器。我固知数大事非汪某不办,今果然矣。"具疏请实授,适丁母忧。服阕㉝,不起㉞。

有惜君才劝再出者,君曰:"孔子称'惟孝友于兄弟,是亦为政'㉟,何必腰金紫㊱,摇干旌㊲,然后以为光荣哉?"于是里闬之间，修废举坠，凡乡邻疾苦，田亩匽潴[38]，悉引为己任。厚村有路为休、歙[39]通衢，山溜冲啮[40]，砂砾堙郁[41]，春夏之交[42]，行者踧岌[43]。君甃筑石堤百余丈，靡金钱千缗，工捷且固。邦之氓两袪高蹶[44]而来者，仸仸[45]然鱼贯而行，叹曰："微汪大夫之功不及此。"

先是，临江属之清江，有旧堤护田，久而陀陊[46]。君捐俸修葺，匝月告成，收皆亩一钟[47]。

君生有至性，友爱尤笃。诸昆先后凋谢[48]，晚年季弟洪又疾笃。君在吴，闻信驰归，已不及视含殓[49]。悽怆伤怀，殗殜[50]成疾。戚谊中有来诿诿[51]者，勿轻诺，诺则必践。或有过，则隐讽而曲谕之，冀其改悔，改后相待如初。以故獧子[52]螯夫[53]，靡不惵然[54]意下[55]。论者以为东汉《独行传》[56]中人不是过也。

殁时，神明不乱，训两子如平时，教以行仁履礼。询明日期，呼水盥沐而逝。年七十有二。覃恩[57]诰授奉政大夫，晋阶通奉大夫，三世皆赠如君官。先娶王氏，卒；再娶吴氏，篷室[58]方氏。子三人：长曰穀；次曰穟，早卒；三曰秉。孙五人。俱觥觥[59]力学，秀出班行[60]，不愧万石家风[61]云。

旧史氏[62]曰：《南史》有言，山林之士能伏而不能出，功名之人知进而不知退，性各有所偏也。惟宏通硕士，能审时度己而出处皆宜。汪君桀桀[63]大才，治民获上，方有无穷之闻[64]，乃禄养事终，逌然[65]远引，家居二十余年，章闻扬和[66]，感孚远迩，明道若昧，进道若退。若而人者，真古豪哉！

## 【注释】

① 九江府：治所在今江西九江。

② 同知：知府的副职。

③ 休宁：今安徽休宁县。

④ 恑（wèi）定：文雅安闲。

⑤ 巍巍：高貌。《大戴礼记·五帝德》："其色郁郁，其德巍巍。"因以之指品德高尚。

⑥ 践绳之节：指循规蹈矩，不做非礼的事。

⑦ 举业：举子业，即科举考试所用的八股文。

⑧ 贸迁：经商。

⑨ 㷀然：孤单貌。

⑩ 料简：料理，经营。

⑪ 驵侩：市场经纪人。

⑫ 援例：指不通过正常途径考试，而以纳粟、捐款等得官。清代捐纳，有河工例、海防例、救灾例等。根据捐款多少，授知县、同知、候补道等官。

⑬ 权：代理。

⑭ 临江府：治所在今江西樟树。

⑮ 奉新、安义：均在江西。

⑯ 大府：上级官府。明清时多以之称一省的长官。

⑰ 虎而冠：指人中禽兽。多指凶悍无法之徒。

⑱ 闯然：突然。有无所顾忌的意思。

⑲ 侜张：欺骗。这里指狂妄。

⑳ 渠魁：头领。

㉑ 荷校：戴上枷锁。

㉒ 阴喝：语塞，说不出话。

㉓ 弓尺：古代丈量的工具。每一弓长五尺。

㉔ 钚刟（pī luò）：剖分、区别。

㉕ 窾要：问题的中心所在。

㉖ 两造：双方。

㉗ 詟服：畏惧服帖。

㉘ 德化县：为九江府附郭。

㉙ 芦屯：芦田。清代在江南、湖广、江西沿江河州县产芦苇处设专门机构，区划芦田，或由民垦，或由军设屯，征收所产芦为税。

㉚ 钩考：钩稽考查。

㉛ 峡江：今江西峡江。清属临江府。

㉜ 盘错：盘根错节。比喻事情繁难复杂，难以处理。

㉝ 服阕：丧期满。

㉞ 不起：不再去做官。

㉟ "孔子"二句：语出《论语·为政》，原文是："孝乎惟孝，友于兄弟，施于有政，是亦为政。"意谓能够孝于亲，友于兄弟，把此心推广于一家，也是为政，不一定要居官位。

㊱ 腰金紫：佩金印紫绶，指做高官。

㊲ 干旄：用鸟羽饰于竿首的旗帜，是大官的仪仗。

㊳ 匽潴（yǎn zhū）：排水的阴沟。

�439 休、歙：休宁、歙县，均在安徽南部。

㊵ 冲啮：侵蚀。

㊶ 堙郁：埋没，堵塞。

㊷ 春夏之交：指江南春夏之交的梅雨季节。

㊸ 踧岌（cù jí）：局促危险。

㊹ 两祛高蹶：卷起袖子急忙赶路。

㊺ 伀（sǒng）伀：众多。

㊻ 陀陊（duò duò）：倒塌。

㊼ 钟：古代容量单位，合六斛四斗。

㊽ 凋谢：此指去世。

㊾ 含殓：给死者穿着好入棺木。含，指含玉。古丧礼，给死者口中放玉。

㊿ 殗殜：参见《童二树诗序》篇注⑦。此处指因伤心种下病根，逐渐加重。

� 諈诿（zhuì wěi）：《列子·力命》："眠娗、諈诿、勇敢、怯疑四人相与游于世，胥如志也。"注："諈诿，钝滞也。"根据本文上下文，在此当为请托之意。

㉒ 獧（juàn）子：器量狭窄的人。

㉓ 盩（zhōu）夫：狠戾不讲理的人。

㉔ 惵（dié）然：恐惧、害怕。

㊺ 意下：顺从。

㊻《独行传》：指《后汉书·独行传》，该传所收皆志节高尚、不随俗浮沉的人。

㊼ 覃恩：指皇上恩典。多指朝廷封赠。

㊽ 篷室：妾。

㊾ 觥觥：刚直貌。

㊿ 秀出班行：在同辈中出类拔萃。

㉛ 万石：汉代的石奋及其四子皆官二千石，景帝称之为"万石君"。见《史记·万石君传》。万石家风，指父贤而儿子能继承父业。

㉜ 旧史氏：袁枚曾官翰林，翰林院职责为起草文书与修史，所以袁枚在这里自称"旧史氏"。

㉝ 桀桀：大貌。《世说新语·赏誉》引《续晋阳秋》："大才桀桀谢家安。"

㉞ 闻：好名声。

㉟ 逌然：悠闲自得。

㊱ 章闻扬和：好的德行与名声传扬在外。

## 【题解】

这篇传记在内容上依传主汪沂的生平分为两个部分。前半写汪沂仕宦经历。起首介绍他经商的才能，为后处分公务作伏笔；接着铺叙他的政绩，通过平定百姓争地的暴乱场面及断明争遗产隐曲小事，分别表明汪沂临危不乱及料事如神的品格能力。下半写汪沂退隐生活。中国古代对急流勇退的官员总是抱赞赏态度，袁枚抓住这点，突出汪沂退隐后，为乡里解忧排难、造福同里、孝弟敦友。通过这样的介绍，一位青年是精明的商人、中年是清官能吏、晚年是忠厚长者的形象，有血有肉地显示出来。

为人写传记，总难免说好话，扬长避短。袁枚的传记文章大多数像本文一样，善于提炼素材，用简洁的文字加以叙述，不失时机地掺入自己的褒奖评论；而在评论时又总是客观平易，没有谀气，使人读后感到很符合现实。

## 经筵讲官兵部尚书彭公神道碑

乾隆四十九年六月，兵部尚书彭公薨于里第。遗疏上闻，天子震悼。一时士大夫走位①相吊，泣且叹曰："先皇帝②老臣尽矣，存者惟嵇相国③为先辈，而彭公科④尤先，海内望之如晨星孤月⑤。倘假一二年重宴鹿鸣、琼林⑥，岂非熙朝⑦盛事？而天偏靳之，悲乎！"然公之清节重望，恩荣寿考，于古为稀。勒之贞珉⑧，备国史之采，不可废也。其同馆后进袁枚，受公知五十年，为按其状而铭之曰：

公讳启丰，字翰文。应乡举时，芝生庭中，因自号芝庭。先世由江西迁苏郡之长洲⑨。祖定求，康熙丙辰会试、殿试俱第一。父正乾，考授州同知。三世皆以公贵，诰赠光禄大夫、吏部右侍郎。

公貌清羸，长不逾中人，而风骨珊然，如鹭飞鹤翔，凌风欲去。雍正三年⑩举于乡⑪，四年会试第一，殿试亦第一。大学士张文和公⑫奏科名与而祖同，世宗喜，即召入南书房⑬。七年，充河南乡试副考官。时未散馆，而有是命，皆异数也。十三年，迁左春坊⑭左中允。今上登极之元年，迁侍讲⑮。累迁至侍读学士、通政司⑯左通政，吏、兵、刑三部侍郎，寻授兵部尚书，充经筵讲官⑰。

两圣人知公廉明，能文章，凡抡才大典[18]，倚公如金鉴。命校顺天乡、会试者三，主直省[19]试者七，视学政者二。经历滇南[20]、中州[21]、江右[22]、山左[23]、浙西[24]，轺轩[25]所临，庶士欢迓。其他读卷[26]殿上，及阅回避[27]、拔贡[28]、教习[29]、朝考[30]、召试[31]诸卷，皆叠次任委，连绵不断。公亦饬躬[32]斋心[33]，克与上意相副。

从江西还，奏所过宿州[34]，有司赈灾不实。又奏请敕各省学臣见督抚毋卑诿，应遵《会典》[35]仪适。上是之。在浙时奏官河宜开浚，漕费宜遵旧制，毋浮收；本省官出巡应额限役夫，毋过千名。任兵部时，奏武职铨补迟速不均，宜与卓异[36]官均以双单月轮班间用。奏驰驿[37]官奉使者，有廪给口粮，而夫役俱向驿站借雇，虑开多索滥应之渐，宜停例支，改一马三夫。上皆可其奏，发部议施行。

当是时，上方向用公，适有同部两侍郎不相中，造蜚语[38]闻上，引公为证。上问公，公对未闻。上疑有私，降为侍郎。越二年，以原官休于家。

先是，公乞养归，为娱奉太夫人，故箕山[39]浚池，莳花竹，极园林之胜。至是再归，山水益清幽，树益茂。公拥万卷，啸哦其间，虽大耋，聪强不衰。或春秋佳辰出游石湖[40]、寒山[41]，士女皆知两朝元老，拥观塞路。

初，公侍内廷时，世宗赏大臣"福"字[42]，偶未及公，特手书以赐。侍今上泛舟赏花钓鱼，命和诗，至二百余首，所赐珍玩无算。祝皇太后万寿[43]，与九老会，图形中禁。金川[44]荡平，公迎驾山东，进《凯歌》，恩复尚书衔，与宴。在江南三次迎銮[45]，皆召见温谕。四十九年，公迎驾跪龙泉庄[46]。上遥望见，即命侍卫扶起，命秋冬北上，与千叟宴。公方感上恩，修安车[47]欲行，未及期，以无疾终，年八十四。

性峭直，稍不可于意，即形词色，然过后辄不省。慊慊[48]自下，遇布衣文学之士，皆抗礼[49]与钧[50]。枚弱冠入都，即奇赏之。闻其入觳[51]，特呼车往贺主司得人。晚年犹端书细字，往来唱和尤密。常语人曰："袁君非徒诗文佳也。听其议论，如鲁公[52]书，彻透纸背。"其见知如此。

妻宋氏，诰封一品夫人。子五人：长绍谦，山东桃源[53]同知；次绍观，翰林侍读学士；次绍咸，增广生[54]；次绍升，丁丑[55]进士；次绍济，尚幼。女三人，其一适常州学士庄公培因[56]，甲戌科殿试第一。孙十二人，皆有科名。曾孙六人。

铭曰：庭实九献，特达圭璋[57]。《箫韶》九成，来仪凤凰[58]。天生彭公，为世休祥[59]。履星辰上，立日月傍。帝畀玉尺[60]，东度西量。公洗心眼，清俪冰雪。万蚁战酣，一灯破黑。拔茅[61]使高，升珠使跳。烂其盈门[62]，八座[63]三貂[64]。抒所蕴畜，施于为政。獬豸[65]爽鸠[66]，屡拜宠命，《周官》[67]司马，权重中枢。公静镇之，四海晏如。帝谓古贤，七十悬车[68]，卿年已届，可以归欤。公拜稽首，圣恩优老，臣愿归田，咏歌《天保》[69]。都人羡公，祖饯[70]盈道。一十七年，烟云花鸟。臣请主安，帝问卿好。以其余闲，为书院师，胡瑗[71]、孙复[72]，欧、范[73]优为。以其余福，荫及孙曾，玉堂㉞蕊榜㉟，绵绵绳绳㊱。齐门㊲之外，新塘之东，百尺华表㊳，万古清风。

## 【注释】

① 走位：指奔走于朝廷。位，宫中中庭左右两侧。

② 先皇帝：指清世宗胤禛。

③ 嵇相国：嵇璜，字尚佐，号拙修，江苏无锡人。雍正八年（1730）进士，官至文渊阁大学士。卒谥文恭。

④ 科：科第，此指中进士的年份。

⑤ 晨星孤月：因其即将隐没，故常用以比喻稀少。

⑥ 鹿鸣、琼林：鹿鸣，科举乡试后，由地方长官宴请考官、学政及新科举人的宴会。唐人宴时歌《诗·小雅·鹿鸣》，故名。琼林，皇帝宴请新科进士的宴会。宋太平兴国年间，赐宴新科进士于琼林苑，后遂以琼林名宴。举人、进士过六十年，重遇中举、中进士的干支，例可与新中的人一起赴宴，称"重宴鹿鸣""重宴琼林"，为稀见的瑞事。

⑦ 熙朝：盛朝。

⑧ 贞珉：同"贞石"，石刻碑铭的美称。

⑨ 长洲：参见《太子太师礼部尚书沈文悫公神道碑》篇注⑪。

⑩ 雍正三年：公元1725年。

⑪ 举于乡：清诸生（俗称秀才）参加举人考试称乡试。举于乡，指中举。

⑫张文和公：张廷玉，字衡臣，一字砚斋，安徽桐城人。康熙进士，官保和殿大学士兼吏部尚书、军机大臣。卒谥文和。

⑬南书房：清翰林在内廷伺候皇帝读书的地方，康熙年间建立，地在乾清宫西南隅。

⑭春坊：太子的属官，分左、右春坊，设有庶子、中允等官。

⑮侍讲：翰林院属官。清翰林院在掌院学士下设侍讲学士、侍读学士、侍讲、侍读、编修、检讨等官。

⑯通政司：清为职掌收受各省题本的官署，设通政使、副使、参议等官。

⑰经筵：帝王研读经史而设的御前讲席。清经筵讲官由大学士及各部尚书中选派，于仲春、仲秋之日进讲。

⑱抡才大典：指选拔人才的考试。

⑲直省：天子直辖之省，即直隶省。

⑳滇南：今云南省。

㉑中州：今河南省。

㉒江右：今江西省。

㉓山左：今山东省，因在太行山之左，故名。

㉔浙西：指今浙江省。

㉕輶（yóu）轩：轻车，多指使臣所乘的车。

㉖读卷：清代进士考取后，由皇帝亲自面试，以大臣为读卷官，确定状元等名次。

㉗ 回避：清制，凡考官亲属应回避，另行考试。

㉘ 拔贡：清制，每十二年由学使于廪生中选拔文行优秀者，与督抚汇考核定，贡入京师，称拔贡生。入京后参加会考、朝考，分出等第，优秀者授七品京官，次任知县，再次任教职。

㉙ 教习：清翰林院设庶常馆教习，以满、汉大臣各一人充当。下有小教习，在侍讲、侍读中选拔。

㉚ 朝考：新进士录取后，再试于保和殿，称朝考，按等第授职。

㉛ 召试：乾隆帝南巡时，曾召各省士子考试，高等者赏举人、中书。

㉜ 饬躬：正己、正身。

㉝ 斋心：清心寡欲。

㉞ 宿州：清属凤阳府，治所在今安徽宿州。

㉟ 《会典》：指《大清会典》，书载所有官署的体制仪礼。

㊱ 卓异：参见《于清端公传》篇注④。

㊲ 驰驿：官员因急事奉召入京或外出，由沿途驿站供给夫马、粮食，兼程而进，称驰驿。

㊳ 蜚语：同"飞语"，流言及诽谤的话。

㊴ 篑山：堆积假山。篑，挑土的竹器。

㊵ 石湖：在江苏苏州市西南，宋范成大居此，孝宗曾书"石湖"二字赐之。湖周诸峰映带，风景秀丽。

㊶ 寒山：在苏州市西，山多名胜古迹。

㊷ 赏大臣“福”字：清帝例于新岁前赏大臣“福”字，以示优渥。

㊸ 祝皇太后万寿：乾隆三十六年（1771），高宗母八十寿庆，休致的大臣亦上京与在京大臣一起祝寿。帝特在香山设筵，选年高大臣设九老会，令画工绘图，以记盛况。

㊹ 金川：有大、小金川，在今四川省西部，清设土司。乾隆中多次作乱。乾隆十一年（1746），令张广泗领兵出剿，无功。又令傅恒为经略，大破之。十四年，大金川土司请降。后屡降屡叛，至乾隆四十年方彻底荡平。

㊺ 迎銮：迎接皇帝的车驾。乾隆二十二年（1757）、二十七年、三十年，高宗三次南巡，均召见致仕大臣。

㊻ 龙泉庄：在今江苏常州市东南。

㊼ 安车：用一马拉的可以坐乘的小车。古代高官告老或征召有重望的人，往往赐乘安车。

㊽ 慊慊：心不满足貌。

㊾ 抗礼：行对等的礼。

㊿ 钧：同等。

(51) 入彀（gòu）：彀为弓箭的射程。王定保《唐摭言》卷一：“（唐太宗）私幸端门，见新进士缀行而出，喜曰：‘天下英雄入吾彀中矣！’”后因以考取进士为入彀。

(52) 鲁公：唐颜真卿，字清臣，山东临沂人。开元进士，官平原太守、刑部尚书，封鲁郡公。善正、草书，笔力沉着雄浑，世称颜体。

(53) 桃源：不详，山东无桃源。桃源属今江苏泗阳。

(54) 增广生：生员（秀才）的一种。

(55) 丁丑：乾隆二十二年（1757）。

(56) 庄公培因：庄培因，字本淳，江南阳湖（今江苏常州）人。乾隆十九年（1754）状元，历官修撰、侍讲学士。

(57) 特达圭璋：《礼记·聘义》："圭璋特达，德也。"疏："以聘享之礼，有圭、璋、璧、琮。璧、琮则有束帛加之乃得达，圭、璋则不用束帛，故云特达。"此言把高尚的人献之于君王。圭、璋均为贵重的玉器。

(58) "《箫韶》九成"二句：语出《书·益稷》："《箫韶》九成，凤凰来仪。"《箫韶》为舜时乐名。舜用贤臣，四海之内，咸戴帝功，于是奏《箫韶》之乐，有凤凰飞来。

(59) 休祥：吉祥。《书·泰誓》："袭于休祥，戎商必克。"

(60) 玉尺：喻衡量才识高下的尺度。李白《上清宝鼎》："仙人持玉尺，度君多少才。玉尺不可尽，君才无时休。"

(61) 拔茅：《易·泰》："拔茅茹，以其汇。"意为拔茅草，其根相互牵引，后因以拔茅指同道者相互推荐引进。

(62) 烂其盈门：谓满门光彩夺目。

(63) 八座：唐以六尚书、左右仆射令为八座，后因指高级官员。

(64) 三貂：貂为古代显官帽上的饰物，三貂亦指高官。

(65) 獬豸：传说中的兽名，能分别曲直，抵触邪佞。见《后汉书·舆服志》。清代御史及按察使补服前后都绣獬豸图，此即代指御史。

(66) 爽鸠：古官名，掌刑狱。见《左传·昭公十七年》。后即代指刑部尚书。

(67)《周官》：参见《蒋心余藏园诗序》篇注㉔。按：司马为《周礼》夏官，掌军事。后即以之代指兵部尚书。

(68) 悬车：挂车，即停车。古人七十辞官家居，废车不用，故曰悬车。见班固《白虎通》卷二《致仕》。

(69)《天保》：《诗·小雅》篇名。诗中祝颂帝王福寿绵长，如山阜冈陵，如日月南山。

(70) 祖饯：送行。祖，古人于出行前祭祀路神。

(71) 胡瑗：字翼之，宋海陵（今江苏泰州）人。景祐初授校书郎，后改教授吴中（今苏州），从之学者常数百人。皇祐中授国子直讲，一时进士多出其门。

(72) 孙复：字明复，宋平阳（今山西临汾）人。以《春秋》学名天下。庆历中征为国子监直讲，迁殿中丞。门下多名士，石介、文彦博均其弟子。

(73) 欧、范：指宋名臣欧阳修、范成大。欧阳修，字永叔，号醉翁，庐陵（今江西吉安）人。官至参知政事。晚年退居颍川，优游自适。范成大，字致能，浙江吴兴（今江苏苏州）人。官至参知政事，晚年居苏州石湖，以山水著述为乐。

㊔玉堂：唐宋以后称翰林院为玉堂。宋苏易简为翰林学士，太宗以红罗飞白书"玉堂之署"以赐。

㊕蕊榜：指进士榜。

㊖绳绳：众多貌。《诗·周南·螽斯》："螽斯羽，薨薨兮。宜尔子孙，绳绳兮。"

㊗齐门：苏州城东北门，吴王阖闾建。

㊘华表：此指立于陵墓前的石柱。

## 【题解】

碑文作于乾隆四十九年（1784）。

这是一篇规范的碑传文。袁枚所作碑传，往往因各人的身份不同而变化其体，在用语上也能拿捏恰到好处。这篇文章的铭主是官居尚书、名高望重的人，诚如他文中所说，碑文是要为将来"备国史之采"而作，所以采取了堂正简捷的叙事方法。文首叙出身履历，次言建树治绩及威望恩遇，末书品格、造诣及与自己的交往。井井有条，皆画龙点睛、约而充丰，既传其形，又传其神。文章开始还特地用了一大段议论，说明彭启丰的身份、影响，奠定他的地位。这种写法，与大多数碑传文如同仕履表、功劳簿不同，以情感游离于中，这正是袁枚碑传文的特点之一。

## 三贤合传

奇中丞生父姓黄名惠色，与苑副①塞勒交好。塞老矣，时以无子为戚。惠公慰之，曰："君无忧。我有二儿，今妇又有身，若雄也，即以相畀。"已而中丞生，甫免乳，即裹文褓，抱交塞公，属曰："嗣后两家仆媵②俱禁声，慎毋泄露使儿知。"塞公夫妇教养中丞，爱怜倍于所生。至十六岁，懵然不知为惠氏子也。

亡何，将应童子试③，写履历，塞公蹙然曰："吾宁绝嗣，不可改祖宗以欺君父。"诱中丞与游，闯入惠公家，指惠公曰："此汝父也，吾非汝父也，今送汝还父。"惠公惊失色，中丞愣④也。塞公即告所以还儿之故，且曰："儿貌英秀，天资超绝，必腰银艾⑤。我福薄，不足以当。"遂与惠公各以一童子推让者再。言毕，骤马⑥驰去。中丞无如何，仍归宗应试。旋中进士，作刑部郎中，外迁至臬使、布政使，而塞公夫妇相继殂殁⑦。中丞感养育恩，钦钦⑧在抱，常于元旦默祷于天，有可以面奏之日，必谋所报。

乾隆五十七年，授江苏巡抚。入觐谢恩毕，奏曰："臣乞主上天恩。"即连叩头，泪垒涌，几不能声。上愕然，曰："汝求何事而急迫若此？"曰："臣有二父。"上大笑曰："父是何物，而可以有二耶？"中丞备述原委，请以本身应封之典，貤封⑨义父，兼请以第三子广麟，继义父为孙。上曰："汝具折来。但异姓请封继嗣，部议必驳。待议上，朕自有处分。"中丞折到，吏部引例驳，奉旨着加恩，照所请行。

赞曰：惠公之仁，塞公之义，中丞之孝，三者皆东汉《独行传》中所希[10]有也。论者称塞公为最难。何也？譬如邻有嘉树，代为辛苦壅植者久矣；正将累累结实，而一旦还其主人，于心遽能恝然[11]乎？至于日后中丞之赗封继绝，皆非塞公初心所能希冀而逆料[12]者也。塞公真古贤哉！然惠公能知塞公之贤，而忍割毛里之恩[13]绵其烝尝[14]，因明生诚，谈何容易！中丞图报祷天，果如所愿，方知皇上即天也。"先天而天不违"[15]，圣人之言，于斯益信。且人但知中丞之孝塞公，而不知即中丞之孝惠公，盖体惠公不忍绝其友之后，而以己子为彼孙，是即惠公未竟之志，欲行之事也。善继善述[16]，惠公九原有知，亦当称孝。三贤所为，于世道人心皆有关系，故备书之。闻伯夷、柳下惠之风者[17]，百世以下，可以观[18]，可以兴[19]矣。

中丞名奇丰额，满洲正白旗人。

# 【注释】

① 苑副：当是奉宸苑副卿。奉宸苑是管理皇室园林的官署，属内务府。

② 仆媵：仆人和婢女。媵本义是妾，这里当指陪嫁的丫鬟。

③ 童子试：清代最低一级考试，考中的为童生，可参加秀

才考试。

④瞠（chēng）：惊呆的样子。

⑤银艾：银印绿绶。汉时吏秩二千石以上都给银印青绶。此指做大官。

⑥骒（lái）马：高大的马。此意为骑着高大的马。

⑦殂殁：去世。

⑧钦钦：感戴、思慕，心中难忘。《诗·秦风·晨风》："未见君子，忧心钦钦。"

⑨貤（yí）封：清制，将本身应得的封诰，申请改封远祖或伯叔、外祖父，称貤封。塞勒与奇丰额不是同姓长辈，又非外祖辈，依例不可貤封，所以下文说异姓请封，部里的意见一定会否定。

⑩希：同"稀"。

⑪恝（jiá）然：淡漠处之，不放心上。

⑫逆料：预先推论，知道。

⑬毛里之恩：《诗·小雅·小弁》："维桑与梓，必恭敬止。靡瞻匪父，靡依匪母。不属于毛，不罹于里。"说儿子要孝顺爹娘，儿子是与父母从皮肤毛发到血肉都紧密相连。此因以毛里之恩指亲骨肉。

⑭烝尝：祭祀。冬祭曰烝，秋祭曰尝。

⑮先天而天不违：《易·乾》："先天而天弗违，后天而奉天时。"说人先于天时而行事，必能得到预计的效果。

⑯ 善继善述：善于继承遵循先人的思想行为。

⑰ "闻伯夷"句：伯夷，参见《书留侯传后》篇注⑤。柳下惠，即春秋鲁大夫展禽，字季。《孟子·万章下》称他"不羞污君，不辞小官，进不隐贤，必以其道，遗佚而不怨，厄穷而不悯"。孟子并说"闻伯夷之风者，顽夫廉，懦夫有立志"，"闻柳下惠之风者，鄙夫宽，薄夫敦"。

⑱ 观：作为示范。

⑲ 兴：兴起，感动奋发。《孟子·尽心下》说，伯夷、柳下惠之风，"奋乎百世之上，百世之下，闻者莫不兴起也"。

## 【题解】

这篇传记作于乾隆五十八年（1793）。内容很简单：惠色哀怜老朋友塞勒没儿子，把新生儿奇丰额给他做儿子，塞勒把儿子养大后，又还给了惠色；后来奇丰额中了进士，官做到巡抚，请求朝廷封赠了生父及义父。这样的事，在今天看来没有什么大不了，在当时却是很难能可贵的；尤其是皇帝打破陈规，破例答应了奇丰额的请求，这在臣民来说，照例是要大大歌颂一番的。但是，袁枚写这篇文章的目的，不仅仅是一般的歌颂。

袁枚退居随园以后，原先积蓄很有限，主要靠为人写文章及到大官那儿打抽丰过活，以此得到不少银子，死时竟聚有三万金之巨。奇丰额一到南京做官，袁枚很快就巴结上了他，二人诗酒赓和，随园所制精美点心也时时送上奇丰额的餐桌。二人关系，正如他在为奇丰额祝寿的诗序中所说："略形骸，忘贵贱，衣公之衣，眠公之榻，坐公之舟。"奇丰额有这么件值得歌颂的事，他自然大加赞赏。在本文中除了介绍事情经过，还加了段特别长的赞语，不失时机地进行吹捧。同时，他在《丽川中丞五十寿诗》中也如此说："一点丹心陈帝座，两家紫诰下云端。高风古谊千秋少，应作三贤合传看。"但全文赞而不谀，引经据典，亦以见作者为行文斫轮高手。

## 香山①同知彭君小传

　　君姓彭，讳鬶，字竹林。云南大理②府进士，选广东封川③县知县，调香山。乾隆四十九年春，余寓端州④，彭君来见，执弟子礼甚谨。其人秀羸⑤多能，宾宾然一学子也⑥。所著诗甚多，颇得唐贤神韵。别五年，音问亦不时接。忽一日，见访山中，帽曳孔雀翎⑦，襜襜⑧盛服而至。余惊问所由，方知立功海外，裁入觐归。

　　五十三年，海贼俶张⑨，有号平波大王者，率众为寇。福敬斋⑩公相总督广东，调水师营兵出海擒捕，饬香山令办军需，半年不获一盗。将弁无以自解，反造蜚语⑪，诬君供张⑫不周，器械朽钝。福公怒，召君入，厉声曰："汝踉跄⑬不任事，虽文官，我独不可以军法从事乎？"出诸武弁密揭⑭示之。君神色不变，但申明香山小邑，所办粮饷，业费三万余金。所以久而无功者，缘武弁退缩不能军之故。公相默然，颜稍和。公知兵事不可以口舌争也，即奋曰："鬶愿解任，亲往擒贼。"公相莞然⑮曰："汝孱弱书生，果临阵，得不被贼靴尖踢倒乎？"曰："鬶非手打贼也，乞公相赏精兵二百，听鬶指挥，必有以报。"公相许之。

　　君归署，捐俸支帑，造战船三只，料简⑯枪炮火药，赏赍糇粮，犁然⑰备具。著短后衣⑱，率健儿戎服出哨。诸武弁以为迂且妄，无不匿笑者。君祷天妃[19]庙乞风，舟中忘带鼓，即借庙中鼓声之，以壮军威。次日黎明，风果大顺。君径出海口，公相命诸武弁会剿，相遇海岛中。武弁摇手云："风虽顺，少顷即转，宜缓行。"或云："今日反支日[20]也，不利行师。"或云："海贼出入无定，须探明所在巢穴再往。"君毅然不听，饱餐士卒，扬帆竟行。

行百余里，遇盗船二只，发炮击之，杀十余人。贼久不见官兵，突出不意，惊乃遁去。君知数日内贼必聚众来，乃入岛，约武弁一齐出洋。众武弁亦媢[21]君之先得功也，唯唯听命。翼日，君见风顺雾消，开船出，果贼船八九只从上游来。初犹逡巡欲避，继见官兵少，乃持枪直犯。发炮击之，闭。君知贼以秽物相厌胜[22]也，杀黑犬取血衅[23]炮，炮果发。适大军亦至，击破贼船，贼尽落水。千百贼头，出没海面，如浮瓜然，反向官船号呼乞命。君命以铁钩拉起之，而以长绳汇缚之，累累然鱼贯者七百余人，解督辕请示。公相大悦，飞章入奏。奉旨彭鼒著赏五品顶带，送部引见，授湖南岳州[24]府同知。福公奏留办善后事宜，仍补琼州[25]同知，权知府事。

赞曰：古文武无分途，然郤縠[26]悦礼、乐，敦诗、书，左氏[27]以为美谈，几几乎有欲分之意。吾门下文士多，武功少。彭君亦文士而能立武功以张吾军，觉山林生色。终以文弱故，染烟瘴[28]亡，年裁及艾，为可悲也。犹记君在随园拜别，余厚钱之，赠币帛不受，赠胺脯[29]朡畜[30]不受，但乞昆山徐氏[31]《九经解》及他稗史，唐宋人文集，载满船而去。呜呼，此鸿览博物之张茂先[32]所以谥壮武哉!

## 【注释】

① 香山：今广东中山。按：香山在清为县，不设同知，此题当作"琼州同知"。

② 大理：今云南大理市。

③ 封川：县名，属广东肇庆府。今为封开县。

④ 端州：古地名，清名高要县，为肇庆府治所。乾隆四十九年（1784），袁枚至肇庆探望任知府的弟弟，在肇庆小住。

⑤ 秀羸：秀雅瘦弱。

⑥ "宾宾然"句：语出《庄子·德充符》："孔丘之于至人，其未邪，彼何宾宾以学子为？"《释文》云"宾宾"为"恭貌"。

⑦ 孔雀翎：清代官员的冠饰，有三眼、双眼、单眼之分，又称花翎。花翎一般只赏给贵族及大臣，立有军功的也赏戴花翎。

⑧ 襜（chān）襜：摇动貌。

⑨ 侜张：参见《九江府同知汪君传》篇注⑲。

⑩ 福敬斋：福康安，姓富察氏，字瑶林，号敬斋，满洲镶黄旗人。乾隆间从平金川，官将军。历官云贵、四川、两广总督，工、兵、吏部尚书，封贝子，图像紫光阁。嘉庆中督云贵，卒于军，谥文襄。

⑪ 蜚语：参见《经筵讲官兵部尚书彭公神道碑》篇注㊳。

⑫ 供张：参见《答陶观察问乞病书》篇注⑮。按：此指供

应军需。

⑬ 踶跂：同"踶跂"，局促、小器。

⑭ 密揭：私下投诉的文书。

⑮ 莞然：笑貌。

⑯ 料简：参见《九江府同知汪君传》篇注⑩。

⑰ 犁然：一一，逐样。

⑱ 短后衣：一种后幅短、便于动作的衣服，为古代军士服装。《庄子·说剑》："吾王所见剑士，皆蓬头突鬓垂冠，曼胡之缨，短后之衣。"

⑲ 天妃：传为福建湄州人，为海神，元至元中封天妃。闽广沿海多立庙祭祀。

⑳ 反支日：术数星命之说，以阴阳五行配合岁月日时，定日之吉凶。以月朔为正，如戌亥朔一日为支，申酉朔二日为反支，依此类推。反支日为凶日。

㉑ 媢：嫉妒。

㉒ 厌胜：古迷信，认为用讥咒及秽物，能压制对方，取得胜利。

㉓ 衅：涂抹。古人认为黑狗血能破除各种邪术。

㉔ 岳州：治所在今湖南岳阳市。

㉕ 琼州：府名，治所在今海南琼山市。

㉖ 郤縠（xì hú）：春秋时晋人，官中军元帅。赵衰说他悦礼乐而敦诗书，必知御兵之道。

㉗ 左氏：《左传》的作者左丘明。

㉘ 烟瘴：南方草木丛林因潮湿而郁结的瘴气。

㉙ 腶脯：加有姜桂的干肉脯。

㉚ 膎（xié）畜：熟食。

㉛ 昆山徐氏：徐乾学，字原一，号健庵，昆山人。康熙初进士，官至刑部尚书。编有《通志堂经解》。

㉜ 张茂先：晋张华，字茂先，范阳方城（今河北固安）人。官至司空。博学多闻，著有《博物志》。

## 【题解】

文章作于乾隆五十八年至六十年（1793—1795）间。

袁枚的碑文传奇，出名的是写达官贵人的部分，但从文学角度上来看，有价值的是为朋友所做的部分。前者是堂堂之阵，凛然不可犯，可直接采入史书；后者则如游武夷九曲，移步换形，令人应接不暇。同时，因为后者与袁枚都有交往，袁枚大多数不是为了润笔而作，所以更富有感情，取材及描写也活泼自然。

这篇小传的传主彭甃是袁枚的学生，所以袁枚在操笔时，打破常规，只叙述了他平定水寇一件事，但写得有声有色；通过人物性格的渲染及场景的描绘，塑造了一个临危不乱、见义勇为、智勇双全的儒将形象。文章用笔自如，即以细节来说，如起先描写彭甃的外形是一位秀弱的读书人，下面写他参战便出人意外，又与结末他以体弱去世作呼应，看似漫不经心，却反映了作者的经营匠心。

## 韩甥哀词

四妹①嫁韩氏,生儿曰执玉,丰颐平额,目朗朗照其坐人。五岁授《离骚》,辟呷诏之②,引吭转音,能与古作者意相上下。稍长,毕六经,学制艺③及诗,清思泉流,起止中度。《咏夏雨》云:"润回青簟色,凉逼采莲人。"督学窦公④奇之,选置上庠⑤。甥剪髦⑥,锦襜褕⑦,青袍,抱而骑,乡之人观者如堵墙,呼曰:韩童,韩童!先是,余以十二岁入泮宫⑧,甥如其年。钱塘父老有存者,指而叹曰:"昔吾见其舅如是,今见其甥如是,三十三年矣!"

嗟乎!余以早慧,故不能远到⑨。然亦入金门⑩,进玉堂,拥吏卒走数州。今且老,后无替人⑪。念甥质端厚,异日必恢弘其声光。故每诵甥文章,辄告老母,置酒上寿,庆外孙聪明。

今年秋,妹寄声来曰:"甥出闱⑫月余病死。气将绝,张目问阿妳曰:'举头望明月⑬,下句若何?'妳曰:'低头思故乡。'叹曰:'果然。'如是者再。呻吟憏呼⑭,喉嗑嗑响沉,瞑目逝矣。"余不解甥之所以生与其所以死,而尤哀其能类我也。为哀词曰:

羌余抱此千秋之绝业兮,恒独立而心瞿。得一贤为后起兮,将脱手而传诸。矧⑮宅相⑯之有此奇儿兮,真怀袖之明珠。乃玉方璞而遽毁兮,苗将秀而先枯。曰儿有故乡兮,乘明月而赋归欤⑰。行行何往兮？呜呼，呜呼！

## 【注释】

①四妹：名杼，字静宜，亦善吟咏。

②辟咡诏之：交谈时侧头避免口气触及对方。语出《礼记·曲礼》："负剑辟咡诏之，则掩口而对。"注："辟咡诏之，谓倾头与语。口旁曰咡。"

③制艺：参见《何南园诗序》篇注⑦。

④窦公：窦光鼐，字元调，山东诸城人。乾隆七年（1742）进士，历官编修、内阁学士。乾隆二十年督浙江学政，擢吏部侍郎。

⑤上庠：此指县里的学校。

⑥剪鬌（duǒ）：《广韵》："鬌，小儿剪发为鬌。"《礼记·内则》："三月之末，择日翦发为鬌。"注："鬌，所遗发也。"翦，同"剪"。

⑦襜褕：短衣。

⑧泮宫：泮为春秋时鲁国河名，僖公作宫于河边，称泮宫，饮酒于内，诗人作《泮水》，见《诗·鲁颂》。后以泮宫为学宫，称秀才入学为入泮。

⑨远到：有大的成就。《晋书·陶侃传》："尚书乐广欲会荆扬士人，武库令黄庆进侃于广，人或非之，庆曰：'此子终当远到，复何疑也。'"

⑩金门：金马门，参见《答陶观察问乞病书》篇注③。

⑪替人：接替的人。

⑫出闱：参加完考试。闱，指科举考场。

⑬"举头"句：李白《静夜思》诗句。

⑭懵呼：谓呼叫模糊不清。

⑮矧（shěn）：况且。

⑯宅相：《晋书·魏舒传》："（舒）少孤，为外家宁氏所养。宁氏起宅，相宅者曰：'当出贵甥。'……舒曰：'当为外氏成此宅相。'"后用作外甥的典故。

⑰"曰儿有故乡兮"二句：袁枚《子不语》亦记此事，谓其甥或为天仙投胎，今应召归去。赋归欤，回返。因陶渊明有《归去来兮辞》，后人遂称回家为赋归。

## 【题解】

这篇短文写于乾隆二十六年（1761）。袁枚一生最看重"情"字，兄妹间感情甚笃。他到六十多岁才生了个儿子，在儿子出生前，对几个外甥格外疼爱。在外甥中，他最喜欢的是韩执玉，其原因正如此文中所说，是因为"其能类我"。外甥似舅的典故出之于南朝宋刘牢之、何无忌，后世传为佳话。袁枚十二岁中秀才，二十岁荐应博学鸿词考试，这两件事是他生平最得意的事。如今，"外甥似舅"眼看将成事实，韩执玉也是十二岁中秀才，正沿着袁枚的生活轨迹发展；然而天命难测，遽然西归。因此，袁枚于其死特别伤感,想到自己满腹诗书,唯一可承继的人又离开人世,白发人送黑发人,悲不可遏,遂寄托于文字倾泻而出。

文章篇幅很短,只是略略介绍韩甥生平,重点是把韩甥与自己比照。与《祭妹文》比较,后者反复征引往事,此则三言二语,但都把自己悲怆沉痛的心情直截表达了出来。

## 祭　妹　文

乾隆丁亥①冬，葬三妹素文②于上元③之羊山，而奠以文曰：

呜呼！汝生于浙而葬于斯，离吾乡七百里矣。当时虽觭梦④幻想，宁知此为归骨所耶？汝以一念之贞，遇人⑤仳离⑥，致孤危托落⑦。虽命之所存，天实为之；然而累汝至此者，未尝非予之过也。予幼从先生授经，汝差肩⑧而坐，爱听古人节义事。一旦长成，遽躬蹈之。呜呼！使汝不识《诗》《书》，或未必艰贞若是。

余捉蟋蟀，汝奋臂出其间。岁寒虫僵，同临其穴。今予殓汝葬汝，而当日之情形，憬然赴目⑨。予九岁憩书斋，汝梳双髻披单缣⑩来，温《缁衣》⑪一章。适先生奓户⑫入，闻两童子音琅琅然，不觉莞尔⑬，连呼则则⑭。此七月望日⑮事也，汝在九原⑯，当分明记之。予弱冠粤行⑰，汝掎裳⑱悲恸。逾三年，予披宫锦⑲还家，汝从东厢扶案出，一家瞠视而笑，不记语从何起，大概说长安⑳登科，函使报信迟早云尔。凡此琐琐，虽为陈迹，然我一日未死，则一日不能忘。旧事填膺，思之凄梗，如影历历，逼取便逝，悔当时不将嫛婗㉑情状罗缕㉒纪存。然而汝已不在人间，则虽年光倒流，儿时可再，而亦无与为证印者矣。

汝之义绝高氏而归也，堂上阿奶㉓，仗汝扶持；家中文墨，眪㉔汝办治。尝谓女流中最少明经义、谙雅故者,汝嫂㉕非不婉嫕㉖,而于此微缺然。故自汝归后,虽为汝悲,实为予喜。予又长汝四岁,或人间长者先亡,可将身后托汝,而不谓汝之先予以去也。

前年予病,汝终宵刺探,减一分则喜,增一分则忧。后虽小差,犹尚殗殜㉗,无所娱遣。汝来床前,为说稗官野史可喜可愕之事,聊资一欢。呜呼!今而后吾将再病,教从何处呼汝耶?

汝之疾也,予信医言无害,远吊扬州。汝又虑戚吾心,阻人走报。及至绵惙㉘已极,阿奶问:"望兄归否?"强应曰:"诺。"已予先一日梦汝来诀㉙,心知不祥,飞舟渡江,果予以未时还家,而汝以辰时气绝。四支㉚犹温,一目未瞑,盖犹忍死待予也。呜呼,痛哉!早知诀汝,则予岂肯远游?即游,亦尚有几许心中言要汝知闻,共汝筹画也。而今已矣!除吾死外,当无见期。吾又不知何日死,可以见汝;而死后之有知无知,与得见不得见,又卒难明也。然则抱此无涯之憾,天乎人乎,而竟已乎?

汝之诗,吾已付梓;汝之女,吾已代嫁;汝之生平,吾已作传。惟汝之窀穸㉛,尚未谋耳。先茔㉜在杭,江广河深,势难归葬,故请母命,而宁㉝汝于斯,便祭扫也。其旁葬汝女阿印㉞,其下两冢,一为阿爷㉟侍者朱氏,一为阿兄侍者陶氏㊱。羊山旷渺,南望原隰㊲,西望栖霞㊳,风雨晨昏,羁魂有伴,当不孤寂。所怜者,吾自戊寅㊴年读汝《哭侄诗》㊵后,至今无男。两女牙牙,生汝死后,才周晬耳㊶。予虽亲在未敢言老㊷,而齿危发秃,暗里自知,知在人间,尚复几日?阿品㊸远官河南,亦无子女,九族无可继者。汝死我葬,我死谁埋?汝倘有灵,可能告我?

呜呼!身前既不可想,身后又不可知;哭汝既不闻汝言,奠汝又不见汝食。纸灰飞扬,朔风野大。阿兄归矣,犹屡屡回头望汝也。呜呼哀哉!呜呼哀哉!

## 【注释】

① 丁亥:乾隆三十二年(1767)。

② 素文:袁枚的三妹,名机,别号青琳居士。幼许如皋高氏。及长,高氏子顽劣无行,素文恪守从一而终的封建礼教,不听劝阻,与高氏子成婚。婚后备受折磨,袁父怒而讼之官,迎素文归,依母兄而居。卒于乾隆二十四年(1759),年四十。著有诗若干及手编《列女传》三卷。

③ 上元:县名,后并入江宁县,今属江苏南京市。

④ 觭(jī)梦:殷人占梦之法,据梦中所得以占梦。《周礼·春官·大卜》:"掌三梦之法:一曰致梦,二曰觭梦,三曰咸陟。"

⑤ 遇人:此指嫁人。

⑥ 佌离:离别。《诗·王风·中谷有蓷》有"有女佌离,嘅其叹矣"句,后因专用以指女子遭离弃。

⑦ 托落：同"落托""落拓"，穷困失意，零落无依。

⑧ 差肩：挨着肩。

⑨ 憬然：觉晓。憬然赴目，言出现在眼前、依然历历在目。

⑩ 縑：细绢。

⑪《缁衣》：参见《与蒋苕生书》篇注⑨。

⑫ 奓（zhà）户：开门。词出《庄子·知北游》："神农隐几阖户昼瞑，妸荷甘日中奓户而入。"

⑬ 莞尔：微笑貌。词出《论语·阳货》："夫子莞尔而笑。"此即代指微笑。

⑭ 则则：感叹声。

⑮ 望日：十五日。

⑯ 九原：参见《童二树诗序》篇注㉖。

⑰ 弱冠粤行：弱冠，指二十岁。袁枚二十岁探叔父于广西桂林。

⑱ 掎（jǐ）裳：牵衣服。

⑲ 宫锦：唐人进士登第后，披宫锦袍，赐宴。袁枚于乾隆三年（1738）登进士第，旋告假归娶。

⑳ 长安：唐首都，即今陕西西安市。后常用作都城的代称。

㉑ 婴婗：参见《先妣章太孺人行状》篇注㉙。按：此处指儿时、少时。

㉒ 罗缕：详细而有条理。

㉓ 阿妳：参见《先妣章太孺人行状》篇注㊳。

㉔ 眕：参见《厨者王小余传》篇注⑮。

㉕ 汝嫂：袁枚指自己妻子。

㉖ 婉㜤（yì）：柔顺。词出张华《女史箴》："婉㜤淑慎，正位居室。"

㉗ 殗殜：参见《童二树诗序》篇注⑦。

㉘ 绵惙：病危。

㉙ 梦汝来诀：袁枚《哭三妹五十韵》诗云："魂孤通梦速，江阔送终迟。"注："得信前一夕，梦与妹如平生欢。"

㉚ 支：通"肢"。

㉛ 窀穸（zhūn xī）：墓穴，长埋为窀，长夜为穸。《左传·襄公十三年》"唯是春秋窀穸之事"，疏："夜不复明，死不复生，故长夜谓葬埋也。"

㉜ 先茔：祖墓。

㉝ 宁：此指安葬。

㉞ 阿印：据袁枚《女弟素文传》，阿印生而哑，素文教而能书。

㉟ 阿爷：袁枚父袁滨。

㊱ 陶氏：袁枚侍姬，卒于乾隆二十年（1755）。

㊲ 原隰（xí）：高平曰原，低湿曰隰。

㊳ 栖霞：山名，在南京市东北。一名摄山，有栖霞寺等名胜古迹。

㊴ 戊寅：乾隆二十三年（1758）。

⑩《哭侄诗》：侄指袁枚妾陆氏所生子，半日即殇。素文诗稿附入《随园六十种》，中有《阿兄得子不举》诗。

㊶ 周晬（zuì）：周岁。

㊷ 亲在未敢言老：语出《礼记·坊记》："子云：父母在，不称老。"

㊸ 阿品：参见《先妣章太孺人行状》篇注㉗。按：袁树时官河南正阳县令。

## 【题解】

素文与袁枚感情甚笃，素文一生不幸，又早弃人世，袁枚哀悼感慨不已，作了《哭三妹五十韵》长诗与《女弟素文传》，又作了这篇祭文。祭文层次分明，先叙祭奠时、地，次忆往事；再叙病状及先梦永诀之情，最后写祭奠的情况，沉浸在一片惋惜悲恸之中，字字成泪，句句化血。其中追忆童年及往事一段，虽是琐碎细事，不加雕饰，而自然感人；每叙一事总是停顿数语，插之以吁嘘感伤，用语无所拘忌，笔随意流，从而使一片真情，纯从至真至诚中流出。王文濡《清文评注读本》评云："昌黎（韩愈）《祭十二郎文》、欧阳（欧阳修）《泷冈阡表》皆古今有数文字，得此乃鼎足而三。"其为前人推重如此。

评家又往往将本文与明代归有光的《先妣事略》相提并论，然将两文对读，归文庄重，袁文流转，风格迥异。林语堂在《论小品文笔调》中说："两种文体传情达意之力量相去有如霄壤之别。归所叙为其先妣事略,为他人之先妣事略亦未尝不可;惟袁子才之祭妹则断断非袁妹不可。归有光那样矜持,无论文胜于情,即使情胜于文,亦客观之情而已,何能如子才放声大哭,一字一泪乎?"

# 五 杂记

几个传人占古今,
浮云何处问升沉。

《春日偶吟》

# 书 鲁 亮 侪[①]

己未[②]冬，余谒孙文定公[③]于保定[④]制府[⑤]。坐甫定，阍[⑥]启："清河道[⑦]鲁之裕白事。"余避东厢，窥伟丈夫年七十许，高眶大颡[⑧]，白须彪彪然[⑨]，口析水利数万言。心异之，不能忘。

后二十年，鲁公卒已久，予奠于白下[⑩]沈氏，纵论至于鲁。坐客葛闻桥[⑪]先生曰：鲁字亮侪，奇男子也。田文镜[⑫]督河南严，提、镇、司、道[⑬]以下，受署[⑭]惟谨，无游目[⑮]视者。鲁劾力麾下。

一日，命摘中牟李令印[⑯]，即摄[⑰]中牟。鲁为微行[⑱]，大布[⑲]之衣，草冠，骑驴入境。父老数百扶而道苦[⑳]之，再拜问讯，曰："闻有鲁公来代吾令，客在开封[㉑]，知否？"鲁谩曰："若问云何？"曰："吾令贤，不忍其去故也。"又数里，见儒衣冠者簇簇然，谋曰："好官去可惜。伺鲁公来，盍诉之？"或摇手曰："咄！田督有令，虽十鲁公奚能为？且鲁方取其官而代之，宁肯舍己从人耶？"鲁心敬之而无言。

至县，见李貌温温[㉒]奇雅，揖鲁入曰："印待公久矣。"鲁拱手曰："观公状貌被服，非豪纵[㉓]者，且贤称噪于士民，甫下车[㉔]而库亏，何耶？"李曰："某滇南[㉕]万里外人也。别母游京师十年，得中牟，借俸迎母。母至被劾，命也。"言未毕，泣。鲁曰：

"吾喝㉖甚,具汤浴我。"径诣别室,且浴且思,意不能无动。良久,击盆水,誓曰:"依凡㉗而行者,非夫也。"具衣冠辞李。李大惊,曰:"公何之?"曰:"之省。"与之印,不受。强之曰:"毋累公。"鲁掷印铿然,厉声曰:"君非知鲁亮侪者!"竟怒马驰去。合邑士民焚香送之。

至省,先谒两司㉘,告之故。皆曰:"汝病丧心耶?以若所为,他督抚犹不可,况田公耶?"明早诣辕㉙,则两司先在,名纸未投,合辕传呼鲁令入。田公南向坐,面铁色,盛气迎之,旁列司、道下文武十余人,睨㉚鲁曰:"汝不理县事而来,何也?"曰:"有所启。"曰:"印何在?"曰:"在中牟。"曰:"交何人?"曰:"李令。"田公干笑。左右顾曰:"天下摘印者宁有是耶?"皆曰:"无之。"两司起立谢曰:"某等教敕亡素㉛,致有狂悖㉜之员。请公并劾鲁,付某等严讯朋党情弊,以惩余官。"鲁免冠前叩首,大言曰:"固也。待裕言之。裕一寒士,以求官故来河南,得官中牟,喜甚,恨不连夜排衙㉝视事。不意入境时,李令之民心如是,士心如是;见其人,知亏帑㉞又如是。若明公已知其然,而令裕往,裕沽名誉,空手归,裕之罪也;若明公未知其然而令裕往,裕归陈明,请公意旨,庶不负大君子爱才之心与圣上孝治天下之意。公若以为无可哀怜,则裕再往取印未迟。不然,公辕外官数十,皆求印不得者也,裕何人,敢逆公意耶?"田公默然,两司目之退。

鲁不谢,走出,至屋霤㉟外,田公变色㊱,下阶呼曰:"来!"

鲁入跪，又招曰："前！"取所戴珊瑚冠㊲覆鲁头，叹曰："奇男子！此冠宜汝戴也。微汝㊳，吾几误劾贤员。但疏去矣，奈何？"鲁曰："几日？"曰："五日，快马不能追也。"鲁曰："公有恩，裕能追之。裕少时能日行三百里，公果欲追疏，请赐契箭㊴一枝以为信。"公许之，遂行。五日而疏还，中牟令竟无恙。以此，鲁名闻天下。

先是，亮侪父某为广东提督，与三藩㊵要盟㊶，亮侪年七岁，为质子㊷于吴。吴王坐朝，亮侪黄袂衫㊸，戴貂蝉㊹侍侧。年少豪甚，读书毕，日与吴王帐下健儿学嬴越勾卒、掷涂、赌跳之法㊺，故武艺尤绝人云。

## 【注释】

①鲁亮侪：名之裕，湖北麻城人。康熙举人，官至直隶清河道，署布政使。

②己未：乾隆四年（1739）。

③孙文定公：孙嘉淦，字锡公，号懿斋，山西太原人。康熙进士，乾隆中官直隶总督、吏部尚书、协办大学士。卒谥文定。

④保定：府名，治所在今河北保定市。

⑤制府：清总督别称制军，故称总督府为制府。保定为直隶总督驻地。

⑥阍：看门人。

⑦ 清河道：道名，辖今河北正定、保定等地，兼管河务。此代指清河道道员。

⑧ 颡（sǎng）：额。

⑨ 彪彪然：精神焕发貌。

⑩ 白下：参见《与蒋苕生书》篇注㊳。

⑪ 葛闻桥：不详。

⑫ 田文镜：初为汉军正蓝旗人，后奉旨改入正黄旗。康熙年间任福建长乐县县丞，雍正年间先后官至河南山东总督，加兵部尚书、太子太保。在任期间，惩贪除暴，不避嫌怨，但过于苛刻搜求，务以严厉相尚，河南民众深恨之。雍正十年（1732）卒，谥端肃。

⑬ 提、镇、司、道：指总督属下官员。提，提督，一省的军事长官。镇，总兵，管一镇军务。司：布政司、按察司、提学司。道，省以下行政机构，设道员。

⑭ 受署：受命。

⑮ 游目：随意观看。此形容恭敬小心的样子。

⑯ 摘中牟李令印：收缴中牟李县令的官印，即将其罢免。中牟，县名，今河南省中牟县。

⑰ 摄：兼、代。此指代理。

⑱ 微行：隐匿身份，易服出行。

⑲ 大布：粗布。

⑳ 道苦：问候路途辛苦。

㉑ 开封：府名，治所在今河南省开封市。清河南总督驻开封。

㉒ 温温：温文、温和貌。

㉓ 豪纵：豪奢放纵。

㉔ 下车：《礼记·乐记》："武王克殷反商，未及下车而封黄帝之后于蓟。"后称初即位或到任为下车。

㉕ 滇南：参见《经筵讲官兵部尚书彭公神道碑》篇注 ⑳。

㉖ 暍（yē）：中暑，此指热。

㉗ 依凡：照常规办事。

㉘ 两司：布政司、按察司。

㉙ 辕：辕门，此指总督衙门。

㉚ 睨（nì）：斜视，表示轻蔑。

㉛ 教敕亡素：平时没有教诫好。

㉜ 狂悖：狂妄违逆。

㉝ 排衙：官员陈设仪仗，使僚属依次谒见。

㉞ 帑（tǎng）：库金。

㉟ 霤：屋檐滴水之处。

㊱ 变色：此针对前"面铁色"而言。指脸色转好。

㊲ 珊瑚冠：清总督帽饰以雕花珊瑚作顶。

㊳ 微汝：没有你。

㊴ 契箭：令箭。

㊵ 三藩：清初，封吴三桂为平西王，守云南；尚可喜为平

南王,守广东;耿继茂为靖南王,守福建,称"三藩"。康熙十二年(1673),清廷下令撤藩,吴三桂与耿继茂之子耿精忠、尚可喜之子尚之信相继叛,被清兵陆续击败。

㊶ 要盟:以势力逼迫结盟。

㊷ 质子:以儿子为人质。

㊸ 袷衫:夹衣,有面有里的双层衣服。

㊹ 貂蝉:以貂尾和附蝉为饰的冠。

㊺ 嬴越勾卒、掷涂、赌跳之法:指各项军事知识、武艺。嬴越,嬴指秦国,嬴姓;越,越国。勾卒,春秋时军阵名。掷涂、赌跳,《资治通鉴·齐纪》载齐明帝好于隧中"掷涂、赌跳"。注云:"涂,泥也。以涂泥相掷为乐也。跳,跃也。赌跳者,以跳跃高出者为胜。"

## 【题解】

文约作于乾隆二十四年(1759)。

鲁亮侪为人忠介耿直,急于赴难。本文只是举他在田文镜幕下受命摘中牟县令印一件事进行描述,绘影绘声地写他入中牟时的沉着与思虑,见田文镜复命时的慷慨大胆。全文以人物为中心,注重场景烘托。在节奏上忽而如黄河决堤,一泻而下;忽而又一波三折,纡徐委婉,读之回肠荡气,心骇神往,不由人不想到《史记》中"鸿门宴""荆轲刺秦王"等精彩片段。

记人写事的文章,有直入主题的,如韩愈大多数作品;也有由旁叙而入的，欧阳修最喜这类写法。袁枚本文即由旁而入，先写对鲁亮侪的第一印象，由"心异之，不能忘"作悬念，然后通过他人所述，犹如乐府"代言体"，记叙其生平。具体用笔又采取倒叙的手法，先写鲁亮侪的老年，再写中年，最后写少年。而前后两段都与文章的中心"摘印"密切关联。在写主要人物时，以两司以下官吏的畏葸阿谀作衬托，使得主要人物更为高大完美。这种写法，又与《左传》《史记》一脉相承。

## 书 潘 荆 山

潘荆山讳兆，吾浙孝廉也。静深有谋，浙闽总督①满保②辟入幕府。

康熙五十四年③，台湾反，以立朱一贵④为名。朱，农家子，幼养鸭为业，每叱鸭，鸭皆成伍，路不乱行，乡人异之。游民之无赖者倡为乱，拥一贵据南路，杀守备⑤及官兵二百，总兵欧阳凯⑥、副将⑦许云⑧讨贼战死，台湾陷。

事闻，省城⑨大震。时漏下二鼓，满公不知所为，登荆山床为诀，哭声呜呜。荆山披衣起，笑曰："公止哭，贼即平矣。台湾贼皆乌合，何能为？第兵机贵速，须尽此夜了之。"公曰："如何？"曰："公持印，荆山持笔，两侍儿供纸墨，群奴张灯听遣，足矣。"如其言，书一牒下中军⑩曰："发两标⑪兵各千，五鼓集辕，旌旗、器械、战船缺者斩。"一牒下司、道曰："运粮若干，集厦门⑫听取，误者军法从事。"一牒下府、县曰："明早部院出兵，送者斩。各吏民安堵⑬毋动。"荆山每书牒，笔飒飒如风雨。毕一纸，请公加印，印毕即发。未三鼓而部署定。荆山复解衣卧，哈台⑭大鼾。黎明拔营，行两日至厦门。

时承平日久，兵不善橹桨，公忧之。荆山下令传呼曰："凡海贾船能捐货载兵者，与五品官。"有一贾奋前，即襫守备蟒服⑮与之。继来者分给牌札⑯、豹矛绣补⑰。众贾大喜，争自棹船，船衔尾布列，兵依队而上，不敢哗，甲光耀日。五日抵鹿耳门⑱，贼大怖，以为神兵从天而下，骇散无斗者，互相攻杀。守红毛城⑲仅十六人，诛之。进剿竹箐城⑳，禽朱一贯，槛车㉑送京师。兵不血刃，粮不支给，凡七日而台湾平。

满公欲奏荆山功。荆山辞曰："某性懒，非能吏事者也。贼平，仗国家威灵，不可贪天功，袭人爵㉒，请事公终其身。"

满公卒，潘复佐浙督李公卫㉓，以名闻。

# 【注释】

①浙闽总督：辖今浙江、福建二省，康熙时驻福州（今福州市）。

②满保：字九如，一字凫山，觉罗氏，满洲正黄旗人。康熙三十三年（1694）进士。历官侍讲、祭酒，以礼部侍郎外任福建巡抚、浙闽总督。以平台录功加兵部尚书。

③康熙五十四年：公元1715年。按：此记朱一贵起事年有误。

④朱一贵：明末福建长泰人。其先明亡后居台湾，以养鸭为业。清康熙六十年（1721）夏初，联络黄殿、李勇、吴外等人率众起义抗清，各地纷纷响应，占领整个台湾，称中兴王，建元永和。是年6月，清廷派兵自闽、浙渡海镇压，起义军失败，朱一贵被俘，押解至北京被杀。

⑤ 守备：一城之守将，位在都司下。

⑥ 欧阳凯：福建漳浦人，官台湾总兵。以死事赠太子少保。

⑦ 副将：与总兵同为提督属下，总兵管镇，副将管协。

⑧ 许云：字复旦，福建人。康熙五十七年（1718）任台湾水师协副将，死于战事。

⑨ 省城：指今福州市，为布政、巡抚等省机关驻地。当时台湾隶属于福建。

⑩ 中军：古代行军以中军为发号施令的地方，主将亲自带领。清代督、抚、提、镇等带兵官部下首领也称中军。

⑪ 标：清兵制，以三营为一标，以标统领之。

⑫ 厦门：岛名，一名嘉禾屿、鹭屿，清设厅，即今福建厦门市。

⑬ 安堵：安居，安定。《史记·田单传》："愿无虏掠吾族家妻妾，令安堵。"

⑭ 哈台：参见《范西屏墓志铭》篇注⑦。

⑮ 蟒服：清代官员的服装，颜色为蓝色或石青，以金线绣蟒，蟒数自八至五，依官品数依次递降。

⑯ 牌札：记功的牌子。

⑰ 豹豸绣补：清官员于服装前后心缀有图之绣像徽识，称补子。各品所绣不同，文官绣鸟，武官绣兽。豹为三品武官绣补，此处记录当有误。

⑱ 鹿耳门：在今台湾鹿港，形如鹿耳，旧时为交通要道，

清筑有炮台。

⑲红毛城：红毛楼，在今台南城内镇北坊，荷兰人建。

⑳竹篙城：指义军用毛竹构建的营寨。

㉑槛车：囚禁犯人的有栅栏的车。

㉒人爵：爵位。《孟子·告子上》："仁义忠信，乐善不倦，此天爵也；公卿大夫，此人爵也。"

㉓李公卫：李卫，字又玠，安徽铜山（今江苏徐州）人。雍正中历官浙江巡抚、总督，直隶总督，卒谥敏达。

## 【题解】

康熙末，台湾知府王珍税敛苛虐，滥捕结会及伐山者二百余人，处以极刑。台湾百姓极为愤慨，凤山县民黄殿等揭竿而起，奉朱一贵起兵，称朱一贵为明宗室后裔，以号召百姓。起义军发展很快，仅用了七天就占领了全岛，东南沿海大震。这篇文章记的是潘荆山力挽危局，助满保在短期内剿灭起义军的经过。

文章先介绍事件缘起，再写朱一贵义军的气势与情况的危急，总督满保束手无策。经过这番渲染，然后让潘荆山登场，写他临危不乱，胸有成竹，从容调度，与满保成为鲜明对比。下一节又通过募商船一事写他的机智多谋。最后以省笔写读者意料之中的胜利。叙事井井有条，直截明净。朱一贵起兵与失败都在很短的时间内发生，所以袁枚通篇文章把握着一个"快"字，尤其是写潘荆山调兵事，文笔更显得淋漓飞舞。民国年刊《清文评注读本》评云:"临变而措置裕如,荆山自是干才。文写得有声有色,不拘拘于法而法自合。世有讥先生文近小说家言者,蜉蝣撼树,多见其不自量也。"洵为的论。

## 李敏达公逸事

康熙末，各省钱粮多亏，世宗诏清查，天下震慑。公总督浙江，闻之，诣内幕问策，皆瞠①不语。公曰："不请朝臣来，天子弗信，朝臣至而督抚无权，事败矣。宜速缮一疏，极言浙省废弛久，诚得内大臣督治甚善。但内臣初至，未得要领②，臣身任地方，需臣协理，事裁办。"疏成驰奏，即诈称生日，开筵受贺，浙中七十二州县无不糜至③者，公张灯陈百戏④，止而觞之，召诸州、县至密室，语曰："清查使至矣。汝库亏，丝毫勿欺我，我能救汝。否者发露被诛，勿我怨。"皆泣谢曰："如公教。"归皆核册密呈，其无亏者具状上。

亡何奏下，许公协理。清查大臣户部尚书彭维新⑤实来，先至江南。江南督抚不敢阑语⑥，一听彭所为。彭天资险鸷⑦，钩考⑧烦密，民吏不堪，州县拟流斩监追⑨者无算。

毕，到浙，气骄甚。公迎见，即持朱批示之曰："朝廷许卫与闻，公勿如江南办也。"彭气沮，稍稍礼下于公。公置酒宴彭，半巡，执杯叹曰："凡共事者未有不争者也。某性粗，好与人角，屡蒙上诲。今誓与公无争而后可，但不知如何而后可以无争？"彭曰："分县而办，何如？"公曰："善。"呼侍者书州县名若干，揉小纸如豆，髹盘盛，与彭起分拈之，暗有徽记，彭不知也。其亏者归公，其无所亏者归彭。

彭刻苦辜较⑩，手握算⑪至胼⑫起，卒无所得。而公密将赃罚闲款、盐课赢余私摊抵矣。故使人问曰："有亏否，何如？"彭曰："无之。"彭问公，公阳为喜出意外者而应曰："亦无有也。"遂两人同奏浙省无亏。

世宗大悦，语人曰："他人闻清查多忧愁，独李卫敢张灯宴，彼教督有素，自信故也。"晋秩太子太保，赏赐无算，各官俱加一级。江南之人，望如天上。

河东总督田文镜柄用时，忌公，暗劾公，上不为动。田惧，转来结纳。伺公居太夫人丧，遣人以厚赗⑬吊。公骂曰："吾母虽馁，不饮小人一勺水也！"麾使者于大门之外，而投其名纸于溷中。

然性极服善。一日坐堂上，命吏胥田芳作奏，请封五代。田不可，曰："封典止三代，无五代。芳不能作此奏。"固命之，对如前。公大怒，骂曰："畜产！例自我创，何干汝而逆我？"田遽起立，勃然曰："公大误！公怙天子一时宠，忘王章。芳故晓公，公当谢芳，乃辱及其亲，何也？且公为人子孙，封三代而犹未足；芳亦人子孙，未封一代，而公以畜产宠秩⑭之，何用心逆人道耶？芳殊不服！芳殊不服！"公素负气，忽公堂为吏所折窘，不知所为，强复怒曰："便是我误，汝不服奈何？"曰："公，大人也；芳，小吏也。岂特公詈芳，芳无如公何，即公杖死芳，芳亦无如公何。所可惜者，大人之威能申于小吏，而小吏之理殊直于大人耳。"言毕竟走出。公默然，顾左右乱以他语而罢。

是晚，召芳。芳疑公蓄怒，将阴祸之，入，色如土。公握其手，笑曰："汝有胆识而辱为吏，可惜！吾贷汝千二百金纳县丞⑮，他日事上官，亦以直道行之。"田泣谢。得富平⑯县丞，迁凤翔⑰令，以贤闻。

傅卓园者名魁，公标下卒也。少无赖，以材武⑱入勇健营。涿州⑲大盗李自洪力敌千人，匿大邵村牛四家。公命卓园往擒。卓园请标下李昌明及韩景琦俱。公笑曰："汝往，能擒此贼。昌明往，非昌明杀贼，即贼杀昌明；韩景琦往，必误乃公事。不信，如汝意试之。"

卓园夜至牛村，自洪方谋劫冉贡生家，未发。卓园破门入，昌明舞双锤先登，贼暗中斫之伤，大呼仆地。卓园继进，门小，器无所施，弃其戟，手掐贼阴而曳之，小肠出矣。贼抱卓园，刃其背万千。幸衷甲⑳不死，然骨入者寸许。卓园绕贼肠于臂至三匝，贼犹能运刀。韩景琦急来助，昏黑不辨，捧傅足以为贼也，而缚焉。傅自念受两人敌必败，不得已逆而踆之㉑，绳三重皆断，韩仆出数步外。天渐明，三人共缚盗献之辕，公大笑曰："吾所料何如？"

盗且死，顾行刑者曰："吾为盗三十年，杀人如草，官兵屡捕，无敢格斗。今擒我者，壮士也。愿一见而死。"或指卓园，盗运目久之，叹曰："我久当死，死于足下，值矣。我所遗宝刀，知足下来，哀鸣三日，宜赠子佩之。我死，不悔为盗，悔不知天下之尚有人也。"

## 【注释】

① 瞠：瞠目，干瞪眼。

② 要领：腰与颈，喻事物的关键、重点，主要情况。《史记·大宛列传》："骞从月氏至大夏，竟不能得月氏要领。"

③ 麇（qún）至：成群而来。

④ 百戏：古散乐杂技，如扛鼎、吞刀、爬竿、履火、耍龙灯之类。

⑤ 彭维新：字肇周，湖南茶陵人。康熙四十五年（1706）进士，历官检讨、谕德，官至兵部、户部尚书。

⑥ 阑语：擅自说话。

⑦ 险鸷（lì）：阴险狠戾。

⑧ 钩考：参见《九江府同知汪君传》篇注㉚。

⑨ 流斩监追：皆刑罚名。流指流放，斩为杀头，监即监禁，追为追比。

⑩ 辜较：本意为垄断、剥夺之意，这里指盘算较核。

⑪ 算：筹子。

⑫ 胼（pián）：手掌脚底生的老茧。

⑬ 赙（fù）：以财物助丧事。

⑭ 宠秩：宠爱而授以官秩。《左传·昭公八年》："子旗曰：'子胡然？彼孺子也，吾诲之，犹惧其不济，吾又宠秩之，其若先人何？'"这里是田芳怒极而故意说反话。

⑮ 县丞：清于各县设丞，为县令的副职。

⑯ 富平：县名，今陕西富平。

⑰ 凤翔：县名，今陕西凤翔。

⑱ 材武：有材力而又勇武。

⑲ 涿州：州名，治所在今河北涿州市。

⑳ 衷甲：衣服里边穿着铁甲。

㉑ 逆而踆（cún）之：用脚向下蹬。语出《公羊传·宣公六年》："蒉亦蹐阶而从之，祁弥明逆而踆之。"

## 【题解】

这篇文章记载了康熙、雍正年间著名能臣李卫的三件播在人口的逸事。

袁枚曾在翰林院供职，一生引以为自豪，故所撰记传，常自称"太史氏""旧史氏"。他的记传虽然步武《史记》，但也注意到《史记》虚构的地方太多，在取材时很谨慎。李卫卒后，袁枚曾为他撰《直隶总督兵部尚书李敏达公传》，以堂正光大的语言，历述他的功勋建树；而一些带有传奇色彩的逸事，则在此文中集中描写，以见史传的严肃性。

袁枚的散文，除抒情外，尤长于记事。缕析条述，侃侃而谈，在场景的渲染、人物的性格描述上引人入胜，有很强的感染力。这篇文章也不例外。全文所记三事，充分反映了李卫的机敏大度、料事如神；然客观上也暴露了这个所谓一朝能员的奸诈本质，揭示了官场的腐败黑暗。

## 稗　　事

　　田文镜总督河东①，以不喜科目闻。王士俊②宰祥符③，谒田。田问出身，王眉蹙口涩，若为万不得已者而对曰："士俊不肖，某科翰林也。"田以为测已，愈恶之，每见嗔喝，吹毛索瘢④。王忧懑⑤不食。

　　幕府客裘香山，高士也。被酒⑥大言曰："制军有意相督过，将早晚劾公。公去无名，可惜；不如择一有名事去。"问："何事？"曰："今新增河南麤⑦地税，民不能堪。公以状启田，田必据此劾公。公虽去，公名传矣。曷若萎腰⑧授印，低头出衙乎？"王深然之，缮稿数千言，通牒大府⑨。

　　布政使杨文乾⑩心嗛田所为，而屈于势不能言。忽得王牒，惊曰："此何时，尚有奇男子耶？"呼僮焚香，供牒再拜。迟明，田果具疏劾王。杨佯助田怒，谩曰："狡哉王令！知公憎之，故借此求名。若据彼牒劾奏，是落伊度内也。且罪止罢官，不如姑舍是而别摘他罪中之，使转身不得。"田领之。王感杨恩，私誓如父子然。

　　亡何，天子擢杨巡抚广东，士俊送出境，悲不能自止。杨亦泫然曰："事未可知，何忍遽别？姑行一驿乎？"既又留之曰："事未可知，姑再一驿乎？"王自度无全理，惘惘⑪相随。忽见北来飞骑捧黄封⑫受杨。杨下舆北向九叩首，招王曰："我乞汝同往广东，天子许以府道用矣。速归办装可也。"

王至广东，授肇高廉道⑬，寻擢布政使。田文镜卒，竟督河东，代其位。

## 【注释】

①河东：河南、山东的合称。

②王士俊：字灼三，号犀川，贵州平越（今福泉）人。康熙六十年（1721）进士，历任许州知州、广东布政使、河东总督兼河南巡抚。

③祥符：县名，今属河南省开封市。

④吹毛索瘢：意同"吹毛求疵"，比喻故意挑剔。瘢，疤痕。

⑤忧懑：愁闷。《汉书·石显传》："显与妻子徙归故郡，忧满不食，道病死。"满，同"懑"。

⑥被酒：中酒，酒后。

⑦𪉸（jiǎn）：同"碱"。𪉸地，即盐碱地。

⑧萎腇（něi）：软弱。

⑨大府：参见《九江府同知汪君传》篇注⑯。

⑩杨文乾：字元统，号霖宰，汉军正白旗人。康熙末任陕西榆林道，雍正时历官河南布政使、广东巡抚。

⑪惘惘：失意落魄，不知所以。

⑫ 黄封：皇帝的圣旨、诰谕等以黄色绫绢封裹，故以之代指圣旨、诰谕。

⑬ 高廉道：治今广东茂名、湛江一带。此指任高廉道员。

## 【题解】

这篇文章原题《稗事二则》，这里选的是第二则。

文章记载王士俊因祸得福的故事，一方面暴露了田文镜的怙恶不悛、势焰熏天，另一方面也刻绘了王士俊进退两难、忧惧相间的矛盾状态。全文在叙事上深得波折抑扬之法。先写王士俊因拍马屁不当而得罪田文镜，因而"忧懑不食"，文势一起；再写他上疏求去反得平安，文势一落；接写知己上司杨文乾调任，王士俊复入险境，悲不能止，文势又一起；再写杨文乾奏准朝廷，挈王士俊同赴广东，王士俊从此脱离牢笼，官运亨通，文势又一落。这样的大起大落，使情节处处扣人心弦，出人意表。这种以唐人传奇法写名人逸事，正是袁枚记传文一大特色。

将遭上司弹劾，反先上疏弹劾上司，以求直名，借此避祸去官，便于将来起用，本是官场一大机窍，故幕客以此劝王士俊。杨文乾以忠直著称，因而王士俊才能侥幸因祸得福。官场之尔虞我诈，从此可见一斑。

# 书 马 僧

　　江宁严星标馨、常熟徐芝仙兰,皆以耆士在陕督年羹尧①幕府。雍正元年②,青海酋罗卜藏丹津③不顺,宪皇帝④授年为抚远大将军,四川提督岳钟琪⑤为奋威将军,率兵讨之。功成,年以徐、严二叟年衰,赠金币送归。

　　宿蒲州⑥,有两骑客来,状虓猛⑦,所肩⑧行李担铁也。天明行,晚复来宿,心悸之,卒无如何。又客馆逢二僧,皆猥黠⑨少年。二叟目之,一僧吴语云:"谁无眷属,何看为?"始知其一为尼,急乱以他语,出,不敢按站,行十余里即宿。

　　僧来排闼⑩,踞上坐,扬其目而视之曰:"我疑若书生也,乃亦盗耶?橐内赤金二千,从何来?"二叟骇曰:"天下财必为盗而后得耶?朋友赠何妨!"僧曰:"若然,二君必年大将军客也。"曰:"然。"曰:"几杀好人。"起挟女尼走东厢,酌酒饮,倚而歌,听之秦声也。

　　抵暮,两骑客亦来,解鞍宿西舍。庭月大明,二叟闭门卧。僧独步檐处,啧啧曰:"好马,好马!"亡何,两骑客去。僧闯然⑪叩门,严馨,挺身出曰:"事至此,尚何言?行李头颅,都可将去。但有所请于和尚。"指芝仙曰:"此吾老友,七十无儿。杀之耶?释之耶?"僧笑曰:"我不杀汝,先去之两骑客,乃杀汝者也。"诘其故，曰："凡绿林豪测客囊，皆视马蹄尘，金银铜分量，望尘了然。两盗雏耳，虽相伺而眼眯[12]，误赤金为钱镪[13]，故不直一下手。然非我在此，二君殆矣。"

问僧何来，曰："余亦从年大将军处来也。公等知将军平青海是谁助之功耶？余故吴人，少无赖好勇，被仇诬作太湖盗[14]，不得已逃塞外，随蒙古健儿盗马，久，性遂爱马。亡何，见岳公钟琪所乘彪彪然名马也，夜跳匽厥中，将牵革缰。未三鼓，公起亲饲马，四家僮秉灯至，余不能隐，被擒。公上下视，问：'行刺者乎？盗马者乎？'曰：'盗马。'问：'白日阑入[15]者乎？夜逾墙者乎？'曰：'逾墙。'公微瞠，若有所思。秣马讫，命随入室，案上酒殽横列。公饮巨觥，而以一盏见赐。随解衣卧，大鼾。迟明，公起盥沐毕，唤盗马人同往大将军府，公先入。良久，闻军门传呼曰：'岳将军从者某，赏守备衔，效力辕下。'岳旋出，上马顾曰：'壮士努力，将相宁有种耶[16]？'亡何，余醉与材官[17]角斗，将军怒，赐杖。甫解袴，岳公至，曰：'我将征西藏，为汝乞免，汝从我行。'时雍正二年二月八日也。

"公命侍卫达鼐、西宁总兵黄喜林[18]各领兵先，自领五百人为一队，约某日会于青海界之日月山[19]。至期天暮，公立营门，谕二领队曰：'此行非征西藏也。青海酋罗卜藏，久稽天诛。昨其母与丹津、红台吉[20]二酋密函乞降，机不可失。'手珠宝一囊、金二饼，顾余曰：'先遣汝召贼母来。贼有城甚高，非善逾者不入。贼营帐四，上有三红灯者，其母也。对面帐居罗卜藏，左右帐居丹津、红台吉二酋。珠宝与金,将以为犒。此大事,汝好为之。'解腰下佩刀授余。余受命叩头,公起身入。

"天大雾,余乘雾行三十余里,至贼城,腾身而登。果帐烛荧荧然,母上坐,二酋侍侧。母年六十许,面方,发微白,披红锦织金袍,叱余何人。余曰:'年大将军以阿娘解事,识顺逆,故遣奴来问好,囊宝贝奉赠。金二饼,馈两台吉。'三人闻之喜,叩头谢。余知功将成,咋曰:'将军在三十里外待阿娘,阿娘速往。'三人相顾犹豫,余解佩刀插其座毡,厉声曰:'去则去,不去我复将军!'其母曰:'好蛮子,行矣。'上马与二酋随十余骑行。不十里,岳公迎来,将其母与二酋交达肃、黄喜林分领之。须臾,前山火光起,夹道炮发,斩母与二酋回,入军营。次日,谍者来报,罗卜藏丹津已逃准噶尔㉑部落。岳公命竿三头徇三十三家台吉,皆震悚乞降。二十二日,至年大将军营,往返裁十有五日。三月朔凯旋。岳公首举余功,大将军赏游击衔。余诣军门谢岳曰:'某杖此仅半月耳,大丈夫何颜复来!愿辞公归,别思所报。'公笑曰:'咄,吾知汝终为白头贼也。'厚赐而别。归次泾州㉒,宿回山㉓王母宫,昵妓女金环。年余,资用荡尽,不能归。忆幼时习少林寺㉔手搏法,彼处可栖,遂与金环同削发赴中州。苦无马,逢两盗骑善马,故夺之。"

二叟不信曰:"彼不受夺,奈何?"僧笑,拉二叟出视厩,则夜间已将两盗所肩铁担屈而圜之,束二马首于内,不可开。二盗气夺,故遁去。言毕,挟女尼舒其担,牵马门外,拱手作别曰:

"二君有戒心，勿北行，可南去。凡李卫、田文镜两总督所辖地方，毋忧也。"

后三十余年，二叟亡。严之孙用晦过河南登封县，遇少林僧论拳法，曰："雍正初有异僧来，传技尤精，然无姓名，好养马，因称马和尚。后总督田公禁严，僧转授永泰寺尼环师。今环师亦亡，其徒惠来者能传其术。"用晦心知马和尚即此僧，环师者即金环妓。欲访惠来，以二寺相距十余里，天大雪，不果往。

论曰：马僧事类小说，为正史所不书。然岳公获一盗马贼，能留心录用，使奏其能，真大将矣。其行间致敌，不战而屈人，兵机有足法者。年羹尧威胜，不恤士，马僧太跅弛，故无成功，皆足为规戒。备书之，亦自附于李玉溪[25]之书程骧、罗江东[26]之记石烈士云。

## 【注释】

① 年羹尧：字亮工，汉军镶黄旗人。康熙进士，官至川陕总督、抚远大将军，定川边，征西藏，平青海，以功封一等公。后为雍正帝疑忌，讽群臣劾以九十二罪，下狱，迫令自杀。

② 雍正元年：公元1723年。

③ 罗卜藏丹津：清将蒙、回划分若干旗，其中青海有五部二十九旗。康熙末，罗卜藏丹津任部落长，雍正元年反，寇西宁，聚众数万，驻乌兰大呼儿。旋被岳钟琪剿灭。

④ 宪皇帝：清世宗胤禛。

⑤岳钟琪：字东美，号容斋，四川成都人。康熙末官四川提督，以平青海功加公爵，迁川陕总督。乾隆中官兵部尚书，封威信公。卒谥襄勤。

⑥蒲州：府名，治所在今山西永济。

⑦虓（xiāo）猛：凶猛。

⑧肩：同"掮"，肩扛。

⑨獧黠：敏捷聪慧。

⑩排闼：推门，把门撞开。《史记·樊哙传》："高祖尝病甚，恶见人，卧禁中……十余日，哙乃排闼直入。"

⑪闯然：参见《九江府同知汪君传》篇注⑱。

⑫眼眯：指眼力不行。

⑬钱镪：铜钱。

⑭太湖：在今江苏、浙江交界处，又名具区、笠泽。湖中多岛屿，清初多水寇出没。

⑮阑入：混入。

⑯将相宁有种耶：语出《史记·陈涉世家》："壮士不死即已，死即举大名耳，王侯将相宁有种乎！"

⑰材官：勇武的士兵。

⑱达鼐、黄喜林：生平均不详。

⑲日月山：在今青海省西宁市西川口外，元曾祭天于此。

⑳丹津、红台吉：均为青海蒙古部首领。台吉为蒙古贵族称号。清封蒙古部爵从亲王至辅国公为六等，台吉为仅次于辅国

公的封爵，分四等。

㉑ 准噶尔：蒙古部落名，厄鲁特蒙古之一。

㉒ 泾州：州名，今甘肃泾川。

㉓ 回山：在甘肃泾川西北。一峰秀起，相传周穆王、汉武帝曾游此。山有瑶池，碑云："古瑶池降王母处。"

㉔ 少林寺：在河南登封西北少室山北麓，寺僧以武技名闻天下，号少林派。

㉕ 李玉溪：唐李商隐，字义山，号玉溪生，怀州河内（今河南沁阳）人。李商隐著有《齐鲁二生》文，记程骧云："骧字蟠之，郓人。父本巨盗，后改行，悔咎前恶。程骧年长后知父事，号哭数日不食，悉散其财，折节读书。"

㉖ 罗江东：唐罗隐，字昭谏，新城（今杭州富阳）人。其《罗江东集》中有《说石烈士》文，言石烈士名孝忠，少偷鸡杀狗，后改过，投李愬麾下。韩侍郎撰平蔡碑，不列愬功，孝忠怒推之，被执，送阙下，乃陈平淮西事本末。帝多其义，命曰烈士，招翰林段学士撰淮西碑，一如孝忠语。

## 【题解】

雍正初，青海部落主罗卜藏丹津率部下背叛清廷，雍正帝派年羹尧、岳钟琪率兵出剿，以迅雷不及掩耳之势，敉平叛乱。这篇文章记的是这场战争中一个充满传奇色彩的小人物的故事。

唐韩、柳掀起的古文运动，反对骈俪文体与浮华萎靡的文风,提倡生动活泼、朴素晓畅、富有表现力的散文。他们的传记文章,既继承史传文学的优良传统,又吸收了唐传奇善于描写场面、渲染气氛的长处,蹊径别开,在记事与记人上都取得了很高的成就。袁枚的传记常被人称为"多传奇气",就是学《史记》与韩、柳的结果。

这篇文章正如袁枚自己所说,是"事类小说",也就是说带有"传奇气"。文章在人物出场与下场上均别出心裁,扣人心弦,类唐传奇。写马僧的经历,也借鉴传奇法,曲折变化、腾挪跌宕;情节的开展、细节的刻画、气氛的渲染、人物的塑造,都引人入胜。

马僧事颇为后人津津乐道,如昭梿的《啸亭杂录》即全文照录。道光年间著名爱国诗人姚燮曾与友人余梅读此事后,各赋一千五百字古风一篇,可见袁枚文章感人之深。

# 书 汪 壑 庵

杭州汪壑庵,富且达者也。筑家庵于西湖。年七十将届,召其子女而告曰:"庆生日不过弦歌灯宴,鞠跽拜趋①,纵极豪侈,我尝之厌矣。今年心有大愿,说与儿曹。"众皆起立拱听。曰:"人谁不亡?我愿未亡而受亡人之奉,哭则能闻,奠则能餐,拜则能受,汝等缞麻②则能量其长短而观其称身。尤妙者,引輀③时,旃檀之香,黼荒④池纽⑤之设;鼓吹导从,旌旗柳翣⑥之仪。缁流梵音、羽士法曲,夹道数十重。吾坐灵车中,游目倾耳,威仪赫然,行者避道。汝等佯哀诈泣,送入西湖灵妙庵中,选精舍,授几作妥灵状⑦,开奠三日,极牢醴而甘焉。是享古人未享之乐也。乐极再归行生日礼,何如?"

家人色不相许。壑庵怒云:"孝莫大于顺亲,我岂不知预凶非礼?然此亦亡于礼者之礼也,较之唐人李清⑧为寿,缒入少室山中,不犹愈乎?"遂亲买纸钱魂幡,启期畀之。诸戚里爱其通脱⑨,笑其痴,至期来送,路祭者百余家。壑庵稷稷⑩盛服,停车扬觯⑪,不遗一席。是日,饮至石许,颜愈温克⑫。

到庵礼毕,语妻子曰:"吾不归矣。吾在此茹荤伴佛,玩山水以终余年。汝等来则相见,不来我亦不汝召。有以家事白者,虽来亦不见也。"居湖上十五年而卒。今湖上小有天园,即其处矣。

## 【注释】

①鞠跽拜趋：指庆祝时的礼仪。鞠，鞠躬。跽，跪地直身。趋，快步走。

②缞麻：丧服，至亲者服丧，用麻布制衣。缞为被于胸前的麻布条。

③引辁（chūn）：出殡。辁为载棺柩的车子。

④黼荒：灵柩上的饰物。《礼记·丧大记》："振容，黼荒。"注："荒，蒙也。在旁曰帷，在上曰荒。"

⑤池纽：丧服饰物。池为衣边的镶饰，纽为衣带的结扣。

⑥柳翣（shà）：形似扇的障盖棺木的饰品。

⑦授几作妥灵状：几，本为祭祀座位，后泛称灵座为几筵。此句说安排灵座，安放灵位。

⑧李清：唐北海人。从小学道，六十九岁生日时，大摆酒席，令子孙各送麻绳一百尺，续之，縋入青州南云门山崖。入崖，见一洞穴，入之，遇神仙。及出，已历七十余年。见《太平广记》。袁枚云其入少室山，当为误记。

⑨通脱：豁达大度，不拘括小节。

⑩稯（zōng）稯：聚集貌。这里意为齐整。

⑪扬觯（zhì）：举起酒杯。觯为一种酒器。

⑫温克：语出《诗·小雅·小宛》："人之齐圣，饮酒温克。"

指饮酒虽醉，但能不改常态，蕴藉自持。

## 【题解】

  文章作于乾隆五十六年（1791），袁枚七十五岁。记的是个小故事：汪鏊庵突发奇想，便自己导演为自己活着时出殡。因为他有钱（穷人家死了人难免要借债），所以丧事办得风风光光，汪自己也很高兴。

  对死亡的豁达，始于庄子，历史上也不乏其人。如陶渊明未死即作《自祭文》，"将辞逆旅之馆，永归于本宅"，《挽歌诗》有"有生必有死，早终非命促"等句。潘岳亦云"俊士填沟壑，余波来及人"，谢灵运云"邂逅竟几何，修短非所愍"。皆能驱使大雅，以豁至怖。

  袁枚对死生也看得很淡泊。术士胡文炳曾相他活到七十六岁，所以他在七十五岁时自作挽诗，编定诗文集，又作了本文。对汪鏊庵出演的闹剧，袁枚带着赞赏的态度，推许他达观大度、游戏人生，很明显也是受到老、庄思想的影响。汪鏊庵事已过去了许多年头，袁枚在相士说他要死的前一年撰写此文，他所要表达的也就不言而喻了。

## 书张郎湖臬使逸事

公张姓，名坦熊，字男祥，号郎湖。康熙湖北辛卯[①]科举人，发浙江以知县用。后迁至云南按察使，有善政。

初知桐庐[②]时，过柴埠，有路死者，颈有重伤，吏请报虎伤掩埋，可免缉凶处分[③]。公曰："为民父母，畏处分而置民命于度外，可乎？"命仵作[④]验明，贴身布袄有小钞袋扯落。又见尸场有一人，在众人颈后，不看尸而专看官。心异之，即唤二役随到树下更衣。公徐步到山凹，谕役云："场上有一人穿深蓝色衣，隐在人颈后瞧我。汝等可访其人平日是否良善。一人来禀，一人仍尾之勿使逸去。"公再到场验毕，即命装棺。

出山五里，有一小村，公佯腹痛，要在此寻一寓所。众曰："有土神庙一间，无门窗，多虎，不可住。"公曰："用大席拦遮，何害？"即入庙。二役来告曰："尸场瞧爷者名郎凤奇，乃分水[⑤]人，历年来此卖栗子，与死者同奸一有夫之妇事实有之，死则役不知也。"

公即带郎凤奇至，问："汝为何把人谋死？"低声答曰："没有。"公命锁押再讯。仍到庙中，密谕役曰："汝寻一间房，要前后各半间，潜窥听他是何言语。"又将其所奸人之夫，系纵奸者，亦带讯送入凶犯同房。纵奸者见而哭且骂曰："你为何带累我？"

犯人曰："有我在，不要怕。"房后役闻之，即来告公。

公命速带犯讯。吏曰："爷教他认了，救他性命；不认，定行夹死。彼自肯认。"公曰："万一犯人认了，我如何救他？"吏曰："此不过是诱他认，非真救他也。"公曰："官长可失信乎？处决之日，何颜对他？况我在桐，非止一年；此等之事，非止一件；万一又有此事，犯人必曰此官惯骗人，不可直认取死。是此案幸免参处⑥，将来有案仍不能免也。不若平心再鞫。"

随赴犯人寓，搜寻凶器、银袋不获。即带房主问讯。士民曰："此是好人，决无同谋之事。"公曰："此人年逾七旬，原可不问。无如凶犯在伊家楼上，止隔一破柴篱。下楼开门谋命之事，彼焉得推为不知？"批其颊，郎凤奇摇手曰："勿苦此老。犯与死者争奸一妇，故殴杀之。"问："凶棍何在？"曰："掷在隔山。""银袋何在？"云："藏在谷树皮内。"乃亲往取出，复讯定案。

柴埠报船上有少年女尸，脸有掌伤，头上一孔石伤。众民聚看。问其船号，小脚船；问尸何来，众云上游流来；问何处人氏，云不知。公曰："桐邑妇女好穿大袖，此女袖大，是本邑人。但头脚干净，是良家女也。面侧有伤，必此妇跪地，有人从后批颊提发，故其痕左斜。"问："是否船上人？抑是死后送上船者？"众云："不知。"公曰："此非船上人也，必是楼上住人，死后送上船者。"众云："何以得知？"公曰："所穿新鞋底有微泥，而针眼黑色，是以知之。若是船上人，则新鞋底何至有泥？"吏曰："公言极是。但此船离富阳⑦止一箭远，不如将船一拨，顺流而下，免得承招缉凶。"公曰："作朝廷官，逢冤必雪。照汝所行，万一邻县再拨往下流，即入海门大洋矣。冤沉海底，我心忍乎？"即命收殓，密谕役将船连夜放至东门盐船帮内，轮流窥看，有何人弄船，即拿来。

越五日，头役拿一弄船者来，乃罗礼房之子也。公询："汝何得谋死妇人？"其子不服。其父云："是渠弄船，何得推托？非重刑不可。"公向其子笑曰："父不为子隐，汝尚何说？"乃供曰："此船因朋友某托借船买货，我向相识之盐船借与之。借毕尚未送还，故代为收拾。不料即被拿住。"公拘讯借船者，云："实系借船卖货，货完将船缚在江边，送还船主。次早忽闻柴埠有此事，不敢作声，是实。"

公将借船之人一并看守，谕头役查缚船之岸上有无人家。答云："有皇甫老秀才家。"公即差役带讯，嘱云："伺皇甫秀才出门后，众人有何言语。"役敲门往唤，误至一寡妇家。寡妇见役，即曰："此事与我家无干，要问间壁许妈方知。"役诘云："你即系间壁，若不早说，定遭连累。"寡妇云："死者系许妈所买少孤之女，因其叔年老无子，将此女配之，阳为弟媳，仍为己用。日前磨腐，此女偷食，许妈打他，我去苦劝。谁知许妈平素与我不和，恼他喊我，怕我遮拦，遂取地上石子打去，错打顶心，喊声息而人死矣。见小船泊岸，半夜抬放船中，任他流去。但我不便质他，差头替我代说，替死者申冤。"役飞报，即差拿妇犯与死者之夫，讯明招拟。

公署⑧富阳三日，忽接公文，有典吏⑨金某奸占乳妇，其夫马氏控府⑩一事。公思杭州太守魏公定国⑪，正人也，必批得好，果批追取部札责革。其旁另有文书一角，系本府同知某顶详⑫求免。公思魏公不应二三其说，应为改正。商之幕友。友曰："三年才署一篆，定要开罪本府，似乎不可。"公曰："禀明何妨？"友色忿然。公曰："君欺我不能作揭⑬乎？"乃握笔将后详拆留，前详入袖。

次日排衙，典吏俱来参谒，各呈札付⑭。公将金姓吏札检放案上，取袖内本府前批示之。金战栗而退。

次日接见绅士，门子告云："此地有杨绅者，历任官与交好，每年馈数千金。现在赴省，故未来见。"公素知其恶，哂而不答。早堂后，抚军黄叔琳⑮檄公海宁⑯相验。公退堂，先牒本府云："金吏不法，坦熊久已访知。不料马氏一案，宪批前后互异，坦熊竟遵前批追札发落。其后批一角，同部札呈缴。"旋即束装就道。

半路，见一华舆，彪彪然⑰仆从数十，疑是来往大官，拟即下轿。门子云："此即本邑杨乡绅。"公曰："是杨六先乎？"曰："是也。"又低语曰："杨绅已下轿矣。"意欲公出轿答礼。公在轿看书，而轿夫业已将轿杆放下。公在轿中呼杨曰："现在上宪行文传汝赴省，何以反回？"杨惊问何事。公曰："不知。汝才在省来，何以反来问我？"随谕多役⑱，好护送杨乡绅交与捕衙，候文起解。遂至省，先见本府。自思："本府定不喜我，然丑新妇终要见公婆，何怯焉？"及至府署，名纸投入，则中门大开请进。公曰："此必怒我，故挪揄我也。"徘徊不前。而旁门已闭，不得已于中门侧身行。魏太守迎至暖阁。公云："属吏如何敢？"魏曰："只管走。"公从宅门趋进，跪曰："坦熊有罪，太守过谦。"魏笑曰："君有功无罪。赖君所投一禀，保全老夫颜面，故敬君、迎君、谢君，不敢以常礼待，非谦也。"坐定细述，乃知马姓又已赴院，具控本府批详互异。抚军不信，云："魏太守贤吏，何得有此？"著将原卷发府。适公所缴金吏之部札已到，遂加牒送上。抚军大喜曰："果然非魏守原文，同知舞弊。"由此凡杭属州县缺出，魏公即力求公兼摄，订成至交。

次早见抚军。抚军曰："富阳有一大猾，汝知否？"公曰："正为大猾求见。"问："何人？"曰："杨六先。"抚军云："汝署事三日，何以得之？"公曰："桐庐与富阳接界，闻之已久。私收公粮，结交官府，占人妻女，通邑忿怒而不敢发。故路上相逢，即擒收监。"抚军连声呼："好官！"赐饭而出。公回富阳，提六先出狱。通县城乡百姓，探听审期，雇船来城争看，男妇千人，高声呼曰："今日遇青天，杨六先果有报应！"初，公署富阳，到任时月，选官业已出京，路上病故，改选一官，故得摄篆两月，除此二恶，人以为有天意云。

公知仁和[19]，满营将军[20]鄂弥达[21]之婿黑姑山[22]之子某，贪夜入人家，百姓数百人捆缚赴县。时已四鼓，公出堂问讯。某傲然曰："多大的官，敢讯我？"挺立不跪。公命打腿始跪。命入狱，又瞋目曰："你敢监我？"公命收监，连夜通报。次日满营各姑山等官俱来，公拒不见，上院回衙。忽抚军传去曰："汝为何得罪将军？速去赔礼。"公曰："伊婿犯法，地方官无礼可赔。倘进满营，是渠等世界，倘或凌辱笞骂，职不能忍，势必直揭部科㉓，反成大案。"司道传询，答如前语。嘱令开放人犯，公云："事已通详，候批照行。"旋即批发理事厅鞭责了案。

先是，杭州满兵每三年一送骨殖回都，地方官封民船百数十只兼送路费。而满兵故为刁掯，或嫌船漏船朽，躢换不休，甚将兵工两房殴打，有悬梁投水者，并将骨殖桶围住县官坐处，必需索尽意始行。公查照旧例，用盐驿道所造红船若干只差押伺候，不封民船，仍捐俸一百二十金送行。书役请公勿往，公曰："我不往，谁能弹压？"

及到北新关㉔，押船姑山大人某，年七十矣，吩咐众兵曰："此官不比前官，办船遵例，又送银甚丰，汝即刻开行，不可滋事。独不闻前日擒拿将军女婿入狱之事乎？"船行后，握公手曰："公真好官，我平日久已心服，愿为忘年交㉕。"解荷包赠公。公亦解佩刀答之。

又一日，在公所见将军。将军曰："张明府好利害！"公曰："坦熊冒昧，不知利害则有之；若自己利害，则不敢也。"抚军、司道一齐大笑。

仁、钱㉖两县有赤脚光丁㉗一案，十余年不结。地方官欲将丁粮摊于田上，有田无丁之家，聚众鼓噪；不摊，则无产有丁之户，聚众鼓噪。公调仁和，毅然曰："丁出于地，无田何得有丁？其故总缘原业主贪速得价，故卖田留丁；买主图价钱，故买田遗丁。谁知皆为子孙忧？平心酌之，应照粮摊丁为是。若既不摊，又听其闹，是取乱之道也。"即指出原委，自作告示，谕劝有产之家，并传绅士军民集明伦堂㉘会议。一面通详摊丁，贫富惕服。

钱塘令新到任，又胆怯，不敢照摊。一日，公方诉讼，忽钱令来，神色俱丧，挽手云："现在众士民闹入北新关，要毁县堂。我与本府业已报院，特来告君相助。"公恐百姓惊扰，仍坐堂上，故将先审未完之件草草带问。心中思："事急矣，新抚李公名卫者，素强毅，必定发兵，民人受伤，成何事体？"乃选役之壮佼者四十名，各带短棍藏于身内，褂扣外系加红绳一束作记，坐轿急诣北新关。

行未四五里，见汹汹然虎而冠者千余人，鸣锣扬旗，喝令罢市闭户，稍缓者石粪交加。市铺俱上板闭门，响声雷震。班役拦轿请公回署。公曰："勿怖，大声开道，照常前进。"奸民直前问："来者何官？"从役大声云："仁和县张爷。"闹者齐欢呼曰："好官来矣！作速跪下。"公见众人以礼相待，即下轿坐胡床㉙，问："尔等为何而来？"众曰："仁和已经摊丁，钱塘竟不摊丁，我们要去拆他衙门。"公曰："摊丁一事，仁邑已摊，钱邑焉有不摊之理？本县自当催办。但尔等如此横行，不但不能摊，且恐头不能保。岂不知鸣锣扯旗乃斩决㉚之罪乎？可速将锣鼓收藏，我保全汝等出城。丁之一事,在本县身上。"众人唯唯,叩头而奔。公督押至北新关外,吩咐管关之满兵曰:"城门上如何容多人进来?倘有无知续来者,我告知将军,惟尔等是问!"

当是时,抚军专待公到,同副将带兵擒拿。见公久不上院,命营弁至仁署窥探。适副将李灿[31]与公不睦,诬云:"张知县不知潜避何处。"抚军曰:"张知县素有风采,不应如此。"著副将"领兵千人,擒拿奸民并速拉张知县来"。旁有院差摇手曰:"不必。适自北新关来,亲见张知县押众出城矣。"抚军连呼:"像,像,像!"声未息而公到。抚军大喜曰:"好胆量!好才情!如此才是个张郎湖也!"随令协同钱邑于十日内将丁照摊,盈城肃然。

雍正六年[32],公兼摄太平[33]县事。点保长,见王姓者面有凶状,欲惩之,因其人未犯事,强忍而止。未几,有讼三分地亩者,即批此保查复。半月不复。公大怒,召至,重杖革役。幕友谏曰:"公过矣。三分地原不拘审,查复半月,何至杖革?"公亦心悔曰:"如此性情,不可为官。"即日减膳,立意告病。

逾月,忽报一妇投水,呈称:"有县差上门催粮,不知何故自尽。"公往验毕无伤,召粮差曰:"汝虽办公,然报呈有'催粮'二字,汝必有不妥处。"即与小笞,收殓而回。

阅半月,忽报某乡雷击死一人。公闻雷击人或背或胸必有天书十余字,未知确否,差阍者往看。归大骇曰:"一雷打出一个奇事来。雷击者,即爷前所杖责之保长也。渠怀恨爷,适本村夫妇口角,妇气忿死,尸亲索其夫买好棺做斋了事,不必报官。夫已依允。有革保王某献一策曰：'何不借他尸作一好事？只说催差逼死。张某系署事官，不敢再催；换新官来，约有一年，留此粮项，可生利息。'众人从之。不料爷验后半月，天忽风雨，雷提革保至相验处，跪地击死。岂不是个奇事！"

公迁玉环<sup>㉞</sup>同知。玉环山志载开垦事，原议本山造城，内用土墙。不意观风整俗使<sup>㉟</sup>某条议必用方石大砖。玉环四面高山，山石粗脆，外洋石又不能运来，当事者忧心如焚。忽起飓风，白日天黑，大雨如注，但闻风声、水声、树声并龙吼声，如洪钟大鸣，屋瓦皆飞，官民相见啼泣。公即开仓赈济，往勘各岙<sup>㊱</sup>灾伤。见洋岙陡门前忽开小河一道，直通大洋，城石从此运入，因名之曰天开河。

公迁静海<sup>㊲</sup>道。静海有村民数十户，盐快<sup>㊳</sup>诬以贩私，现获一人，径解分司盐道，盐院已照贩私治罪矣。公巡河至静海，知县冯某，读书人也，告曰："此案有冤。"公问："何由知？"曰："公讯自知。"公适有事上省，即告制军。制军，即李卫也。曰："盐院适有札来，说君要翻案。他是贵人之父，不可触怒；且此是盐务，与君无干。"公曰："作朝廷官，百姓无辜被累，不能超雪，不如归去。"制军笑曰："君强项<sup>㊴</sup>乃如故耶！意要如何？"曰："委员会审，才见分晓。"

制军即委运司蒋国祥<sup>㊵</sup>提犯到城隍庙，士民观者麻集。巡拦供称一村俱是私贩，止拿着一犯，其担袋与盐俱在可验。被告云："民一村从不贩盐。巡拦将一村搜毕，民妻生产，犹提他起来,将床下掀翻,实在无盐。总是商人图占地基,故嘱其诬控。"公诘巡拦曰:"贩子肩上既挑一担盐,称有九十余斤,袋中盐又称有五十余斤,与其围在腰间难于行走,何不匀在担上更觉省事?且看此重袋,腰上如何围得?汝试挑盐围袋走与百姓一看。"巡拦取袋围腰,袋比腰短二寸,公曰:"袋短于腰,如何能围?"命将此袋加带缚在巡拦腰上,巡拦委顿㊶不胜。士民拍手大笑,欢声盈野。当将商人、巡拦详请治罪。

旧史氏曰:余八九岁即闻仁和令张公之贤。及长入都,官翰林,与公之子名芸者交好,约略问公政绩。时公方秉臬云南,无由得见,中心钦钦,常想书其善政为后人法;而省记不全,心为纡郁。今年,余八十矣。忽在扬州遇其女夫㊷查宜芳,得观公自编行状,乃择其荦荦㊸大者,为辑而存之。方知循吏声名,天终不使泯没;而当其时之令行禁止,亦平素之恩威有气焰以取之也。不然,今之从政者无仁心仁闻,而徒悻悻㊹然卤莽㊺为之,其能皆如其意以成事功哉?盍亦反其本矣。

## 【注释】

①辛卯:指康熙五十年(1711)。

②桐庐:县名,今浙江桐庐。

③缉凶处分:清考绩,凡有人命案的,须定期缉获凶手,否则要受到惩罚。

④仵作:以检验死伤、代人殓葬为业的人。清衙门有仵作,

专管验伤、验尸。

⑤分水：唐析桐庐县置分水，明清均置县，今仍并入桐庐。

⑥参处：受到弹劾处分。

⑦富阳：县名，今浙江富阳。

⑧署：兼任。

⑨典吏：清代地方政府的吏员通称典吏，由部委派。

⑩控府：到府里去控告。

⑪魏公定国：魏定国，江西广昌人。康熙四十五年（1706）进士。康熙末官杭州知府。

⑫顶详：代作文书。详为下级官员对上级官员的报告。

⑬揭：揭帖。凡有大事申报上司，于文书之外附揭帖，说明事件始末、利害缘由。

⑭札付：上级下达的文书凭证。

⑮黄叔琳：字昆圃，大兴（今北京丰台）人。康熙进士，历官编修、侍读、刑部侍郎。雍正初任浙江巡抚。

⑯海宁：参见《范西屏墓志铭》篇注②。

⑰彪彪然：参见《书鲁亮侪》篇注⑨。按：此指华丽光彩貌。

⑱多役：众差役。

⑲仁和：县名，属杭州府，即今浙江杭州市。

⑳满营将军：指镇守杭州的驻防将军。

㉑鄂弥达：鄂济氏，满洲正白旗人。雍正中累官郎中、贵

州布政使、广东总督。乾隆中官至都统、协办大学士、吏部尚书。卒谥文恭。

㉒ 姑山：亦作"固山""孤山"，满语"旗"的音译。清有二十四固山（旗），每固山设额真一人，即都统。清入关后，各地驻军设将军、副都统，下有固山大，即协领，正四品。此即指固山大。

㉓ 部科：清于六部外设六科，科有给事中，掌侍从规谏、稽察六部之弊误，隶属都察院。因与御史同为谏官，又称给谏。

㉔ 北新关：在今杭州市武林门外十里，旧为商旅云集之地，清于此设关征税。

㉕ 忘年交：指不拘年龄辈分而成为莫逆之交。

㉖ 仁、钱：指仁和、钱塘二县，清同属杭州府，均为今杭州市一部分。

㉗ 赤脚光丁：清初，定土地税法，以代替汉以来的丁赋，依田地的多寡，定该户应交丁粮派丁役。后有卖田者，为贪价钱，卖出田而未移交丁粮、丁役。随着时代推移，到雍正、乾隆间，形成了有的田主有田而无丁，有的人无田而有丁。更有一部分无田有丁户迁移或绝户，丁役、丁粮便无着落，称"赤脚光丁"。

㉘ 明伦堂：孔庙的大殿。取名于《孟子·滕文公上》："夏曰校，殷曰序，周曰庠，学则三代共之，皆所以明人伦也。"

㉙ 胡床：一种可以折叠的交椅。

㉚ 斩决：不待上报，立刻斩首。

㉛ 李灿：生平不详。

㉜ 雍正六年：公元 1728 年。

㉝ 太平：县名。明析黄岩县地置，今为浙江温岭。

㉞ 玉环：清雍正时置厅，设同知驻防，今为浙江玉环。

㉟ 观风整俗使：职掌观察风俗得失，雍正中始置。

㊱ 岙（ào）：山坳近水处。

㊲ 静海：道名，全称津海道，治所在今天津市，辖天津、静海等地。

㊳ 盐快：专门缉拿走私盐的捕役。

㊴ 强项：《后汉书·杨震传》：汉灵帝问杨奇："朕何如桓帝？"对曰："陛下之于桓帝，亦犹虞舜比德唐尧。"帝不悦曰："卿强项，真杨震子孙。"又《后汉书·董宣传》：董宣为洛阳令，杀湖阳公主仆人。光武帝大怒，令宦官挟持董宣向公主叩头认罪，董宣用两只手撑地，始终不肯低头。光武帝敕"强项令出"。后世因称性格刚强、不肯低首的人为"强项"。

㊵ 蒋国祥：生平不详。

㊶ 委顿：疲乏狼狈。此指无法站立行走。

㊷ 女夫：女婿。

㊸ 荦（luò）荦：分明、确凿。《史记·天官书》："此其荦荦大者。若至委曲小变，不可胜道。"

㊹ 悻悻：忿恨不平。《孟子·公孙丑下》："谏于其君而不受，

则怒,悻悻然见于其面。"

㊺ 卤莽:同"鲁莽",粗疏。

## 【题解】

  文章作于嘉庆元年(1796),这时袁枚已是八十高龄的老人了。

  袁枚自翰林外任知县后,即以循吏自绳。他精明慎微,操节如雪。在任溧水知县时,他父亲私下到任所去探听他的政绩,当听到人们称袁枚为"大好官"时,方高兴地进入县署。辞官后,袁枚也很留意民生疾苦,注意官员审理案件的公正廉明。在他的文集及所撰小说《子不语》中,记载了很多案件。他的创作目的,正如《书麻城狱》一文所阐述:"折狱之难也,三代之下,民之谲觚甚矣,居官者又气矜之隆,刑何由平?彼枉滥者何辜焉?……知其难而慎焉,其于折狱也庶矣。此吾所以《书麻城狱》之本意也夫!"这篇文章就是从这点出发,歌颂了一个为民做主的清官。

  文章记录的是张郎湖的八件事。这八件事虽然各不统属,但合而观之,又是一个整体。值得注意的是,袁枚的文章一般在清通直贯中偏重遣词造句与章法变化,这篇文章却旨在叙事之明晰、朴实无华,对话力求本色,只是以事实来反映一个明察秋毫、诚信笃实、不畏强暴的清官形象。袁枚大多数记逸事的文章都讲究渲染夸张,这种特点,在本文中没有得到体现。

文章写清官，尤其是写办案数事，以人物的廉洁神明为主要落笔处，可作公案小说来读。清乾隆以后，公案小说盛行，而《施公案》《彭公案》《龙图公案》等小说，都脱离了明代《百家公案》《廉明奇判公案》等纯案例小说的窠臼，以一个人为主线，突出写清官。袁枚在这方面所开的先例，是研究公案小说者不可不注意到的。

## 随 园 记

金陵自北门桥西行二里，得小仓山。山自清凉[①]胚胎[②]，分两岭而下，尽桥而止，蜿蜒狭长，中有清池水田，俗号干河沿。河未干时，清凉山为南唐避暑所，盛可想也。凡称金陵之胜者，南曰雨花台[③]，西南曰莫愁湖[④]，北曰钟山[⑤]，东曰冶城[⑥]，东北曰孝陵[⑦]、曰鸡鸣寺[⑧]。登小仓山，诸景隆然上浮，凡江湖之大，云烟之变，非山之所有者，皆山之所有也。

康熙时，织造隋公当山之北巅构堂皇[⑨]，缭垣牖，树之荻千章[⑩]、桂千畦，都人游者翕然盛一时，号曰隋园，因其姓也。后三十年，余宰江宁，园倾且颓弛，其室为酒肆，舆台[⑪]嚾呶[⑫]，禽鸟厌之，不肯妪伏[⑬]，百卉芜谢，春风不能花。余恻然而悲，问其值，曰三百金。购以月俸。茨墙[⑭]剪阖，易檐改涂。随其高为置江楼，随其下为置溪亭，随其夹涧为之桥，随其湍流为之舟。随其地之隆中而欹侧也，为缀峰岫；随其蓊郁[⑮]而旷也，为设宧窔[⑯]。或扶而起之，或挤而止之，皆随其丰杀繁瘠，就势取景，而莫之夭阏[⑰]者，故仍名曰随园，同其音，易其义。

落成叹曰："使吾官于此，则月一至焉；使吾居于此，则日日至焉。二者不可得兼，舍官而取园者也。"遂乞病，率弟香亭[⑱]、甥湄君[⑲]移书史居随园。闻之苏子[⑳]曰："君子不必仕，不必不仕。"然则余之仕与不仕,与居兹园之久与不久,亦随之而已。夫两物之能相易㉑者,其一物之足以胜之也。余竟以一官易此园,园之奇可以见矣。

己巳㉒三月记。

# 【注释】

①清凉:山名,在南京市西。又名石头山。山上昔建有清凉寺,南唐建有清凉道场,传为避暑宫,寺已废。

②胚胎:此指小仓山为清凉山余脉。

③雨花台:在南京市中华门外,相传梁天监中云光法师讲经于此,感天雨花,因名。

④莫愁湖:在南京市水西门外,相传为南齐时莫愁女居处而名。然莫愁湖之名实始见于宋代。

⑤钟山:在南京市中山门外。又名金陵山、紫金山、蒋山、北山。是南京主要山脉。

⑥冶城:故址在南京市水西门内朝天宫附近,相传吴王夫差冶铁于此,故名。

⑦孝陵:在南京市中山门外钟山南麓,为明太祖朱元璋陵墓。

⑧鸡鸣寺:在南京市北鸡鸣山,梁时于此始建同泰寺,后屡毁屡建。明洪武时在其旧址建鸡鸣寺。

⑨堂皇:广大的堂厦。

⑩ 萩：楸。落叶乔木，干直树高。"树之萩千章"，是说种楸树千株。章，通"橦"，大木林。

⑪ 舆台：地位低贱的人。

⑫ 讙呶（huān náo）：叫喊吵闹。

⑬ 姁伏：原指鸟孵卵，引申为栖息。

⑭ 茨（cí）：蒺藜。茨墙，谓在墙上插蒺藜，以防人攀爬。

⑮ 蓊郁：参见《峡江寺飞泉亭记》篇注⑪。

⑯ 宧奥（yí yào）：房屋的东北角与东南角。古代建房，多在东南角设溷厕，东北角设厨房，此即代指这些设施。

⑰ 夭阏（è）:《庄子·逍遥游》："背负青天而莫之夭阏者，而后乃今将图南。"夭谓折，阏为阻塞之意。此指没有改变山原来的形势。

⑱ 香亭：袁枚弟袁树。

⑲ 湄君：袁枚外甥陆建，字湄君，号豫庭。

⑳ 苏子：宋朝大文学家苏轼。下引文见苏轼《灵璧张氏园亭记》。

㉑ 相易：互换。

㉒ 己巳：乾隆十四年（1749）。

## 【题解】

《随园记》写于乾隆十四年（1749）。乾隆十年，袁枚买下了原江宁织造隋赫德的隋园，加以葺治，改名随园。乾隆十三年，他辞官居园中，从此以后，退出仕途，徜徉于山水烟霞之中，吟诗作文，结交士子权贵，几达半个世纪。

随园的兴建，主要出自建筑家武龙台的手笔，但全园的布局均出自袁枚的策划。这篇园记没有细讲园景，只是记叙治园的经过与取园名"随"的含义，而这些正是随园布局的主导思想。

取名为"随"，含义有二：一是因地制宜，建屋点景，如文中所说"随其高为置江楼，随其下为置溪亭"，以至为桥、为舟、为假山，为宦窔，莫不随自然布置，与自然合为一体，无刻意雕琢之处。一是随心随时，取《易·随》"刚来而下柔，动而说。随，大亨，贞无咎，而天下随时"。即随造化而变化，如同阳刚者居于阴柔者之下，有所行动必然使人欣悦而物相随从，从而亨通无害，万物相随而相适；表示自己退居随园，与世无争、洒脱放任的处世观。袁枚后来又作了多篇记文，进一步阐述自己享受山水之乐及因此而产生的对人世变化的喟叹，可与本文合观。

## 所 好 轩 记

所好轩者，袁子藏书处也。袁子之好众矣，而胡以书名？盖与群好敌[1]而书胜也。其胜群好奈何？曰：袁子好味，好色，好葺屋，好游，好友，好花竹泉石，好珪璋彝尊[2]、名人字画，又好书。书之好无以异于群好也，而又何以书独名？曰：色宜少年，食宜饥，友宜同志，游宜晴明，宫室花石古玩宜初购，过是欲少味矣。书之为物，少壮、老病、饥寒、风雨，无勿宜也，而其事又无尽，故胜也。

虽然，谢众好而暱[3]焉，此如辞狎友而就严师也，好之伪者也。毕众好而从焉，如宾客散而故人尚存也，好之独者也。昔曾皙嗜羊枣[4]，非不嗜脍炙也，然谓之嗜脍炙，曾皙所不受也。何也？从人所同也。余之他好从同，而好书从独，则以所好归书也固宜。

余幼爱书，得之苦无力。今老矣，以俸易书，凡清秘之本[5]，约十得六七。患得之，又患失之。苟患失之[6]，则以"所好"名轩也更宜。

【注释】

①敌：相比。

②珪璋彝尊：此代指古玩、古董。珪璋，都是古代的玉器。彝尊，古代青铜器中的礼器。

③暱：同"昵"，亲近。

④曾晳嗜羊枣：曾晳，孔子的弟子，鲁国南武城人，名蒧。曾参的父亲。羊枣，一种果子，熟时色黑，似羊屎。曾晳嗜羊枣事，见《孟子·尽心下》。

⑤清秘之本：指读书人珍藏的好本子。

⑥"患得之"三句：语出《论语·阳货》："子曰：'鄙夫，可与事君也与哉！其未得之也，患得之；既得之，患失之。苟患失之，无所不至矣。'"患得之，怕得不到。

【题解】

乾隆十九年（1754），袁枚彻底脱离官场，隐居小仓山下的随园。随园经过他的几度修葺，颇具规模。这篇文章是他为自己在随园的藏书处所好轩写的一篇记文。

袁枚十分爱好读书，从他的《黄生借书说》中，我们知道他从小因为家贫，家中没有藏书，借书也很不容易，自从步入仕途后，购买了大量图书，什袭珍藏。爱书本是读书人普遍具有的品德，在这儿可不必深谈。这篇文章中值得注意的是，袁枚在谈爱书时，公开宣称自己还"好味、好色、好葺屋"等，这在当时却是大大出格的事。明代末年，中国的社会曾经开放过一阵子，食、色被当时的思想家肯定，并列为人生的两大需要。但到了清代,在士大夫阶层中,程朱理学窒欲思想又占了上风,像袁枚这样敢于公开自己这方面爱好的可以说是凤毛麟角,由此可见他思想的积极开放的一面。

袁枚的散文最大特点是不拘一格。从题目上来说,这篇文章应当是记其轩,但袁枚不记其轩而在轩名"所好"上发挥。全文如抽丝剥茧,层层深入。先谈自己喜欢书,次谈书与别的玩好器物的不同之处,说明书值得爱,也表明了自己怎么样爱书;最后才点名为什么把书轩取名为"所好"。

文随意到、语如贯珠是本文的一大特色。文中"色宜少年,食宜饥,友宜同志,游宜晴明"云云,明快直截,是明末小品文独特的语言风格,在陈继儒、张岱等人的小品文中俯拾皆是,由此可见袁枚对晚明小品文风格自觉地继承。

## 篁村题壁记

壬申①，余北游，见良乡②题壁诗，风格清美，末署"篁村"二字，心钦迟③之，不知何许人，和韵墨④其后。忽忽十余稔⑤，两诗俱忘。

丙戌⑥秋，扬州太守劳公⑦来，诵壁间句琅琅⑧然，曰："宗发宰大兴时，供张⑨良乡，见店家翁方塓馆⑩，篁村原倡与子诗将次就圬⑪。宗发爱之，苦禁之。店翁诡谢⑫曰：'公命勿圬是也。第少顷制府⑬过，见之，保无嗔否？'宗发窃意制府方公⑭故诗人，盍抄呈之，探其意。制府果喜曰：'好诗也，勿塓。'今宗发离北路又四年，两诗之存亡未可知。"予感劳公意，稽首祝延⑮之。不意方公以尊官大府而爱才若是，亟录所诵存集中，夸于人，道失物复得。然卒不知篁村为何许人。

今己丑岁矣。八月十一日，饮江宁梁方伯⑯所。客有萧山⑰陶君者，苍发渊雅⑱，倾衿⑲谈甚乐，不知即篁村也。次日来，又次日诗来，署名曰"元藻"，终不知即篁村也。弟子陈古渔⑳闯然㉑入，睇其小印曰："嘻！陶篁村在此耶！"余闻之，如结解，如迷释，如天上物堕，适适然㉒起舞。盖古渔耳篁村名甚久，而不知余之更先之也。

今夫天下大矣，方闻之士㉓众矣。邂逅慕思，付诸茫昧，宁料有承颜抗手㉔时耶！旅壁残墨,黑剥㉕无万万数,而此五十八字㉖偏蒙护持,又宁料知音之外,更有知音耶？相思垂二十年,卒不遇；即遇,复将交臂失,又宁料有旁人来,无心叫呼为指而明之耶？然方公、劳公俱已物故,而我与篛村幸留其身以相见,则又安得不骇且贺,而终之以悲也？

因忆平生过邗江寺壁,爱苕生㉗诗,过金陵书肆,爱东亭㉘诗。二人者均不著名氏,均访得之,一为蒋君士铨,一为董君潮。未几均登甲科,入翰林,与余同史馆㉙。而苕生自西江移家来,得朝夕见甚狎。东亭则终不见,且死矣,或未必知余之拳拳㉚其相思也。友朋文字间,亦有遇有不遇,而况其他遭际哉！此佛家前缘之说,所以余不能不为之惑也欤！

【注释】

① 壬申：参见《先妣章太孺人行状》篇注㉑。

② 良乡：县名,今属北京市。

③ 钦迟：参见《与蒋苕生书》篇注㊶。

④ 墨：此指题诗。按：乾隆十七年,袁枚入京,途经良乡,见陶元藻题诗,大为赞赏,当即题诗于后,云："天涯鸿爪认前因,壁上题诗马上身。我为浮名来日下,君缘何事走风尘？黄鹂语妙非求友,白雪声高易感春。手叠花笺书稿去,江湖沿路访斯人。"陶元藻原诗为："满地榆钱莫疗贫,垂杨难系转蓬身。离怀未饮常如醉,客邸无花不算春。欲语性情思骨肉,偶谈山水悔风

尘。谋生销尽轮蹄铁，输与成都卖卜人。"见《小仓山房诗集》卷八。

⑤ 稔：谷一熟为一稔。此代指一年。

⑥ 丙戌：乾隆三十一年（1766）。

⑦ 劳公：劳宗发，浙江钱塘（今杭州）人。乾隆十年（1745）进士，历官大兴知县、扬州知府。

⑧ 琅琅：清朗响亮的声音。

⑨ 供张：参见《答陶观察问乞病书》篇注⑮。

⑩ 塓（mì）馆：粉刷修整房屋。《左传·襄公三十一年》："圬人以时塓馆宫室。"疏："塓，亦泥也。使此泥屋之人，以时泥涂客馆之宫室也。"

⑪ 圬：以泥涂抹。

⑫ 诡谢：假装接受，托词。

⑬ 制府：参见《书鲁亮侪》篇注⑤。

⑭ 方公：方观承，字遐毂，号问亭、宜田，安徽桐城人。乾隆时历官清河道、直隶总督，卒谥恪敏。著有《本堂诗》《问亭集》等。

⑮ 祝延：祝人长寿。此有感谢意。

⑯ 梁方伯：梁国治，字阶平，号瑶峰，浙江会稽人。乾隆十三年（1748）状元，历官翰林修撰、湖南按察使、江宁布政使，官至东阁大学士兼户部尚书，卒谥文定。方伯，本指一方诸侯之长，后用于泛指地方长官，清则专称布政使，是掌管一省人事与

财务的长官。

⑰ 萧山：今浙江萧山。

⑱ 渊雅：高雅。《三国志·管宁传》："管宁渊雅高尚，确然不拔。"

⑲ 倾衿：同"倾襟"，身体靠近，指彼此推诚相待。

⑳ 陈古渔：参见《戊子中秋记游》篇注⑥。

㉑ 闻然：参见《九江府同知汪君传》篇注⑱。

㉒ 适适然：因惊奇而恍然貌。《庄子·秋水》："于是埳井之蛙闻之，适适然惊，规规然自失也。"按：两人此次会面之愉悦，袁枚有《喜晤陶篁村》诗描绘，见《小仓山房诗集》卷二十一，并附陶诗二首。

㉓ 方闻之士：博闻多才之人。

㉔ 承颜抗手：会面。承颜，承接颜色，即见面；抗手，举手，是见面的礼节。

㉕ 黳（yì）刹：指墨迹斑驳漫漶，不可辨认。黳，深黑色。

㉖ 五十八字：指原诗七律五十六字及末"篁村"署名。

㉗ 苔生：参见《蒋心余藏园诗序》篇并注。

㉘ 东亭：董潮，字晓沧，号东亭，武进人。乾隆进士，工诗文、书法，以赋《红豆树歌》闻名，人称"红豆诗人"。著有《东亭诗选》。

㉙ 与余同史馆：指与袁枚一样，登第后改庶吉士，入翰林院，不是共事一处之意。

㉚ 拳拳：参见《童二树诗序》篇注㉔。

# 【题解】

　　文章作于乾隆三十四年己丑（1769），时袁枚居南京小仓山随园。文章记叙的是与陶元藻相识的经过，以一首题壁诗作为主线贯穿始终，顺事件发展，曲折委婉，历历述来，表达了袁枚对交友的执着及对人生遇合的感慨。

　　袁枚的散文善于将平淡的事写得出人意表，这篇文章所记的与陶元藻结交的事本来就充满了传奇色彩，所以更写得跌宕起伏、扣人心弦。尤其是与篁村见面一段，由于前面已写了两件事作为铺垫，给读者留下了悬念，至此已接触到了中心——会面，却又写几乎失之交臂，最后才写见面的欢愉，文章便畅达饱满，淋漓尽致。末尾又以两件同类事牵引比偶，抒发感叹，有不尽之韵味。全文没有一句自我标榜的话，但读后使人对袁枚爱才、惜才及求友如渴的心情留下很深的印象。

　　《易·乾》："同声相应，同气相求。"《诗·小雅·伐木》："嘤其鸣矣，求其友声。"都是说君子之间，因了共同的理想追求与爱好，从而互相吸引，走到一起。袁枚与陶元藻也是如此。尽管他们会合的过程比较长，有众多曲折，但也正因为时间长，多曲折，便更有传奇性，使得记录这故事的文章也更加感人。

## 散 书 记

乾隆癸巳，天子下求书之诏[①]。余所藏书传抄稍希[②]者，皆献大府[③]，或假宾朋，散去十之六七。人恤然[④]若有所疑，余晓之曰：天下宁有不散之物乎？要使散得其所耳，要使于吾身亲见之耳。

古之藏书人，当其手抄缣易[⑤]，侈侈隆富[⑥]，未尝不十倍于余。然而身后子孙有以《论语》为薪[⑦]者，有以三十六万卷沉水[⑧]者。牛弘所数五厄[⑨]，言之慨然。今区区铅椠[⑩]，得登圣人[⑪]之兰台、石渠[⑫]，为书计，业已幸矣。而且大府因之见功，宾朋因之致谢，为予计，更幸矣。

不特此也，凡物恃为吾有，往往庋置[⑬]焉而不甚研阅。一旦漓然[⑭]欲别，则郑重审谛之情生。予每散一帙，不忍决舍，必穷日夜之力，取其宏纲巨旨，与其新奇可喜者，腹存[⑮]而手集之。是散于人，转以聚于己也。

且夫文灭质，博溺心[⑯]。寡者，众之所宗也[⑰]。圣贤之学，未有不以返约为功者。良田千畦，食者几何耶？广厦万区，居者几何耶？从来用物宏，不如取精多。删其繁芜，然后迫之以不得不精之势，此予散书之本志也。

【注释】

① "乾隆癸巳"二句：乾隆三十八年癸巳（1773），开四库

馆，征集天下图书，以编纂《四库全书》。

② 希：参见《三贤合传》篇注⑩。

③ 大府：参见《九江府同知汪君传》篇注⑯。按：当时采书，多由当地政府落实，故今《四库全书》于题要内均注明"某某巡抚采进本"。

④ 恤然：体恤，怜悯。

⑤ 缣易：谓购买。缣，细绢，后常代称货币。

⑥ 侈侈隆富：语出左思《蜀都赋》："侈侈隆富，卓郑埒名。"侈侈，众多貌。隆富，十分富足。

⑦ 以《论语》为薪：待考。《汲古阁版本存亡考》言明毛晋之孙，喜品茗，购得洞庭碧螺春茶，又有虞山玉蟹泉水，无薪，遂用毛晋留下的书板劈了煮茶。

⑧ 以三十六万卷沉水：不详。

⑨ "牛弘"句：牛弘，字里仁，安定（今甘肃灵台）人。仕周、隋，历官秘书监、吏部尚书。其《请开献书之路表》谓前此书有五厄：秦始皇焚书、王莽焚长安书、汉末献帝移都书被毁、北魏刘石毁书、梁元帝临终焚书。

⑩ 铅椠：泛指刊本，典籍。铅，铅粉笔；椠，木板片。

⑪ 圣人：指皇帝。

⑫ 兰台、石渠：均为古代皇帝藏书处。兰台，汉宫藏书处；石渠，即石渠阁，西汉藏书处，在未央宫北。

⑬ 庋置：搁在架子上。

⑭ 漓然：分开，背离。

⑮ 腹存：谓记诵。

⑯ "且夫文灭质"二句：语出《庄子·缮性》，意为节文就会毁灭质朴，博学就会陷溺人心。

⑰ "寡者"二句：语出王弼《周易略例·明象》："夫少者，多之所贵也。寡者，众之所宗也。"

## 【题解】

《散书记》有前后篇，此为第一篇。四库馆开，天子下令征集民间藏书，袁枚只得把自己历尽艰辛所藏的书遵旨献出，以一生嗜书如命的袁枚自然对书难以割舍，故写了两篇《散书记》自遣。

天下物凡有聚必有散，前人藏书不能终有的例子不可枚举。如钱遵王《读书敏求记》记赵琦美脉望馆藏书二万余，被子孙全卖尽，埋葬赵之武康山中白天能听到鬼哭，传为赵哭。又如暝琴山馆主人刘桐藏书，也全被子孙用来抵债。因此，袁枚在散书时尽力找出前人不能永远拥有藏书的例子自慰，说能自己亲手散去，比留待子孙败尽要好。同时，又说因为散，自己又将书好好读了一遍，这与他在《黄生借书说》中不是自己的书才会认真读是一致的。

然而不管怎么自我宽慰，书总是散去了，一股恋恋不舍的伤感仍然洋溢在字里行间。真能做到"太上无情"，连写本文也是多余，只要说一句"人失之，人得之"就足够了。

## 重到沭阳[①]图记

昔颜斐[②]恋京兆，卢挚[③]恋灵昌，古之人往往于旧治之所三致意焉。盖贤者视民如家，居官而不能忘其地者，其地之人亦不能忘之也。余宰沭阳二年，乙丑[④]，量移[⑤]白下。今戊申矣，感吕峄亭[⑥]观察三札见招，十月五日渡黄河[⑦]，宿钱君接三家。钱故当时东道主，其父鸣和瘫而髯，接三貌似之，与谈乃父事，转不甚晓。余离沭时，渠裁断乳故也。

夜阑置酒，闻车声哼哼，则峄亭遣使来迎。迟明[⑧]，行六十里，峄亭延候于十字桥，彼此喜跃，骈辚[⑨]同驱。食顷，望见百雉[⑩]遮迤[⑪]，知沭城新筑。衣冠数十辈争来扶车，大概昔时骑竹马者[⑫]，俱龙钟杖藜矣。峄亭有园，洒潜[⑬]居我。

越翌日，入县署游观。到先人秩膳[⑭]处、姊妹斗草[⑮]处、昔会宾客治文卷处，缓步婆娑[⑯]，凄然雪涕，虽一庖湢[⑰]、一井匽[⑱]，对之情生，亦不自解其何故。有张、沈两吏来，年俱八旬。说当时决某狱，入帘[⑲]荐某卷，余全不省记，憬然重提，如理儿时旧书，如失物重得。邑中朱广文[⑳]工诗，吴中翰[㉑]精赏鉴，汪叟知医，解、陈二生善画与棋，主人喜论史鉴，每漏尽，口犹澜翻[㉒]。余或饮，或吟，或弈，或写小影，或评书画，或上下古今，或招人来，或呼车往，无须臾闲。遂忘作客，兼忘其身之老且衰也。初意欲游云台㉓,以路遥不果。

居半月,冰霰渐飞,岁将终矣,不得已苦辞主人。主人仍送至前所迎处,代为治筐箧㉔,束缰鞯㉕毕,握手问曰:"何时再见先生?"余不能答。非不能答,不忍答也。嗟乎!余今年七十有三矣,忍欺君而云再来乎?忍伤君而云不来乎?当余来时,妻孥皆不欲也,余洒然就道,而今竟得十里生还,其初心宁及此哉!然以五十年前之令尹,揭来㉖旧邦,世之如余者少矣;四品尊官,奉母闲居,犹能念及五十年前之旧令尹,世之如吕君者更少矣。离而合,合而离,离可以复合,而老不能再少。此一别也,余不能学太上之忘情㉗,故写两图,一以付吕,一以自存,传示子孙,俾知官可重来,其官可想;迎故官如新官,其主人亦可想。孟子曰㉘:闻伯夷、柳下惠之风者,奋乎百世之下,而况于亲炙之者乎?提笔记之,可以风世,又不徒为区区友朋聚散之感也。诸诗㉙附书于后。

## 【注释】

① 沭阳:今属江苏。袁枚于乾隆八年(1743),庶吉士散馆,因清书不合格,外任沭阳县令。

② 颜斐:三国魏人,字文林。黄初时任黄门侍郎,后为京兆太守。到任后整阡陌,树桑果,教民生养,风化大行。及迁平原太守,民遮留,十余日乃出界。他素心恋京兆,行至崤关而疾,家人以"平原"相称,他说:"我心厌平原,汝曹等呼我,

何不言京兆邪？"遂卒。见《三国志·魏书》引《魏略》。京兆，汉畿辅之地，治所在今陕西华县。

③卢恕（zhé）：唐人，宰相卢怀慎祖父。仕为灵昌令，有德政。及解官，恋灵昌民土，遂定居灵昌，后世遂为灵昌人。灵昌，唐县名，故治在今河南滑县。

④乙丑：乾隆十年（1745）。

⑤量移：迁职。按：量移本指贬谪远方的人，遇赦酌情移近安置，后人以之称迁官，殊误。袁枚在《随园随笔》卷下也力言其谬，然复自蹈其误。

⑥吕峄亭：名不详，沭阳人，官山西某道。观察，道员的别称。

⑦黄河：指黄河故道，在今江苏淮阴一带。

⑧迟明：黎明。

⑨骈辚：车相并。辚，车轮。

⑩百雉：指城墙。语出《左传·隐公元年》："祭仲曰：'都城过百雉，国之害也。'"雉为计算城墙面积的单位，一雉长三丈，高一丈。这里是夸张城墙高大。沭阳本无城墙，到乾隆中期后始修筑。

⑪迣：参见《浙西三瀑布记》篇注⑤。

⑫骑竹马者：谓儿童。竹马是儿童游戏时当马骑的竹竿。《后汉书·郭伋传》："始至行部，到河西美稷，有童儿数百，各骑竹马，道次迎拜。"此即指当年迎官的儿童。

⑬ 洒浑（zuò）：洒水、清扫。

⑭ 秩膳：指用餐。

⑮ 斗草：旧俗，五月初五斗百草，女子各采集异草，递相比较。

⑯ 婆娑：盘旋、停留。宋玉《神女赋》："既娩婳于幽静兮，又婆娑乎人间。"

⑰ 庖湢（bì）：厨房与浴室。

⑱ 井匽（yǎn）：井与沟渠。

⑲ 入帘：指担任考试阅卷官。

⑳ 朱广文：沭阳县学训导，据袁枚在沭阳所作诗注，知其号竹江。

㉑ 吴中翰：内阁中书吴某，据袁枚在沭阳所作诗及诗注，知其字南畇，工书，善鉴赏金石。

㉒ 澜翻：形容言语、文辞滔滔不绝。苏轼《题李景元画》："闻道神仙郭恕先，醉中狂笔势澜翻。"

㉓ 云台：山名，在与沭阳毗邻的灌云县东北，一名郁林山、青峰顶。山幽深秀特，顶常为云气所罩。

㉔ 筐箧：筐为竹制方形器具，箧为小箱子。此指行李。

㉕ 靷（yǐn）：引车前行的绳子。

㉖ 曷（hé）来：去来。常偏义使用，此偏在来义。

㉗ 太上之忘情：太上即最上，指圣人。语本《世说新语·伤逝》：王戎丧儿，悲不自胜。人劝之，戎云："圣人忘情，

最下不及情。情之所钟，正在我辈。"

㉘孟子：战国思想家孟轲。以下数句见《孟子·尽心下》："圣人，百世之师也，伯夷、柳下惠是也。故闻伯夷之风者，顽夫廉，懦夫有立志；闻柳下惠之风者，薄夫敦，鄙夫宽。奋乎百世之上，百世之下，闻者莫不兴起也，非圣人而能若是乎？而况于亲炙之者乎？"伯夷，参见《书留侯传后》篇注⑤。柳下惠，参见《三贤合传》篇注⑰。亲炙，亲承教化。

㉙诸诗：袁枚在沭阳作有《沭阳吕峄亭观察招游旧治，十月五日渡河，宿钱翁家，次日寓莱园作》《过虞沟题虞姬庙》《留别峄亭观察》诗。见《小仓山房诗集》卷三十二。

## 【题解】

记文作于乾隆五十三年戊申（1788），袁枚时年七十三岁。

《世说新语》载，桓温过金城，见昔日所种树都已合抱，不禁长叹："树犹如此，人何以堪！"追往视今，无限惆怅感慨。袁枚这篇文章抒发的也是这样一种感情。

沭阳是袁枚曾任县官的地方，隔了四十六年，他故地重游，十分兴奋，县里的一草一木，友人的一言一语，都使他引起无尽的联想。但故地依然，而昔日自己是翩翩少年，今已成衰年老翁；居停主人也由一断乳婴儿成为垂暮之人。胜事难再，日月不居，他不胜唏嘘。全文通过琐琐碎事，随笔挥洒，又将老年情怀穿插其中，末段并借离别而吐露心中的凄凉怀抱。把忆旧的兴奋与抚今的伤怀互为串通糅合，真挚感人，凡经历者都能从中产生共鸣。

## 附录 子不语

老去全无记事珠,
戏将小说志虞初。

《余续夷坚志未成,到杭州得逸事百余条,赋诗志喜》

# 蔡书生

杭州北关门①外有一屋,鬼屡见,人不敢居,扃锁甚固。书生蔡姓者将买其宅,人危之②,蔡不听。券③成,家人不肯入,蔡亲自启屋,秉烛坐。至夜半,有女子冉冉来,颈拖红帛,向蔡侠拜④,结绳于梁,伸颈就之。蔡无怖色。女子再挂一绳招蔡,蔡曳一足就之。女子曰:"君误矣!"蔡笑曰:"汝误才有今日,我勿误也。"鬼大哭,伏地再拜去。自此怪遂绝,蔡亦登第⑤。或云即蔡炳侯方伯⑥也。

【注释】

① 杭州北关门:今浙江杭州城北武林门的俗称。

② 人危之:人们为此而忧惧。这里是以危险而劝阻他的意思。

③ 券:契约,凭据。

④ 侠(jiā)拜:古时男女间行礼,女先拜,男拜,女又拜,叫侠拜。

⑤ 登第:科举考试录取时须评定等第,因称应考被录取为登第。

⑥ 蔡炳侯方伯:不详。方伯,参见《篁村题壁记》篇注⑯。

## 【题解】

吊死鬼求替身,是很多鬼故事所津津乐道的,此则故事偏能从俗套中翻出新意,开人眼界。

蔡书生声称不怕鬼,果然见了鬼从容应对,从"无怖色",到不被所诱,甚至不伸头入圈中而投以脚以调侃,最终以"汝误才有今日"一句,犹如醍醐灌顶,使鬼顿然觉悟。从末句"自此怪遂绝"看,这鬼应当听从蔡书生,不再拘泥于找替身了。

一则小故事,曲曲折折,将蔡书生正气无畏、诙谐机智的形象,如印印沙,刻绘得生动传神,这正是袁枚记事、写人的长处。文中细节,尤见匠心。鬼初见,"冉冉来","向蔡侠拜",便点明了此鬼生前必定知书识礼,因而与蔡书生前后应答,始终没有其他鬼故事中女鬼的恐怖恶形。最终听了蔡书生的劝告,"伏地再拜去",前后照应,弥合无缝。这种无意而达到有意的写法,正是古文写人的妙诀。

## 鬼畏人拼命

介侍郎[①]有族兄某,强悍,憎人言鬼神事,每所居喜择其素号不祥[②]者而居之。过山东一旅店,人言西厢有怪,介大喜,开户直入。

坐至二鼓,瓦坠于梁。介骂曰:"若鬼耶,须择吾屋上所无者而掷焉,吾方畏汝!"果坠一磨石。介又骂曰:"若厉鬼耶,须能碎吾之几,吾方畏汝!"则坠一巨石,碎几之半。介大怒,骂曰:"鬼狗奴!敢碎吾之首,吾方服汝!"起立,掷冠于地,昂首而待。自此寂然无声,怪亦永断矣。

【注释】

① 介侍郎:介福,字受兹,号景庵、野园,满洲镶黄旗人。雍正十一年(1733)进士,历官吏部、礼部侍郎。

② 不祥:不吉利。此指闹鬼的凶宅。

【题解】

俗话说鬼也怕凶,你凶过他头,他就无计可施了。故事中的介某,对鬼所施的手段,从坠瓦、掷磨石、坠巨石毫无所畏,最终以碎首挑战,使鬼无计可施,乖乖退堂歇鼓。文中介某三骂,复中有变，层层深入，盛气凛凛，突显了一个大胆鲁莽的正人形象，大为人类伸气壮胆。

宋陈淳《北溪字义》卷下《妖怪》云："鬼神之怪，皆由人心兴之。人以为灵则灵，人以为不灵则不灵。鬼神之所以能动人，皆由人之精神自不足故耳。"可见，"妖由人兴"，人的本心有亏，便疑神疑鬼，以致见鬼。袁枚一生心神坦荡，多次公开说不信鬼神，所以在《子不语》中记录了很多不怕鬼的故事。尤妙的是，在《子不语》卷九《治鬼二妙》中，引张岂石先生的话说："见鬼勿惧，但与之斗，斗胜固佳，斗败我不过同他一样。"真是妙语如珠，气薄云天，可入《世说新语·豪爽》篇，或作为斗鬼格言。

## 鬼有三技过此鬼道乃穷

蔡魏公孝廉①常言："鬼有三技：一迷、二遮、三吓。"或问："三技云何？"曰："我表弟吕某，松江②廪生③，性豪放，自号豁达先生。尝过泖湖④西乡，天渐黑，见妇人面施粉黛，贸贸⑤然持绳索而奔，望见吕，走避大树下，而所持绳则遗坠地上。吕取观，乃一条草索，嗅之，有阴霾⑥之气，心知为缢死鬼，取藏怀中，径向前行。其女出树中，往前遮拦。左行则左拦，右行则右拦。吕心知俗所称'鬼打墙'是也，直冲而行。鬼无奈何，长啸一声，变作披发流血状，伸舌尺许，向之跳跃。吕曰：'汝前之涂眉画粉，迷我也；向前阻拒，遮我也；今作此恶状，吓我也。三技毕矣，我总不怕，想无他技可施。尔亦知我素名豁达先生乎？'

"鬼仍复原形，跪地曰：'我城中施姓女子，与夫口角⑦，一时短见自缢。今闻泖东某家妇亦与其夫不睦，故我往取替代，不料半路被先生截住，又将我绳夺去。我实在计穷，只求先生超生⑧。'吕问：'作何超法？'曰：'替我告知城中施家作道场⑨，请高僧多念往生咒⑩，我便可托生。'吕笑曰：'我即高僧也。我有往生咒，为汝一诵。'即高唱曰：'好大世界，无遮无碍⑪。死去生来，有何替代？要走便走，岂不爽快！'鬼听毕恍然大悟，伏地再拜，奔趋而去。后土人⑫云：此处向不平静，自豁达先生过后，永无为祟者。"

## 【注释】

① 蔡魏公孝廉：不详。孝廉，对举人的别称。

② 松江：今上海市松江区。

③ 廪生：廪膳生员。清府、州、县学生员中成绩优秀的升廪生，名额视州、县大小不等，月给银四两。廪生可依次升国子监学生，称岁贡。

④ 泖湖：在松江西，有上泖、中泖、下泖，合称三泖，上承淀山湖，下流入黄浦江。

⑤ 贸贸：原意为目不明貌，这里有懵懂、冒失意。

⑥ 阴霾：阴沉、晦暗。阴霾气，谓霉腐气、血腥气。

⑦ 口角：争吵。

⑧ 超生：僧道谓使死者灵魂得以脱离地狱等苦难称超生、超度。

⑨ 作道场：请僧道念经礼拜。

⑩ 往生咒：佛教咒名。谓念此咒可使死者超生投胎为人身。

⑪ 无遮无碍：没有遮蔽拦阻。又，佛教谓包容广大，没有遮隔为"无遮"，通达自在，没有障碍为"无碍"，见《楞严经》等。

⑫ 土人：当地居民。

## 【题解】

人们谈到伎俩,总喜欢用"鬼伎俩"来形容伎俩的多变与刁钻,可见鬼多伎俩已成为公认。本文开章明义,说鬼只有三种本事:一迷、二遮、三吓。故事中的吕某,识透了鬼的本领家底,胸有成竹,所以见了鬼,毫不害怕,先是将其草索藏在怀中,接着对鬼所实施的"三技"——沉着应对,不为所动,使鬼不得不降服。

吕生豪放豁达,胆气过人,知己知彼,使鬼无计可施,对鬼求超度,又直接点破:"好大世界,无遮无碍。死去生来,有何替代?"使鬼恍然大悟,奔趋而去。这样的结局,不仅使吕生的形象更加完美,更体现了袁枚自己的世界观。袁枚对封建迷信的东西,一直采取怀疑的态度,反对佞佛崇道。《子不语》虽是专写鬼怪神忌夫子不道的书,但对佛道鬼神常加针砭。如在《狐仙冒充观音三年》中,写狐狸冒充观音,灵响异常;在《成神不必贤人》中,干脆借鬼口说明:"世上观音、关帝,皆鬼冒充。"真是给崇尚迷信的人当头棒喝。本篇中的吕生,壮气凛然,战胜女鬼,也正是袁枚以不怕鬼来传达他不信鬼的意念。

通过一则小故事,说明一个大道理,是袁枚撰文常用的手法,本篇也是如此。如吊死鬼要找替身,投胎需超度,是约定俗成的"鬼公理"。袁枚通过吕生的话及鬼的认可,便轻而易举地将这规矩打破了。《易·系辞上》云:"易简,而天下之理得矣;天下之理得,而成位乎其中矣。"又云:"乾以易知,坤以简能。"称赞《易》以平易简约的语言,使人们懂得天下的道理。袁枚在此也做到了这一点。

## 怪弄爆竹自焚

绍兴①民家有楼，终年锔闭②。一日，有远客来求宿。主人曰："宅东有楼，君敢居乎？"客问故，曰："此楼素积辎重③，二仆居之。夜半闻叫号声，二仆颜色如土，战栗④不能言。少顷云：'我二人甫睡，尚未灭烛，见一物长尺许，如人间石敢当⑤状，至榻前搴帏⑥欲上。我等骇极，不觉大呼，狂奔而下。所见如此。'自是莫敢有楼居者。"客闻笑曰："仆请身试之。"主人不能挽，为涤尘土，列几席而下榻⑦焉。

客登楼，燃烛佩剑以待。漏⑧三下，有声索索自室北隅起，凝睇窥之，见一怪如主人所言状，跳而登座，翻阅客之书卷。良久，复启其箧⑨，陈物几上，一一审视。箧内有徽州⑩炮竹数枚，怪持向灯前把玩。良久，烛花飞落药线上，轰然一声，响如霹雳，此怪唧唧滚地，遂殁⑪不见。心大异之。虞⑫其复来，待至漏尽⑬，竟匿迹销声矣。晨起告主人，互相惊诧。至夜，客仍宿楼上，杳无所见。此后楼中怪绝。

【注释】

① 绍兴：今浙江省绍兴市。

② 锔（jué）闭：封锁关闭。锔，安锁的环状物，代指锁。

③ 辎重：行者携带的物资。此指笨重物资。

④ 战栗：发抖。

⑤ 石敢当：唐宋以来，里巷口与人家门口常立小石碑，上书"石敢当"三字，传可以镇压不祥。见《急就篇》颜师古注。

⑥ 搴帏：揭开帐子。

⑦ 下榻：铺设床褥，留下住宿。

⑧ 漏：古时以壶盛水，内设刻度，水漏而刻度现，用以计时，名漏壶。漏三下，指三更天，即半夜。

⑨ 箧：参见《重到沭阳图记》篇注㉔。

⑩ 徽州：府名，治所在今安徽歙县。

⑪ 殁：同"没"，消失。

⑫ 虞：担心。

⑬ 漏尽：天亮。

【题解】

鬼的世界是由人的意识想象创造的，所以鬼的世界往往是人的世界的翻板，作家笔下的鬼，往往也与人相仿，这则故事便是如此。

故事写鬼登楼，见了书，翻阅了良久，又把箱子打开，把箱子中的东西一一拿出来放在几上，仔细观察，最后见了炮竹，拿向灯前把玩，结果引线被火点燃，鬼被炸伤。故事中的鬼被写成人一样，从容不迫，耐心细致，充满好奇心。而偶然的失误，导致炸伤的结果，令人忍俊不禁。孟子说人有恻隐之心，即使是强盗，看见小孩掉在井里也会不忍心，好在人不必同情鬼，所以整个故事充满了喜剧效果。

　　话说回来，人既然构造了鬼的世界，就形成了约定俗成的规律。如鬼是生活在黑暗世界里，忌怕光亮，他应该在晚上黑暗中明察秋毫，何必要把炮竹拿近灯前细看呢？这类破绽，是志怪小说中常见的，正不必追究，只要把鬼也看作人，一切便释然了。

## 怪　风[1]

凉州[2]大靖营[3]有松山者，在沙碛中，古战场也。将军塔思哈因公领兵过其处，白草黄云，一望无际。忽见一山，高千仞，中有火星万点，蔽日而来，声如雷霆，人马失色。哈大惊，谓是山移。俄而渐近，不及回避，乃同下马，闭目据地，互相抱持。顷之，天地如墨，人人滚地，马亦翻倒。良久始定，麾下三十六人，满面皆血，石子嵌入面皮，深者半寸，回望高山，已在数十里之外。

日暮抵大靖营，告总兵马成龙。马笑曰："此风怪，非山移也。若山移，公等死矣。此等风塞外至冬常常有之，不伤性命。但公等为沙石所击，从此尽成麻面，年貌册又须另造矣。"

【注释】

① 本篇又见和邦额《夜谭随录》卷一。
② 凉州：府名，治所在今甘肃武威。
③ 大靖营：大靖堡，在古浪县东，明清筑城戍守，堡南有大、小松山。

## 【题解】

  这则故事属于"子不语怪、力、乱、神"之中怪的范畴。故事记载了一次沙尘暴的过程。从沙尘暴来时,"见一山,高千仞,中有火星万点(应是阳光折射),蔽日而来,声如雷霆";至沙尘暴到临,"天地如墨,人人滚地,马亦翻倒";过后,"回望高山,已在数十里之外",描绘细微逼真,令人如临其境。末言"(公等)从此尽成麻面,年貌册又须另造",诙谐幽默,令人哑然失笑。记事于紧张惊险后赋予轻松愉悦,这是袁枚小说的特色之一。

## 官　癖

　　相传南阳府<sup>①</sup>有明季太守某殁于署中，自后其灵不散。每至黎明发点<sup>②</sup>时，必乌纱<sup>③</sup>束带<sup>④</sup>上堂南向坐，有吏役叩头犹能颔之作受拜状。日光大明，始不复见。

　　雍正间，太守乔公到任，闻其事，笑曰："此有官癖者也。身虽死，不自知其死故耳。我当有以晓之。"乃未黎明即朝衣冠<sup>⑤</sup>，先上堂，南向坐。至发点时，乌纱者远远来，见堂上已有人占坐，不觉趑趄<sup>⑥</sup>不前，长吁一声而逝<sup>⑦</sup>。自此怪绝。

【注释】

　　① 南阳府：治所在今河南南阳。

　　② 发点：起点。古代报时，一更分五点。官员于五更（黎明）即排衙升堂办事。

　　③ 乌纱：乌纱帽。

　　④ 束带：在官服外束腹带。腰带的质地因官品大小而异。

　　⑤ 朝衣冠：上朝所穿官服、官帽。

　　⑥ 趑趄（zī jū）：欲进不进之状。

　　⑦ 逝：消失。

## 【题解】

南阳府太守死在任上，但念念不忘自己是官，阴魂不散，每天照例五鼓到衙门升堂，接受跪拜，直到乔太守占了他的官座，才明白自己的官位已被替代，长叹而去。

凡人对一物痴迷到了不能自拔，便被称为"癖"。在众"癖"中，钱癖、官癖尤其遭人嘲笑。乔太守此举，对症下药，拔草除根，使原任太守的鬼魂翻然而悟，可谓识见高超。而此则小故事，也浸透了袁枚对世人追求一官半职，如蝇逐血、似蛆附骨的嘲讽。同时，袁枚又告诫了世人邪不压正、假不敌真这一真理。以小文章寓大道理，即使在袁枚借游戏为名写的志怪小品中，也能得到相当的体现。

## 鬼借官衔嫁女

新建①张雅成秀才儿时，戏以金箔纸制盔甲鸾笄②等物，藏小楼上，独制独玩，不以示人。忽有女子，年三十余，登楼求制钗钏步摇③数十件，许以厚谢。秀才允之，问安用此，曰："嫁女奁中所需。"张以其戏，不之异也。明日，女来告张曰："我姓唐，东邻唐某为某官，我欲倩郎君求其门上官衔封条一纸，借同姓以光蓬荜④。"张戏写一纸与之。次夕钗钏数足，女携饼饵数十、钱数百来谢。及旦视之，饼皆土块，钱皆纸钱，方知女子是鬼。

数日后，半夜山中烛光灿烂，鼓乐喧天，村人皆启户遥望，以为人家来卜葬⑤者。近视之，人尽披红插花，是吉礼也。山间万冢，素无居人，好事者欲追视之，相去渐远，惟见灯笼题唐姓某官衔字样。方知鬼亦如人间爱体面而崇势利，异哉！

【注释】

① 新建：今江西新建。

② 鸾笄：凤形的簪子。鸾，凤凰一类神鸟。

③ 步摇：妇女首饰名，上有垂珠，行动则珠子摇摆，故名。

④ 蓬荜：蓬门荜户，即以草、树枝编的门户，指简陋的居

所。后世多用"蓬荜"谦称自己的居所。

⑤ 卜葬：选择墓地殡葬。此指下葬。

## 【题解】

人间出葬，为求风光，常借亲戚或邻居的世阀官衔书于铭旌及灯笼上。一些大家，甚至临时捐官，以求体面排场，如《红楼梦》第十二回，秦可卿死后，"为丧礼上风光些"，求内监戴权给贾蓉捐龙骑尉，以在门前销金大牌上写上官衔。世俗婚礼，亦往往如此。

本则故事写鬼借官衔嫁女，又求张雅成制钗钏步摇，实际上正是人间崇尚虚荣的反映。文末"鬼亦如人间爱体面而崇势利"一语，可谓鞭辟入里，一针见血。

# 关 神<sup>①</sup> 下 乩<sup>②</sup>

明季关神下乩坛,批某士人终身云:"官至都堂<sup>③</sup>,寿止六十。"后士人登第,官果至中丞<sup>④</sup>。国朝<sup>⑤</sup>定鼎<sup>⑥</sup>后,其人乞降,官不加迁,而寿已八十矣。偶至坛所,适关帝复降,其人自以为必有阴德<sup>⑦</sup>,故能延寿,跽<sup>⑧</sup>而请曰:"弟子官爵验矣,今寿乃过之,岂修寿在人,虽神明亦有所不知耶?"关帝大书曰:"某生平以忠厚待人,甲申之变<sup>⑨</sup>,汝自不死,与我何与<sup>⑩</sup>!"屈指计之,崇祯殉难时,正此公年六十时也。

【注释】

① 关神:三国关羽。传死后为神,明万历间敕封为三界伏魔大帝。

② 乩:旧时术士设坛请神,用两人扶丁字架,下放沙盘,焚香请神,架下笔即划沙作字以示人祸福,甚至与人诗歌唱和,称扶乩。

③ 都堂:明清时都御史、副都御史及外任总督、巡抚因例带都御史、副都御史衔,均称都堂。

④ 中丞:参见《游桂林诸山记》篇注㉑。

⑤ 国朝:指清朝。

⑥ 定鼎：传夏铸九鼎以象九州，历商至周皆作为国之重器，置于国都。后因称建立王朝、定都为定鼎。

⑦ 阴德：谓做善事。

⑧ 跽：古人席地而坐，以两膝着地，两股贴于两脚跟上。股不着脚为跪，跪而耸身直腰为跽，是一种尊重别人的动作。

⑨ 甲申之变：明崇祯十七年甲申（1644），李自成攻入北京，崇祯帝吊死煤山，明朝灭亡。

⑩ 何与：何关。

## 【题解】

明崇祯帝吊死煤山，清军入关，占领北京，麾众南下，很快消灭小南明，统一全国。当国变时，不少明朝官员闻变殉节，也有不少人投降新朝出任清官。清政府与大部分入清后的士子文人，对变节者持鄙视态度，如清廷在编史时，将之列入"贰臣传"；康熙初不少文人应博学鸿词科考试，有人作诗讥云"西山蕨薇已采光，一队夷齐下首阳"，极尽嘲笑之能事。

袁枚本文是根据流传民间的故事而作，纪昀《阅微草堂笔记·滦阳消夏录》卷二"宋观察蒙泉言"也有相同的记载。故事借关帝之口，谴责变节者。"自以为必有阴德"，闲闲一笔，将某中丞之无耻刻骨点出。关帝所云"汝自不死，与我何与"，冷语如箭，直诛其心，读之令人拍案叫快。

## 鬼　宝　塔

杭人有丘老者，贩布营生。一日，取账回，投宿店家，店中人满，前路荒凉，更无止所。与店主商量，主人云："老客胆大否？某后墙外有骰子房①数间，日久无人歇宿，恐藏邪祟，未敢相邀。"丘老曰："吾计半生所行，不下数万里，何惧鬼为！"于是主人执烛偕丘老穿室内行，至后墙外，视之，空地一方，约可四五亩，贴墙矮屋数间，颇洁净。丘老进内，见桌椅床帐俱全，甚喜。主人辞出。丘老以天热，坐户外算账。

是夕淡月朦胧，恍惚间似前面有人影闪过。丘疑贼至，注目视之。忽又一影闪过；须臾连见十二影，往来无定，如蝴蝶穿花，不可捉摸，定睛熟视，皆美妇也。丘老曰："人之所以畏鬼者，鬼有恶状故也。今艳冶②如斯，吾即以美人视鬼可矣。"遂端坐看其作何景状。未几，二鬼踞其足下，一鬼登其肩，九鬼接踵③以登，而一鬼飘然据其顶，若戏场所谓搭宝塔者然。又未几，各执大圈，齐套颈上，头发俱披，舌长尺余。丘老笑曰："美则过于美，恶则过于恶，情形反覆，极似目下人情世态，看汝辈到底作何归结耳！"言毕，群鬼大笑，各还原形而散。

## 【注释】

① 骰子房：靠墙建的小屋。

② 艳冶：艳丽妖冶。

③ 接踵：脚跟相接。即接连不断的意思。

## 【题解】

这则小故事，写丘老月夜见鬼，写得情趣盎然，充满喜剧色彩。作者以如椽之笔，写此类小鬼文章，显得轻松愉快，入微入胜。见鬼一段，以朦胧月色，映衬迷离鬼影，云鬼闪现，"往来无定，如蝴蝶穿花，不可捉摸"，写得空灵飘忽，勾画出一种由热闹而反显得凄清冷峭的景象，句句是写鬼，移不到写人上。

末尾，丘老评判云："美则过于美，恶则过于恶，情形反覆，极似目下人情世态。"借鬼讽人，入木三分。同时，又通过丘老的淡定无畏、谈笑风生，告诫世人，只要自己心中坦实，无私心，无利心，便能既不为甚美而诱惑，也不为甚恶所慑服，常保浩然正气，必能立于不败之地。

## 大　力　河[①]

孙某作打箭炉[②]千总[③]，其所辖地，阴雨两月，忽一日雨止，仰天见日光。孙喜，出舍视之。顷刻烟沙蔽天，风声怒号，孙立不牢，扑地乱滚，似有人提其辫发而颠掷之者，腿脸俱伤。孙心知是地动，忍而待之。食顷[④]动止，起视人民与自家房屋，全已倾圮。有一弟逃出未死，彼此惶急。孙老于居边[⑤]者，谓弟曰："地动必有回潮，不止一次，我与汝须死在一处。"乃各以绳缚其身，两相拥抱。

言未毕而怪风又起，两人卧地，颠播如初。幸沙不眯眼，见地裂数丈，有冒出黑风者，有冒出火光如带紫绿二色者，有涌黑水臭而腥者，有现出人头大如车轮目睒睒[⑥]斜视四方者，有裂而仍合者，有永远成坑者。兄弟二人，竟得无恙。乃埋葬全家，掘出货物，各自谋生。

先三月前，有疯僧持缘簿一册，上写募化人口一万。孙恶其妖言，将擒之送县，僧已立一杨柳小枝上曰："你勿送我到县，送我塞大力河水口可也。"言毕不见。是年地动日，四川大力河水冲决，溺死万余人。

## 【注释】

① 大力河：不详，当在四川境内。
② 打箭炉：清置打箭炉厅，即今四川康定。
③ 千总：武官中次于守备的小官。
④ 食顷：吃一顿饭时间。形容时间不长。
⑤ 老于居边：在边地生活很久，熟悉边地情况。
⑥ 晱（shǎn）晱：光闪烁貌。

## 【题解】

本文如删去末段疯僧化缘人口一万事，实际上是一篇生动的记叙文。

文章记叙了四川的一次大地震：震前阴雨连绵，达两月之久。初震日忽雨止日出，震时烟沙蔽空，风声怒号，颠簸达一顿饭时间。第二次强震，地面开裂，冒出黑风火光，涌出黑水。震后，地有仍合并者，有永远成坑者。文章记事详尽细致，次序井然，使人如临其境，是研究地震的珍贵史料。

人们总结晚明小品文的特点，以为喜欢用一连串的比喻形容景物，本文也是如此。文中写地震时从裂缝中"有冒出火光如带紫绿二色者，有涌黑水臭而腥者，有现出人头大如车轮目晱晱斜视四方者"，均形象地再现了地震时状况。

## 狐　道　学

　　法君①祖母孙氏外家有孙某者，巨富也。国初②海寇之乱③，移家金坛④。一日，有胡姓携其子孙、奴仆数十人，行李甚富，过其门，云是山西人，"遇兵不能行，愿假尊屋暂住"。孙接其言貌，知非常人，分一宅居之。暇日过与闲话，见其室中有琴剑书籍，所读者皆《黄庭》⑤《道德》⑥等经，所谈者皆心性、语录⑦中语，遇其子孙奴仆甚严，言笑不苟。孙家人皆以狐道学称之。

　　孙氏小婢有姿，一日遇翁之幼孙于巷，遽抱之，婢不从，白于胡翁。翁慰之曰："汝勿怒，吾将杖之。"明日日将午，胡翁之门不启，累⑧叩不应。遣人逾墙开门阅之，宅内一无所有，惟书室中有白金三十两置几上，书"租资"二字。再寻之，阶下有一掐死小狐。

　　法子曰："此狐乃真理学也。世有口谈理学而身作巧宦⑨者，甚愧狐远矣。"

【注释】

　　①法君：法嘉荪，生平不详。

　　②国初：指清建国初期。

　　③海寇之乱：指顺治十六年（1659）六月，据福建、台湾

的郑成功军队从海路溯长江而上，攻占镇江，与清军战于扬州、南京一带。后战败撤退。

④ 金坛：今江苏金坛。

⑤《黄庭》：《黄庭经》，道家经名。

⑥《道德》：《道德经》，即《老子》，道家奉为经典。

⑦ 心性、语录：指宋元理学家著作。宋元理学家提倡性命理气之学，大儒程颐、程颢、朱熹等，门人都纂有他们的语录。

⑧ 累：多次。

⑨ 巧宦：长于钻营、不顾廉耻的官员。

## 【题解】

袁枚在《所好轩记》中公然宣称"好味，好色，好葺屋，好游"，热爱生活，追求个人享受。他的为人行事，自然与理学家所要求人们严格执行的伦理道德观、窒情灭欲格格不入，尤其鄙视理学家的伪性情，装模作样，说一套，做一套。此文专记一"狐道学"，说此狐"所读者皆《黄庭》《道德》等经，所谈者皆心性、语录中语"，且"遇其子孙奴仆甚严，言笑不苟"。更为难得的是，这一切都不是做表面文章，当其孙子调戏小婢时，毅然将孙子掐死，可谓言行一致。故袁枚在文末盛称："此狐乃真理学也。世有口谈理学而身作巧宦者，甚愧狐远矣。"一笔将人世间假道学一齐抹倒，批判之笔，直透纸背。

实际上，宋代学者提倡道学之初，本意是要人约束身心，提高道德修养，达到"修、齐、治、平"的目的。朱熹当年在《答林择之书》中已批判假道学"大惊小怪，起模画样"。很多思想理论，起始未必不好，只是好经被许多歪嘴和尚念歪了。

# 沙弥[①]思老虎

五台山[②]某禅师[③]收一沙弥,年甫三岁。五台山最高,师徒在山顶修行,从不一下山。

后十余年,禅师同弟子下山。沙弥见牛、马、鸡、犬,皆不识也。师因指而告之曰:"此牛也,可以耕田;此马也,可以骑;此鸡、犬也,可以报晓,可以守门。"沙弥唯唯[④]。少顷,一少年女子走过,沙弥惊问:"此又是何物?"师虑其动心,正色告之曰:"此名老虎,人近之者,必遭咬死,尸骨无存。"沙弥唯唯。

晚间上山,师问:"汝今日在山下所见之物,可有心上思想他的否?"曰:"一切物我都不想,只想那吃人的老虎,心上总觉舍他不得。"

**【注释】**

① 沙弥:佛教称男子出家初受十戒者为沙弥。

② 五台山:在今山西五台东北,因山形如五台,故名。为佛教四大名山之一。

③ 禅师:佛经称比丘能得禅定波罗蜜者为禅师。后一般作为和尚的尊称。

④ 唯唯:恭敬的应答声。

## 【题解】

　　《孟子·离娄下》提出"赤子之心",所谓赤子,即婴儿。后来儒家均以赤子之心指保涵天性,没有受名利污染的心,是人生来固有的。本则故事,老和尚带着从未见过人世的小和尚下山,小和尚对一切都感到新奇,不断发问,而最终唯有对"此名老虎,人近之者,必遭咬死,尸骨无存"的女人,"心上总觉舍他不得"。小和尚显然是具有"赤子之心"未发蒙的人,袁枚通过这则故事,正是要向世人说明对异性的爱,甚至于情色,也是人的本性,这与历来儒家学说所提倡的去欲忍性完全背离,是对世俗的公然挑战,批判了禁欲主义的残酷无情,禁锢人性的可笑与无理。

　　值得注量的是,文艺复兴时期意大利著名作家薄伽丘的《十日谈》中,也有一则与此相仿的故事:一位父亲携子隐居深山,到儿子十八岁才带他下山。一路上,儿子见到从未见过的东西,问个不休。后见一群衣着华丽、年轻漂亮的姑娘,立刻问父亲,父亲恐儿子知道她们是女人而唤起他邪恶的肉欲,骗他说是祸水,名字叫绿鹅。最终,儿子对一切不感兴趣,苦苦哀求父亲带一头绿鹅回家。从这种反对禁欲主义的思想,在不同时期、不同国度的作品中得到相似的反映,可以看出袁枚身上所闪烁的时代光芒。

# 铁 公 鸡

济南①富翁某，性悭吝，绰号铁公鸡，言一毛不拔也。忽呼媒纳妾，价欲至廉，貌欲至美，媒笑而允之。未几，携一女来，不索价，但取衣食充足而已。翁大喜过望，女又甚美，颇嬖②之。

一日，女置酒劝翁曰："君年已老，需此多钱无用，何不散之贫人，使感德耶？"翁大怒拒之，嗣后且防之，虑其花费。如是者半年，启其所藏，已空矣。翁知女所窃，拔刀问之。女笑曰："君以我为人乎？我狐也。君家从前有后楼七间，是我一家所居。君之祖父每月以鸡酒相饷，已数十年。自君掌家，以多费故罢之，转租取息，俾我一家无住宿处，怀恨在心，故来相报耳！"言讫不见。

【注释】

① 济南：府名，治所在今山东济南。
② 嬖（bì）：宠爱。

【题解】

要怨罚一个人，如须抓住他的弱点、痛点，才能有效。本则故事中的狐狸，乘富翁想廉价讨妾的机会，进入其家，从而把富翁的财物盗窃一空，由此达到惩罚他悭吝的目的。可谓对症下药，打蛇打七寸，使人读后大呼痛快。

《子不语》中的故事，本是"姑妄言之，姑妄听之"，只要有趣便录入，往往故意造奇，凿空求怪，不注意细节与常理，时时露出破绽。如本则故事，既是狐，便有搬运神通，又何苦屈身做富翁之妾呢？

## 枯 骨 自 赞

苏州上方山①有僧寺，扬州汪姓者寓寺中。白日，闻阶下喃喃人语，召他客听之，皆有所闻。疑有鬼诉冤，纠僧众用犁锄掘之。深五尺许，得一朽棺，中藏枯骨一具，此外并无他物。乃依旧掩埋。

未半刻，又闻地下人语喃喃，若声自棺中出者。众人齐倾耳焉，终不能辨其一字。群相惊疑，或曰："西房有德音禅师，德行甚高，能通鬼语，盍②请渠一听？"汪即与众人请禅师来。禅师伛偻③于地，良久，谇④曰："不必睬他。此鬼前世作大官，好人奉承。死后无人奉承，故时时在棺材中自称自赞耳。"众人大笑而散。土中声亦渐渐微矣。

【注释】

①上方山：在今江苏苏州市西南，一名楞伽山。

②盍：何不。

③伛偻：俯下身体。

④谇（suì）：骂，责怪。

## 【题解】

"前世作大官,好人奉承。死后无人奉承,故时时在棺材中自称自赞",此鬼可谓病入膏肓,死不改悔。一则小故事,将那些喜人赞扬吹捧、溜须拍马的官僚的少廉无耻揭剥得体无完肤。"众人大笑而散",表达的首先是作者对这类人的鄙视与嘲笑。可惜世上当官的此病根深蒂固,徒使后人笑前人;而后人笑之而不鉴之,亦将使后人而复笑后人。

### 图书在版编目（CIP）数据

袁枚散文选/（清）袁枚著；李梦生选注.—北京：商务印书馆，2022
ISBN 978-7-100-21468-1

Ⅰ.①袁… Ⅱ.①袁…②李… Ⅲ.①古典散文—散文集—中国—清代 Ⅳ.①I264.9

中国版本图书馆CIP数据核字（2022）第128070号

权利保留，侵权必究。

## 袁枚散文选
〔清〕袁　枚　著　李梦生　选注

商 务 印 书 馆 出 版
（北京王府井大街36号 邮政编码100710）
商 务 印 书 馆 发 行
苏州市越洋印刷有限公司印刷
ISBN 978-7-100-21468-1

2022年9月第1版　　开本890×1240　1/32
2022年9月第1次印刷　印张10.875

定价：68.00元